털 난 물고기 모어

모지민 지음

은행나무

차례

1부 모어가 무어야

2부 끼와 털로서

3부 사랑으로 하염없이

아빠, 난 발레리나가 되고 싶었어요.
발레리노가 아니라.

1부

모어가 무어야

모어는 MORE고 毛魚다

나는 나를 남성이나 여성

이분법적 사고로 나누길 바라지 않는다

나는 있고 없고

그저 인간이다

나는 나로서, 존재로서

아름답고 끼스럽게 살아가고 싶다

이 사회 어딘가에 속하기에

모호하다가도, 어울리다가도

불편하다가도, 아름답다가도

제법이기도

아니오기도

적절이기도

이질이기도

그러다가도

결국엔

변방에서 애쓰는 사람

털 난 물고기 모어는

오늘도 어김없이

경기도 양주시 장흥면 일영리에서 하염없이

끼를 덕지덕지 바르고 있다

이제 그만

毛魚에 대한 의심을 거둘지어다

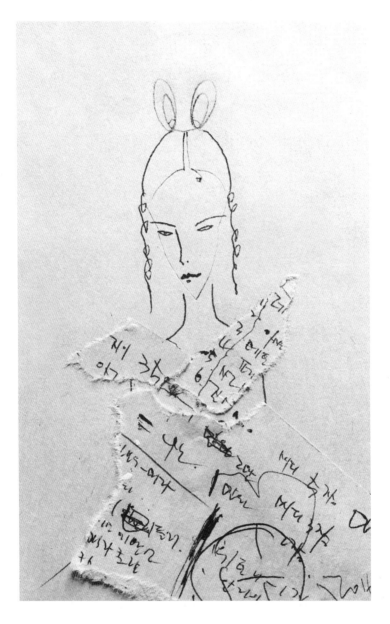

Lophiodes fimbriatus. 물고기는 털이 많기도 하다.

"나는 나 자신을 정의할 수 없다.

누구든 나를 무엇이라고 규정하길 원치 않는다.

나는 그저 보통의 삶을 영위하는 평범한 사람이고 싶다.

이것마저 오류인 것을 잘 알고 있다.

나는 앞뒤가 맞지 않는 말과 행동을 늘어놓길 좋아하고,

사람들이 알아서 해석해주기를 바란다.

나는 아름다운 사람이 되고 싶다.

아름다운 옷을 입고 사랑하는 연인을 만나고 싶다.

당신이 우연히 날 만나게 된다면,

'아름답다'는 말과 함께 내 이름을 불러줬으면 좋겠다.

나는 아름답게 살아가기 위해 이 '짓'을 계속하고 있는지도 모른다."

"I can not define myself.

I don't want anyone to define me.

I just wanna be an ordinary person living ordinary life.

I know that it is ridiculous.

I love to keep doing and saying ironic things and want people to understand me somehow.

I wanna be a beautiful human.

I wanna dance in a beautiful outfit.

I wanna wear beautiful clothes and meet my beautiful lover.

If you meet me in coincidence,

I hope you call my name, saying 'you are beautiful'.

I guess I keep doing 'this' to live in beautiful way."

난 세상 밖이 궁금한 집고양이에요

옆집에선 개가 짖고요

가난한 길고양이들이 생선 한 마리에 기갈을 부리다

동네 어귀에서 줄다리기하는

쥐들의 숨통을 끊어요

전선 위의 새들은 성의 없이 지저귀다

하늘나라로 마실을 가고요

난 새들의 귀신 씻나락 까먹는 소리가 궁금한데

개야 소야 돼지야 하네요

허물어진 구름 사이로 울고 있는

수컷을 잡아 오려는데

집 나가면 다시는 못 돌아올 줄 알라고

끼순이 주인이 버럭 화를 내요

할 수 없이 창문으로 들어온 파리만 잡다

그만 탈진해서 수액제를 맞아요

같은 병동 대머리 아저씨가 폐지를 주워

목숨을 연명하고요

마스크를 한 꼬부랑 할머니는 지팡이로

간신히 대문을 열어요

해는 쑤시고 밤은 결려요

낮은 흐리고 달은 더뎌요

나를 위해 비추는 빛도 있고요

내 안에 진동하는 소리도 있어요

나는 무엇일까요

모두가
아름다운 모습으로
등장하지만

어려서는 누이의 옷을 즐겨 입었다. 인형 놀이를 하고 오줌도 앉아서 눴다. 여름이면 누이와 친구들은 나를 바다로 데려가 수영을 가르쳤고, 무리 중에선 내가 유일하게 남성男性을 가진 아이였다. 누이와 친구들이 하는 짓을 따라 했고 그들은 나를 예쁘고 사랑스러운 여동생으로 취급했던 것 같다. 누이의 치마 속에서 남자도 여자도 아닌 모호한 시간을 보냈고 적어도 그때까지는 매우 안전했다.

초등학교에 입학하면서 치마를 입고 계집아이 노릇을 하는 내게 사람들은 그건 잘못된 일이라 가르쳤고 그들은 내 입으로 "난 호모새끼다"라고 말하기를 강요했다. 그 말이 나올 때까지 폭언과 폭력은 일상이 되어버렸다. 도망치려 어지간히 애를 써도 인간이 인간에게 당하는 모멸의 늪에서 허우적대기만 했다. 학교에서는 남자아이와 여자아이가 해야 하는 놀이가 명백하게 갈라졌다. 남자아이들이 공놀이를 할 때, 나는 쭈그리고 앉아 다리 사이에 달려 있는 치부가 성가셔서 울기만 했다. 그런 내게 아이들은 수치심을 얹어주었다. 어미 배 속에서부터 구더기를 씹어 먹고 세상이 규정한 성에서 조금 다른 색을 가지고 나온 것은 내가 선택하지 않은 무기징역형 불행이었다. 유년기는 치욕으로 얼룩져 있다.

나는 춤추기를 좋아했다. 공주 옷을 입고 노래를 부르고 춤을 추면 어른들은 용돈을 주었다. 학교에서도 장기 자랑 시간에는 항상 1번으로 불려 나갔다. 중학교 체육 시간에 나의 국민체조 춤사위를 기이하게 보신 선생님은 "넌 무용에 타고난 소질이 있으니 꼭 그 길을 가라" 했다. 그때 접한 발레는 지긋지긋한 욕창 같은 삶에 날개를 달아주었고 그로써 언제든 날아갈 수 있다는 희망이 보였다. 여성성이 허용되는 무용에서는 살아 있다는 안도감이 들었다. 하지만 그 세계에서도 결국 남성은 남성이어야만, 여성은 여성이어야만 했다. 대학 신입생 오리엔테이션 날, 무용과 남자 선배가 내 뺨을 후려갈기며 "너 그 여성성 버려!" 하고 내 삶을, 마저 바닥으로 내동댕이쳐주었다. 폭력은 내게 죽어야 한다는 마침표를 찍어주었고 나는 어디에도 속할 수 없는 불완전한 죄인이었다.

2000년 스물세 살에는 드래그 퀸이 되었다. 세상에 조롱당하기 위해 스스로 쥐구멍 속으로 들어갔다. 빛도 들지 않는 지하 단칸방 세계에서는 그토록 바라던 힐을 신고 가발을 쓰고 짙은 화장을 했다. 젠더가 바뀐 성 소수자로서의 삶이 무척이나 편안하고 즐거웠다. 그 누구도 내가 하는 말과 행동을 따지고 들지 않았고 뜯어말리지도 않았다. 드래그 쇼라는 키치kitsch 문화에는 분명한 내가 있었다. 그곳에서 비로소 자유를 찾았다.

2019년 스톤월 항쟁Stonewall riots 50주년 기념으로 뉴욕에 초대받았다. 스톤월 항쟁 메모리얼 철문에 꽂혀 있는 수십 개의 레인보우 깃발이 유난히 평온한 낮잠을 취하는 듯 보였다. 그들이 당했을 고통을 생각해보았다. 나는 지금 이만큼 자유로운데 그 옛날에는 누군가 동성애자라는 이유로 거세되었다. 살해로 이어진 폭력과 억압으로부터 자유로워진 시간에 감사한 마음이 들었다. 죽지 않고 포기하지 않고 무엇을 위해 여기까지 왔을까. 수많은 생각이 고통스럽지 않게 밀려왔다. 도시 한 걸음 한 걸음에 놓인 무지개에 내 인생도 결코 나쁘지만은 않다 싶어 따뜻한 위로가 됐다.

연극 〈이갈리아의 딸들〉을 만나 안무를 맡게 되면서 내 삶을 이야기하고 그것을 움직임으로 표현해 소통했다. 그 과정에서 어떤 상황은 너무 아름답고 처연해서 모두가 함께 울기도 했다. 우린 각자 다른 젠더 안에서의 고충을 토로했다. 배우들은 나의 행동을 지켜보았으며 누군가는 그걸 연기로 표현하고 나의 다른 언어를 이해하고 흥미로워했다. 그들이 극에 담고 싶은 캐릭터를 향한 진정성과 순수함은 나를 자극했다. 공연을 연습하는 시간만큼은 존재를 의심할 필요가 없었다. 배우들은 내가 일하는 이태원 클럽에 들이닥쳐 내 쇼를 보고 아름답다고 말해주었고 아름다움을 알아봐주는 그들에게 감사한 마음이 들었다. 사람들이 말하고자 하는 아름다움과 내가 말하는 아름다움이 왜 다른지 생각해보았다. 우린 모두가 아름다운 모습으로 세상에 등장하지만, 세상이 말하는 아름다움과 비교되는 순간 그 아름다움은 힘없이 무너진다. 〈이갈리아의 딸들〉의 모든 배우는 그 자체로 아름다웠으며 젠더 크로스가 충분히 체화된 상태에서 절대 남성이 여성을, 여성이 남성을 흉내 내기를 바라지 않았다.

안무를 마치고 돌아가던 9월 모일, 기억이 희미한 어린 날을 떠올렸다. 누이의 친구들과 함께했던 여성 사회에서의 아름다웠던 추억. 그들은 지금 한 가정의 평범한 엄마가 되었고 나는 한 남자의 아내가 되었다. 누군가 내 결혼 뮤직비디오에 '죽고 싶을 때마다 와서 보는 영상이에요. 영상을 보고 있으면 죽고 싶다가도 다시 살아가도 될 것 같다는 희망이 들어요. 감사합니다'라는 말을 남기고 갔다. 살면서 결혼만큼

옳고 아름다운 짓이 또 어디 있을까. 신은 쓸쓸한 운명에게 온전한 시간을 선물해주었다. 난 삶을 저주했고 내가 선택하지 않은 불행이라고만 투덜거렸다. 세상엔 너무 많은 사랑과 자유가 있는데 난 없다고만 했다. 세상 모든 부정들도 그 앞에서는 정직한 미소로 꼼짝없이 차렷하고 있다.

남들과 조금 다르다는 것이 그렇게나 큰 죄가 되어야 했나. 그동안 우매한 인간들이 보내온 시선과 폭력은 노력과 반성도 없이 희미하게 형태를 잃어갔다. 그것들을 안고 살아가기에는 하염없이 게으른 나. 결코 내 과거와 현재, 미래를 더럽힐 수 없고 죄다 시궁창에 버려야 할, 이별 못 한 오물덩어리다. 보통의 사람들이 다르다고 보는 내가 아름다운 옷을 입고 아름다운 춤을 출 때, 비로소 완연한 내가 되는 것이 가장 아름다운 일임을 잘 알고 있다.

차별과 차이에서 멀리도 달아난 나는 그저 나인 나로 살아가겠다.

남성도 여성도, 강자도 약자도 아닌, 아름다운 한 인간으로.

볕이
나에게로
온다

볕이 나에게로 온다

빛이 나에게로 선다

불이 나에게로 진다

밤이 나에게로 핀다

발이 나에게로 튼다

별이 나에게로 운다

입이 널린 침묵

텅빈 벌레 껍딱

숨이 딸깍 요람

일용 노동 양식

삶의 유목 무희

씹어 삼킨 아귀

엄마 발을 뗄 수가 없어요
너무 아파요

지민아 너는 서야 쓴다

아니 자꾸만 꼬꾸라져요

발을 씨게 뻗어서 딛고 올라가야

다 글렀어요

지민아 너는 날아가야 써

커녕, 포도시 숨만 쉬고 있어요
너무 부쳐요

눈물 찍 나는 날이 온다 했냐 안 했냐
힘들면 숨 한 번 크게 쉬어야 숨 한 번 크게 쉬어

숨구녕이 명치에 또아리를 틀고 조여와요
엄마 나 좀 살게 해줘요
더는 못 가겠어요

지민아 꼿꼿이 서서 훨훨 날라가부러야

욕불로 지은 거짓부렁뿐인걸요
추운 겨울
엄마의 자궁에서 뛰쳐나와
여적 살아온 땅에 불이 번져 온전히
서 있을 수가 없어요
멍투성이에요 어쩌다가 이 지경이 된 걸까요
언능
이 빌어먹을 불구덩에서 끄집어내줘요

바람아 불어라 비야 내리쳐라
지민아 날라라 훨훨 도망쳐야

너무 뜨거워요
왜 날라고만 하는 거예요
아니믄 엄마랑 갈래
어디든 그러자고요
아니든 저기든

시방
저방

나랑

달랑

불구덩이 속으로 다시 기어들어가요

같이 가요, 끼대디

논두렁에 뱀들이 득실거렸다. 그중 유난히 때깔 좋은 한 마리가 정강이를 물고 달아났다. 엄마는 집 지을 땅을 사면서 절에 찾아가 새 집터를 물으며 태몽을 말했고 스님은 "이 아이는 장차 커서 무대에 서게 될 것"이라고 했다.

내가 태어나고 동생이 태어나고 부모는 4남매를 얻고서야 생산을 중단했다. 전에 살던 집은 철거됐고 장맛비가 그치고 땅이 꺼지면서 큰방이 있던 자리에 묘 하나가 발견됐다. 석관으로 된 것으로 보아 부잣집 부인이었을 거라고 사람들은 말했다.

아빠와 동네 아저씨들은 해골과 뼛조각들을 모아 뒷산에 고이 묻어주었다. 수백 년 전의 무덤 위에서 엄마는 날 배고 코빼기도 보이지 않는 서방을 하염없이 기다렸다.

가끔 꿈속에서 피골이 상접한 여인이 부엌으로 들어와 '배

고프다' 하면 밥을 차려주었다고 한다.

새로 이사 온 집은 하루에 송장을 두 번이나 치른, 동네에
선 흉한 집으로 소문이 나 아무도 거들떠보지 않았고 그런
집을 귀신보다 더 무서운 아빠가 헐값으로 들여 새 둥지를
텄다. 엄마는 밤마다 감나무 밑에 물을 떠놓고 무탈하게 해
달라고 신께 기도를 드렸다. 몇 해 지나 흙과 나무로 지어진
기와집이 기울자 빚을 내서 새로 집을 지었다. 8남매의 막내
로 태어난 아빠는 동네에선 막둥이로 불렸다. 할아버지는 아
빠가 태어나자마자 돌아가셨고 할머니는 머리에 피도 마르
지 않은 아들을 두고 가셨다. 젊은 시절, 집도 절도 없이 서울
이태원 미8군부대에서 일을 하다 송충이는 솔잎을 먹고 살아
야 한다고, 나고 자란 시골로 내려갔다. 다리 건너에 살던 엄
마와 선을 보고 그 시대 시골 사람들이 그러하듯 혼기가 차
서 사랑도 없이 식을 올렸다. 엄마는 '고이도'라는 섬의 이씨
집안 장녀로 태어났고 외할머니는 딸은 출가외인이라며 우
리 4남매를 낳는데 단 한 번도 와보지 않은 모진 분이셨다.
가난과 고독과 삶에 무게에 씨름하던 아빠는 동생이 태어나
자 어금니를 악물었다. 집도 성실하게 들어오고 전답을 일구
며 살림을 하나씩 늘려나갔다.

나의 이름은 모지민이다. 민은 '임금 왕王'에 '백성 민民'이
합쳐진 '옥돌 민珉'인데 면사무소 직원이 임금 왕을 휘갈겨

쓴 게 서류에서 서류로 옮겨지면서 삼수변에 백성 민. 결국 옥돌 민이 '망할 민混'으로 둔갑했다. 아빠는 면사무소에 찾아가 우리 아들의 옥돌 민을 내놓으라고 족을 쳤다. 나는 내 이름이 그때나 지금이나 그 아무개의 이름보다 아름답다고 생각한다.

옆 초가집에는 윤지민이라는 남자아이가 살았고 부모가 없는 지민과 여동생은 큰아버지의 갖은 학대를 못 참고 절에 들어가 학업을 이어갔다. 지민의 큰엄마는 농약을 먹고 숨통이 끊어지기 전 우리 엄마 손을 쥐어 잡고 "형님, 나 좀 살려주시오" 하고 눈을 감았고 알코올중독인 큰아빠는 암으로 바로 세상을 떴다. 나는 이름이 같았던 그 아이가 가끔 보고 싶었지만 찾을 길이 없었다.

어린 날, 친척 형 차 밑에서 이웃집 가시내랑 노는 중에 그 애가 깔려 죽었다. 두개골이 으스러지고 길바닥으로 튀어나온 창자들. 그 영상을 선명하게 기억한다. 이후 친척 형은 교도소에 수감되었고 형의 남동생은 교통사고로 사망했다. 그것이 내가 알게 된 첫 번째 죽음이었다.

어리고 어린 날, 분신처럼 붙어 있던 집에서 키우는 진돗개 '거멍이'가 집에 들어오지 않자 이웃 동네에까지 찾아 나섰다. 밤마다 애타게 기다렸지만 돌아오지 않았다. 일주일이 지나 방과 후 신작로 길가에서 거멍이를 보았다. 나는 싸늘하게 누워 있는 거멍이를 만지며 많이 울었다. 이것이 내가 본

두 번째 죽음이었다.

어려서부터 나는 머리에 무언가를 뒤집어쓰는 걸 좋아했다. 한번은 두꺼운 철로 된 세숫대야 받침대에 머리를 간신히 집어넣었다가 빠지지 않는 사태가 벌어졌다. 무겁고 두꺼운 쇳덩이를 빼려면 얼굴의 반을 썰어내야 했다. 아빠와 동네 남정네들이 나를 구하기 위해 톱으로 박을 타듯 썰고 또 썰었다. 나는 여왕이 쓴 왕관을 하고 있다고 생각했는데 아빠와 동네 남정네들은 나를 그것에서 구출하기 바빴다. 어찌나 단단한 쇳덩어리였는지 그 환상에서 해방되기까지 오랜 시간이 걸렸다.

"느그 아들은 참말로 희한하다. 저걸 뭔 염병한다고 뒤집어썼을끄나."

"그랑께야 저것이 커서 뭐가 될랑가 모르겠다."

마당에선 술판이 벌어지고 나는 안도의 숨을 쉬고 변소에 가 앉아서 오줌을 누었다. 학교를 파하고 아이들은 집 대문 앞에 와서 나를 실컷 놀려대고 갔다. 나는 문에 걸린 치맛자락을 숨기고 한동안 방 안에서 나오지 않았다. 아빠는 아는 스님이 있으니 절에 들어가 살라고 종종 말씀하셨다. 그렇다고 해서 '너는 왜 다른 모시마들처럼 굴지 않느냐'고 단 한 번도 묻지 않으셨다. 나는 세상이 무서웠고 아빠는 험한 세상에서 세상 아이들과 조금 다른 셋째 아들을 피신시켜주고 싶어 하셨다. 비가 억수로 쏟아지는 날, 엄마는 밥을 먹지 않는 나를 등에 업고 동네 전방에 데려가 사탕 한 봉지를 사주었다. 종종 비가 오면 학교 가기 싫다고 땡깡을 부렸고 그때마다 날 데리고 교문으로 향했다. 나는 엄살이 심해 또래의 모시마들이 하지 않는 짓만 골라 했다. 엄마가 응급실에 실려 간 날, 열을 식히기 위해 엄마의 젖가슴에 얼음주머니를 올려놓았다. 엄마가 신음할 때에 젖가슴에서 무덤을 보았다. 나는 그 무덤에 다리를 뻗었다.

초등학교 4학년 때 그림 위작 사건이 발생했다. 내가 그린 그림이 동네에서 가장 잘사는 놈의 이름으로 복도 한쪽에 버젓이 걸리는 일이 생겼다.

"아빠, 내가 그린 그림이 다른 놈 이름으로 바뀌었어요."

그 말을 듣고 아빠는 부리나케 옆집 용식이 아재랑 성난 삽을 들고 학교에 쳐들어왔다. 담임선생을 앞에 놓고,

"지민아, 이 그림이 진짜 네 그림이 맞냐, 아니냐. 아니면 아빠 이 자리에서 당장 죽어분다잉."

아닐 수도 있다는 불안에 입을 열지 못했고 오금이 저려왔다. 가느다란 맥박이 빠르게 뛰었다. 액자를 떼는데 문제의 그림 뒤에 하늘색으로 '4학년 모지민'이라고 또박또박 적혀 있었다. 그날 이후, 선생은 내게 잘하는 척했다. 아빠는 명절 때마다 그 사건을 되새겼다. 내겐 아무런 일도 아닌데 아빠는 자신이 못나서 아들이 당한 일이라고 한스러워했다.

같은 해에는 1988 서울 올림픽이 열렸고 이어 MBC 강변가요제에서 이상은을 보았다. 텔레비전에 그가 나오면 밥 먹다가도 달려갔다. 가족들은 나의 호들갑에 커서 이상은한테 장가가라고 했다.

그해 겨울 고주망태가 되어 들어온 아빠는 '담다디'가 들어간 카세트테이프를 사 오셨다. '세월이 가면'(최호섭), '내게 남은 사랑을 드릴께요'(장혜리) 등의 당시 최신 유행가들이 수록되어 있었고 테이프가 늘어지도록 '담다디'를 듣고 부르고 춤을 췄다. 학교 소풍이나 동네잔치에선 '담다디'로 인기를 끌었다. 아빠는 항상 늦은 시간에 술에 취한 채로 집에 들어왔는데 조금 나이가 들어 그때 그래야만 했던 아빠가 많이 측은하게 생각됐다. 한밤중에 화장실 갈 때면 4남매가 모조리 일어나 일동 줄을 서 소스라치는 무서움을 달래주었다. 각자 차례대로 용변을 보고 방으로 들어와 아무 일도 없던 것처럼 이불을 나눠 덮고 금세 잠에 들었다. 엄마는 새벽마다 연탄불을 갈았고 한번은 내가 일산화탄소중독으로 일어나지 못하기도 했다. 주말 밤이 되면 온 식구가 잠들기를 기다렸다가 주말 외화 극장을 보았다. 집에서 딱 한 대 있는 텔레비전을 독차지하는 유일한 시간이었다.

하루는 마당에서 뛰놀던 개를 쫓아가다 엉성하게 지은 개집에 발등이 베었다. 개집을 감싸고 있던 녹슨 양철이 박혀 있던 못을 밀고 나와 내 발등을 가격하기 위해 기다리고 있었다. 두 동강 난 흰 속살 사이로 스멀스멀 피가 올라오다 금세 흥건해졌다. 그 큰 상처의 흰 살과 선홍색의 피는 너무도 짙었다. 아빠는 빨간약과 붕대를 감아주고는 장* 좀 어지간히 치라고 했다. 그대로 무심히 방치해둔 발은 나을 기미를 보이지 아니하고 점점 부어오르다 피고름과 진물로 범벅된 발에 통증이 심해지자 태어나면서도 가보지 못한 병원이란 곳을 가보았다. 의사는 "바로 달려왔어야지, 이걸 그냥 두는 미련한 사람이 어디 있냐" 하고 아버지를 나무라셨다. 진짜 큰일 안 당한 게 다행이라고 괴사 부위를 잘라내고 절단된 발등을 무참히 몇십 바늘 실로 꿰맸다. 하늘이 도와 파상풍으로 인해 다리를 절단하는 일은 면했다. 그때나 지금이나 신은 내 곁에 있다.

* '장난'을 뜻하는 전남 사투리.

동네 총각이 농약을 먹고 자살한 날 밤, 눈깔 뒤집힌 사내의 엄마가, 자고 있는 부모님의 방에 쳐들어와 네년이 우리 새끼를 죽였다고 피를 토했다. 지 새끼 지가 죽여놓고 엄한 데서 분풀이하는 미친 여편네가 그날 밤 우리 집을 송두리째 뒤흔들어놓았다. 나는 그 여편네의 곡소리가 소름 끼쳐서 "엄마, 엄마" 하고 울다 간신히 잠에 들었다. 그 사건 이후로 엄마는 신경쇠약에 걸리셨다.

농번기가 한창이던 어느 초저녁에 일찍 잠에 들었는데 마당에서 재앙이 일어났다. 아빠는 엄마가 입는 옷이 꼴 보기 싫다고 태웠고 그러다 그만 담장을 둘러싼 탱자나무에 불이 옮겨붙었다. 지붕 높이만 한 불길 속에서 감당할 수 없는 불안이 엄습해왔다. 그 불이 지금 내 불안의 씨앗이 되었다.

그 불안은 때때로 죽음을 야기했다. 소여물 써는 작두에 엄마는 손목을 베었다. 볏짚을 넣는 과정에서 형은 딴청을 부리다 보지도 않고 작두를 내리쳤다. 엄마는 악 소리도 지르지 않고 바로 보건소로 달려가 생살에 수십 바늘을 꿰맸다. 하마터면 엄마는 소 키우다 팔을 잃을 뻔했다. 엄마의 손목엔 그날의 상처가 여전히 두껍게 남아 있다.

명절에 고향에 내려온 이모 아들이 방죽에 빠져 죽었다. 조카는 말을 못 해서 특수학교에 다녔고 한시라도 눈을 뗐다간 언제 어디서 무슨 일을 벌어질지 모르는 장애라 이모는

24시간 노심초사 매달려 있어야 했다. 집안사람들은 오열하는 이모에게 평생 말도 못 하는 벙어리 키워도 문제라고 차라리 잘된 일이라는 식으로 잔인한 위로를 했다. 시골 사람들은 먹고사는 게 우선인지라 서늘한 연민으로 추도하기도 한다. 어떤 탄생은 말없이 쉽게 오고 어떤 죽음은 이유도 없이 간다. 대학 1년을 이모의 집에서 지냈는데 딱 한 번 그 아이의 죽음에 대해서 처음이자 마지막으로 말을 나눈 적이 있다. 이모는 자식을 가슴에 묻고 사는 강한 여인이었다.

누나는 장녀답게 씩씩했다. 나를 여동생처럼 예쁘게 꾸며주었고 친구들 모임에도 자주 데려가주었다. 형은 이만저만 속을 썩였고 남동생은 유일하게 유치원을 졸업했고 막내가 누릴 수 있는 특권을 제법 누렸다. 엄마 아빠는 4남매를 굶기지 않으려고 자는 시간 외엔 일을 했다. 나는 그들이 너무 강해서 인간이 아니라 신이라 생각했다. 한겨울, 일이 없는 방학일 때도 아침 6시에는 전 가족이 깨어 있어야 했고 근면 성실하지 않겠다면 나가 살라고 하셨다. 우리 4남매는 고등학교 졸업을 하고 모두 뿔뿔이 도시로 흩어졌다. 절간의 스님 말대로 난 춤을 배우기 시작했고 서울에 있는 무용학과에 입학했다. 도시로, 무대로, 전쟁터로.

아빠

우린 한날한시에 같이 가요

그렇게는 안디야

나는 가는 날이 정해져 있다

그게 언젠데요?

아빠도 엄마처럼 끝이 보여요?

그래야 나는 끝이 보여서 좋다

아빠

난 발레리나가 되고 싶었어요

발레리노가 아니라

그런데 난 둘 다 되지 못했어요

나는 딸도 아니오 아들도 아니오

나는 없어요

나는 무엇이고

나는 왜 살아 있는 걸까요

지민아

나는 불이 좋다

내 한을 싸그리 태워주라

평생 얼굴도 못 본 애비랑

일곱 살에 떠난 니네 할미도

전부 다 불길 속에 던져주라

일평생 술로 사느라

느그 엄마 옷 한 벌도 못 사줬씨야

나는 때가 되면 내 발로

불 속으로 뛰쳐 갈랑께야

아빠

왜 4학년 때

내 그림을 바꿔치기한 선생의 모가지를

어슷 썰어버리지 않았나요

그 피로 몸을 씻고 나가

동네방네 이 그림이 우리 아들 그림이라고

소리치지 않았나요

엄마를 때린

정신 나간 여편네의 사지를

갈기갈기 찢어

가슴에 피멍 들게 하고 간

그년 자식새끼 무덤 옆에 묻어주지 않았나요

날 호모새끼다 하고 괴롭힌

빌어먹을 새끼들의

세 치 혀를 뽑아버리고

손발을 묶어

뱀들이 득실거리는 논두렁에

던져버리지 않았나요

정수리에서 피가 나요

왜 피를 보게 될 거라고 말해주지 않았어요

아프게 될 거라고

고달파 죽을 거라고 말해주지 않았어요

그랑께야 미안하다

지민아

근디 아빠 먼저 가야 쓰겄다

너는 잘 살다 와야 쓴다

안 돼요

아빠

우리 그 씨발 염병 천병 할 것들을 싹 다 죽여버리고

엄마랑 한날한시에 같이 떠나요

그리고 다시는 이 억겁의 속세로 돌아오진 말자고요

한데 아빠

죽으면 진정 끝인가요

다시 인간으로 나면 어떡해요

나는 어지럽고 춥고

시커먼 먹구름이 몰려와요

포도시 살아난 쥐들이 생살을 갉아 먹어요

허기진 독수리 떼가 죽은 친구들의 눈알을 파먹어요

사악한 뱀들이 어슬렁어슬렁

지난한 운명을 업신여겨요

무단씨 자빠져 으스러진 껍딱에

혼불이 빠져나가요

무서워요

아빠 없으면

나는 죽어요

같이 있어요, 끼마미

"난 새끼들이 조금 섭섭할 때 갈란다. 인자는 끝이 보인께 좋다. 너무 오래 살아도 못써야."

여인 엄마 그녀는 아들이, 당신이 좋아하는 고무신 사 왔다고 흐뭇해하신다. 가지 많은 나무에 바람 잘 날 일 없다시며 늘 자식 걱정하다 늙고 병든 여인 엄마. 그녀는 요즈음 들어 기력이 부쩍 쇠해지셨다. 난 그만 내려놓으라 해도 당최 부모는 평생 자식 낳은 죄인이라 어쩔 수 없다 하신다. 옆집에서 놀러 온 아낙은 결혼 안 한 자식은 불효자들이나 하는 짓이라며 날 나무라고 여인 엄마 그녀는 너만 결혼했다면 온 동네 사람들이 우리 집안을 부러워할 게 아니냐고 맞장구를 뜬다. 짜잔한 집 왔다 갔다 고달프니 명절 아니면 오지 말라고 거짓을 당부하고 난 부모가 살면 얼마나 오래 살겠냐고 그리 인색하게 굴 수 없으니 자주 오겠다고 그다지 마음에 없는 소릴 했다. 우리 나이엔 부모를 백 번도 못 만난다는 말도 덧붙이며 설멋을 부렸다. 마흔이 넘어도 여인 엄마 그녀의 하염없는 사랑과 근심의 이유를 깨우치는 건 턱도 없는 일. 품 안의 자식이고 더 이상은 아무리 애를 써도 가까워질 수 없는 시간과 벽이 있다. 그 곁을 지켜줄 수 있는 건 여적 살아 있는 애비와 남아 있는 삶의 무게뿐이다. 그 무게는 그 언저리에 가보지 않는 한 알아낼 재간이 없다.

살아갈 마일리지가 얼마 남지 않은 여인 엄마. 그녀의 한숨에 땅이 무너진다. 자식새끼들 다 여의고 혼자 남아 있는 나를 보며 안타까워하는 여인 엄마. 그녀는 아직까지 하루가 멀다 하시고 손수 김치를 담가 보내신다. 엄마의 땅은 씨가 마르지 않고 돌에서도 젖을 짜내는, 논리적으로는 설명이 불가한 힘을 지니고 있다. 그 신비의 품 안에서 멀리도 달아난 나는 그들이 모르는 다른 세상에서 내 방식의 사랑으로 살아가고 있다고 난 결코 해줄 수 없는 일이라 입을 닫는다. 비밀도 거짓도 아닌 그저 다름이다.

다음 생에 여인 엄마 그녀와 다시 만난다면 그땐 내가 이만저만고만해서 그랬다고 허심탄회 넋두리를 늘어놓을 수 있을 것이다. 한데 어쩐지 우리 모녀는 그럴 여력이 없어 보인다. 미련덩어리인 나는 기건 아니건 이번 생으로 모질게 연을 끊을 것이다. 그 무엇으로 다시 태어나든 인간으로는 만나지 않을 것이다.

"나는 우리 지민이가 암시렇지도 않은디, 왜 사람들은 가시내냐 모시매냐 하는지 모르겄씨야. 참말로 지민아, 너는 노랗게 염색하고 머리띠 하고 다닐 때가 질로 이뻐야. 글고 결혼은 해야 써야. 혼자 살다 디지지 말고."

빠져 깊은 눈과

없는 나무의 바람과

젖은 치마의 눈물과

흘리는 기와의 빗물과

구름의 창백한 겨울과

걸음이 무거운 하루와

기우는 하늘의 낮과

헤매는 꿈속의 빛과

돌릴 수 없는 어제와

짝을 잃은 신과

이름 없는 운명과

잠이 없는 죽음과

누울 수 없는 희망과

부재가 일상인 대화와

박제된 사진의 사랑과

시간에 연소된 우리와

쌓이는 약물의 중독과

파편 된 내일의 날아간 나와

다시 알아볼 수 없는 당신과

겨우 사는 명줄과

이별 못 한 이별과

아
가
야

아가야

동성애법은 자연의 섭리와 하나님의 섭리를

어긋나게 하는 법이라고 역정 낸

전광훈 목사, 새누리당 김무성,

더불어민주당 박영선 비대위원 연놈들

힐 신고 쫓아가서 싹 다 면상을 찍어버리자

아직도 동성애하면 AIDS 걸리는 것 아니냐고

정말 아무렇지 않게 묻는 못 배운 헤테로들의

세 치 혀를 뽑아버리자

모임에 초대해놓고 냅다까라 커밍아웃시키는 친구들의

아가리를 조사버리자

그러지 말라고 그러면 못쓴다고 좋게 타일러도

너 동성애자인 거 사람들이 다 안다고

앉아서 굿이나 보고 떡이나 먹으라는

뻔뻔하고 미련한 것들의

입창시를 갈겨버리자

귀에 피가 나도록 말을 해도 못 알아처먹고

끝까지 나를 '그것'이라 씨부리며

이쪽저쪽 색깔 타령하는 것들의 사지에

염병 뚜드럼병 나게 하고

멍청한 새대가리를 박살 내버리자

내 이름 앞에 그 타이틀을 무슨 벼슬인 양

수식어로 갖다 붙이는 씹스러운 것들의 주둥이를 꿰맸다가

실밥 풀리기 전에 다시 보란듯이 열십자로 찢어버리자

무엇이 옳고 그른지 교훈과 치욕을 알려주자

자칭 일틱이라고 부르는 역병 난 이쪽 것들과

끼순이 사절이라고 대문 걸어 잠근

근돼 호모들의 네모난 가슴팍 근육을 어슷 썰어버리자

나 때문에 아웃팅 되는 걸 염려해

길에서도 알은척 말자던 클로짓들

하다못해 사면발니라도 걸려 그들 낭심과 음모의 피를

쪽쪽 빨아 먹게 만들자

호의를 베풀면 지와 지 거시기를 좋아하는 거 아니냐고

착각의 늪에 빠져 허우적거리는 턱도 없는 자들과

네가 여자냐 남자냐 따지는 꼰대들의 꼬장꼬장한 꼬추를

고자로 만들어버리자

오줌 싸고 손 씻는 일을 게을리하고

집에서 손 하나 까딱 안 하는

남정네들의 손을 그라목손으로 씻겨

모욕과 목욕을 주고

성스러운 하늘의 성수를 받아 마시게 해

가출한 정신머리에 번개를 치자

내 목소리와 행동이 역겹다고 말하는

허드레 쌍것들한테 남의 허물을 벗기려 하기 전에

먼저 집에 가서 거울 좀 보고 오라고

그리 말하는 네 면상이 더 추악하고 험하다고 일러주자

나를 호모새끼라고 놀리며

괴롭히고 나무랐던 것들의 씨를 말리고 집안 대대 삼족을
멸해버리자

그와 같은 잡것들이 이 지구 어디에서도

꿈틀거리지 않게 자근자근 밟아버리자

내 사랑이 인식되지 않는 눈과 귀가 멀고

동성애도 고칠 수 있다고 꼬드기는 이들에게

세상엔 여러 유형의 사랑이 있다고

그들의 닫힌 마음에 청산가리를 뿌리고

신은 결코 너희를 위해 손들어주지 않을 거라고

십자가에 못을 박자

나 같은 호모들 다 이해한다고 말하는

느자구없는 오만방자들에게

고두심이 가슴에 빨간약 바르고

밀양에서 전도연 눈깔 뒤집히는 연기를 보여주자

나는 누군가에게 이해의 대상이 아니거늘

누가 누굴 용서하고 이해한단 말이더냐

턱도 없는 얼척이 뺨을 매섭게 후려치게 하자

내 게시물에 단 한 번도 '좋아요'를 누르지 않은

인색한 인친들의 손모가지를 짤라버리자

피드만 올렸다 하면 에구구구 하고 언팔하는

싸가지 없는 것들의 버르장머리를 단단히 고쳐주자

나를 팔로잉하지 않으면서

일생 가내수공업으로 들락날락 염탐하는

염치없는 것들의 눈깔을 파버리자

드래그를 당연지사 공으로 부려 먹으려 하는

얼굴 두껍다 못해 철판인 것들에게

'이 세상은 공이 아니라 재앙이다'를 보여주자

돈 떼먹고 도망간 제작자들의

통장 잔고가 죽는 날까지 텅텅 비도록

가뭄을 내리고 가운데 다리를 낫으로 쳐서

평생 남자 구실도 못하고 고독사로 뒈지게 만들자

잘라져 나간 무쓸모는 논두렁 밭두렁

독사의 먹이로 던져주자

그 비암들은 때깔에 윤기가 좌르르 흐르게 하고

흰자만 뜬 눈과 매서운 혓바닥으로

그들의 대문 앞을 어슬렁어슬렁

파렴치한들의 피를 말려 죽게 하고

그 시체의 피를 빨아 먹게 하자

차마 눈뜨고 볼 수 없는

한심하기 그지없는 작품을 만드는 것들의

창작 지원을 끊고

그들의 사비를 털어 똥을 싸게 해

똥인지 된장인지를 분간시켜주자

자신의 얼토당토한 주관적 세계를 강요하는

한숨뿐인 것들의 고갈된 영혼을

믹서기에 넣고 MAX로 갈아버리자

내 쇼 보고 대체 무슨 운동 하냐고 묻는

호기심 천국에 사는 사람들에게

사실 믿기진 않겠지만 나는 무용 전공했다고

직접 공책에 받아 적게 하고 그 자리에서 외우게 하자

내 쇼가 무섭다고 자리를 박차고 나간

연약한 온실의 끼순이들에게

오뉴월에도 서리가 내리는 살기의

극한 공포를 체험하게 하자

내 사진과 영상을 찍어 가 일언반구도 없이
여기저기 갖다 쓰면서 그게 마치 자신의 작품인 양
자랑하고 자빠져 자위하는 예술병 걸린 사짜들에게
사기도 정도껏 치라며 살기를 띠어
피바람이 불어닥치게 하자
아니요 저기요 그러지 말라면
네가 무슨 연예인이라도 되는 줄 아냐고
뭐 그리 까탈이냐고 어이없어 하는 황당무계한 것들을
황망한 황천길로 보내주자
다음 생은 꿈에도 그러지 말라고 주리를 틀어
머리채를 잡고 혼을 빼서 혼꾸녕을 내주자
대체 노력과 반성이 없는 불성실한 것들의
어제와 오늘과 내일과 미래를
싸그리 바그리 아그리 빠그리 파탄내주자

아가야 그래도 넌 아름다운 말 하면서
매시랍게 살아가야 한다
나는 걸게 살아와서 입이 여간하단다
아가야
세상은 아름답기도 하지만
어디서나 도사리고 있는 폭력을 잘 피해가야 한다
한시라도 넋 놓았다가는 되도 않게 자빠진다

모양 빠지지 않게 매사 눈 똑바로 뜨고 있어야 한다

모든 인간은 적이란다

그걸 명심하여야 한다

누가 친구 하자고 하면

그따윈 필요 없다고

단칼에 거절하여야 한다

아가야

말이 길었다

삼천포로 빠졌구나

다 웃자고 한 얘기다

지혜로써 알아서 걸러 듣거라

나야말로 욕창의 구더기 아니겠느냐

아가야

아장아장 하염없이 걸어가자꾸나

비극적 상상으로 매일이 치달은

　요즈음은 비극적 상상들로 매일이 극에 치달았다. 붙은 숨이 버겁고 살결은 지덕지덕 치이고 여기저기 너저분하게 널려 있는 나의 모습들은 허튼 말 같고 사람들은 나를 보고 있는데 나는 없다고만 느끼는 모순된 감정을 그 어디에도 누일 길이 없다. 서울국제공연예술제를 마치고 날마다 황보령의 '탈진'을 들었다.

　　속도 모르고 비추는 빛을
　　천 갈래 만 갈래 쪼갤 수 있다면
　　아픈 기억을 세상 끝 낭떠러지로 내던질 수 있다면
　　아무짝에도 쓸모없는 시간을
　　싹 다 도려낼 수 있다면
　　기다려도 오지 않는 다리를 부러뜨릴 수 있다면
　　보고 싶은 사람의 얼굴을 반으로 썰어낼 수 있다면

오늘 뉴스에서 본 연예인의 너무 흔한 자살 소식과 급격히 낮아진 온도와 매가리 없이 떨어져나가는 죽은 이파리. 비자가 없어 출국을 앞둔 남편과 초대된 곳에서 이유 없이 물매 맞은 채로 소비된 심장과 삭신이 뻐근하고 아리다.

어제는 충무로 '갤러리 브레송'에 내 사진들이 전시되었는데 결혼식장으로 걸어가는 과하게 치장된 뒷모습이 평화로운 일상에 난데없이 출몰한 낯선 존재라 한없이 슬펐다. 세상은 축제인데 나는 항상 그 뒤에서 비겁하게 울고 있다. 나는 어쩌자고 태어났을까. 끝이 오고 있기는 한 걸까. 알 수 없는 미래 누가 좀 힌트라도 주었으면. 삶은 늘 난센스 안에서 내팽개친 낙엽처럼 무심하게 잘도 굴러간다.

혼절 두절 새절역의 드래그 퀸

　우중충한 컬러의 커튼이 집안 분위기 잡아먹을 태세라 미련 없이 떼어다 동네 세탁소에서 드르륵 박았다. 몇 해 안 쓰고 처박아둔, 나름 돈 좀 지불하고 산 가죽 가방의 표피를 어슷하게 썰어 눈썹 만들어 달고 구멍 텅텅 뚫린 다용도 걸이를 둥글게 말아 스웨이드 카우보이 아우터를 그럴싸하게 얹혔다. 밤새 삭힌 홍어의 이기어진 피로만큼이나 무거운 짐을 머리에 이고 마치 아무 일 없던 듯이 지는 하루를 시작하는 광대가 되었다.

　승천이라도 하고 싶었던 것일까. 신발장에서 가장 높은 힐을 골라 신었으나 더 큰 헤드피스를 착용하지 못한 게 아섭기만 했다. 한여름의 높은 습도가 두꺼운 화장 속으로 들어와 진흙을 녹이고 목을 조르고 있던 모공에 산골짜기 이슬이 맺혔다. 좌우로 대형 선풍기가 성실하게 소음을 내뿜으며 녹진한 땀을 어루만지고 클럽의 음악은 마냥 달려라 하니였다. 나는 중심을 잡으려고 발등을 최대한 밀어 발볼과 엄지발가락에 힘을 주고 똥구멍을 확 조였다. 척추 기립근을 세워 늑골을 닫고 견갑골을 내려 정수리에서 경추까지 길게, 사지를 길게 늘어뜨렸다. 목 디스크에 걸려 가엾게 죽어가는 일용 노동출장 드래그는 몸통을 회전시켜가며 간신히 사람들을 맞이했다. 헤드피스를 이고 진 몸뚱어리가 안전 요원의 도움 없이제자리에 우뚝 선 채로 낯선 위화감을 뿜어내기를 바랐다.

기어이
묻는다
뱉는다
저기요
뉘시요

멍청하게 자고 있던 뇌세포가 뭉그적뭉그적 꿈틀거렸고말없이 지나쳐버린 무심이들의 뉘앙스를 알아차릴 수 있었다. 지방객, 도시객, 해외객, 각기 다른 객들은 어서 빨리 짝짓기나 하자며 매음굴로 들어갔다. 일틱한 게숙이들이 다가오면 병풍 속의 한 그림이 되는 둥 마는 둥 하나 둘 셋 하고입을 곱게 찢었다. 개중 상냥한 객들은 그럼에도 불구하고"아름다우세요"라고 말해주고 갔다. 평소 알고 지내던 서삼들은 "애쓰시네요"라고 했다. 나는 알겠으니 어여 갈 길 마저 가라며 상냥하게 응대했다.

콜택시를 잡아 다음 노동 장소로 이동. 부리나케 화장실로 달려가 맺힌 똥과 오줌을 한 호흡에 싸질렀다. 구더기 42만 마리가 에구구녕으로 흘러들어갔고 반 평짜리 화장실 안에선 썩은 냄새가 진동했다. 닫힌 배창시를 갈라 속창시를 꺼내 콸콸 흐르는 수돗물에 씻었다. 같은 시간, 같은 장소, 같은 일이 이틀 연속 되풀이되었고 돈 버는 일이 어지간하다고 깨우쳐주었다. 3일째 되는 마지막 날은 해밀턴호텔 풀장 파티였다. 하늘에선 근육질 마초맨들이 하염없이 물속으로 떨어져내렸다. 얄팍한 빤스 하나만 입고 내 몸 좀 봐달라 외치는 근육돼지들이 펼치는 우락부락 끼의 향연.

네모난 젖탱이와 빤스 안의 거시기가 궁금하기도 했다. 그 안에서 순간 극렬한 고독이 들이닥쳤다. 나는 생계를 위해 노곤한 몸뚱어리로 이 시간에 존재하는 그저 끼순이. 세상은 세상 축제인데 나는 너무 없고 너무 없는 나이기에 그러므로 저들과 다른 행색으로 꾸역꾸역 살아가고 있는 것일까. 나는 언제까지 이 끼를 덕지덕지 붙이고 떨며 살아가야 하는 걸까. 나는 내가 너무 딱한데 그걸 무심하게 알아채버린 사람들 사이로 숨어들어갈 쥐구멍은 있는 걸까. 나는 같은 종자로 번식된 새끼에서 뭐땀시 엄한 샛길로 빠져나와 또 다른 셋방살이를 하는 걸까. 밑도 끝도 없는 질문들로 풀장에 홍수가 났다.

저들은 저들이기에 행복할까. 누가 더 외롭고 누가 덜 행복할까. 나는 왜 항시 스스로 불행이란 타이틀을 거머쥔 비련의 끼순이인가.

타당성 없는 비관은 엄살에 불과하다. 태초의 먼지일 때는 하나였다가 조물주의 용심으로 갈라진 물색없는 이단. 곡기를 씹어도 씹어도 허기진 털 난 물고기. 그날은 없는 나를 밤새 따지고 물어뜯다 혼절 두절 새절역에서 포도시 하차했다.

나는 사는 구더기가 아니다 숨는 구더기이다

나는 우는 구더기가 아니다 웃는 구더기이다

나는 없는 구더기가 아니다 없앤 구더기이다

나는 뱉은 구더기가 아니다 삼킨 구더기이다

나는 둔탁한 구더기가 아니다 구멍한 구더기이다

나는 한껏 구더기가 아니다 한껏한 구더기이다

나는 비방한 구더기가 아니다 방방한 구더기이다

나는 구슬한 구더기가 아니다 묵둥한 구더기이다

나는 마땅한 구더기가 아니다 허러한 구더기이다

나는 황막한 구더기가 아니다 화만한 구더기이다

나는 화무한 구더기가 아니다 두먼한 구더기이다

나는　구속된　구더기가　아니라　숭배된　구더기이다

나는　벗겨진　구더기가　아니라　갇는　구더기이다

나는　기이한　구더기가　아니라　구미한　구더기이다

나는　노는　구더기가　아니라　나는　구더기이다

나는　모난　구더기가　아니라　편안　구더기이다

나는　울어도　구더기에요　웃어도　구더기이다

나는　빌어도　구더기에고　바꿔도　구더기이다

나는　싫어야　구더기에고　죽어도　구더기이다

　장문의 편지를 보내온 젊은 남자를 만났다. 골똘하게 쓴 진솔한 글귀가 은평구 역촌동에 사는 늙다리 끼순이의 마음을 쉽게 움직였다. 2020년 8월 28일 오전 10시. 막 문을 연 카페. 잠을 설치고 부리나케 달려온 젊은 남자. 그 와중에 깨끗하게 면도된 입 주변에 자꾸만 시선이 갔다. 노트북을 꺼내어 나를 보러 온 이유를 조곤조곤 설명하고는 이 말을 하는데 왜 이렇게 떨리는지 모르겠다며 수줍은 마무리를 지었다. 나는 늘상 그렇듯 흔한 미팅 상황이라 젊은 친구 참 애쓰고 있구나란 생각이 들었다. 다음 날이 친구의 사십구재라서 부안으로 멀리 가야 하는 길을 자신의 차로 동행해주겠다고 했는데 호의를 받아들이기엔 너무 수고스러운 일인지라 다음에 잊지 않고 꼭 그 기회를 쓰겠다고 했다.

　차를 마시고 밥을 먹고 나니 마침 비가 쏟아졌다. 집으로 데려다주면서 젊은 남자, 내게 운전은 숨 쉬듯 하는 거라고 말했다. 나는 그 인상적인 문장과 차 안의 냄새를 안고 내렸다.

며칠 후 젊은 남자에게서 이번 왓차 프로젝트는 어쩌면 기약 없는 일이 될 것 같다는 말을 전해 들었다. 될 수도 있고 안 될 수도 있지만 페시미스트인 나에게는 늘 후자가 먼저이다. 부정 탄 예감은 틀린 적이 없고 전화를 끊자마자 쉽사리 수틀린 일을 받아들이기로 했다. 아무 일도 벌어지지 않았고 애초에 없던 일들은 오기가 무섭게 토꼈다. 얼마 후 젊은 남자는 카톡으로 화과 선물 세트를 보내왔다. 그의 카톡 프사는 변함없이 비어 있었고 없는 프사에 이런저런 말들을 주고받는 와중에 배송된 화과를 낼름 먹어 치웠다. 꿀맛이었다.

나는 자필로 'JY 감독님, 고맙습니다, 사랑합니다'를 쓴 종이를 찍어 보냈고 젊은 남자는 '저도 그러합니다'라며 자신의 SNS에 그 사진을 포스팅했다. 간혹 젊은 남자가 건네오는 말에 나는 애쓰지 말라고만 초를 쳤다. '저 애쓰지 않습니다'라는 투정 같은 답변이 귀여웠지만 관심을 두지 않으려고 했다. 그렇게 저렇게 의미 없는 두어 달의 시간이 가고 혹여나 우연히라도 마주친 적은 없었다. 10월 25일 SPAF 공연 마지막 날. 젊은 남자는 카톡으로 또 한 번의 선물을 보내왔다. 비어 있는 프사에서 이것저것 쉽게 배달이 됐다. 꺄아악! 내가 그토록 바라왔던 꽃! 방전된 몸이 회생되는 기분이 들었다. 〈결혼 2주년 이브〉의 한 대목이 떠오르는 순간, 기쁨과 놀라움을 무릅쓰고 오후 9시, 아사 직전의 노곤한 몸뚱이의 판단이 흐려져 나는 당장 듣도 보도 못한 여주로 길을 나서야 하는데 전에 예약해둔 운전대를 어서 나를 위해 지금 좀 잡아달라는, 정말 턱도 없이 무례한 질문을 던졌다. 젊은 남자는 3일간 날을 새서 움직일 수 없다고 했고 함께 가주면 얼마나 좋을까 하는 아쉬움이 크게 남았다. 고마움도 반가움도 이유 없이 들이닥친 급작스러운 일에 황급히 카톡을 닫고 비몽사몽 흐리멍덩 몽롱한 몸을 이끌고 촬영장으로 갔다. 젊은 남자가 보내온 잘 시들지 않는 꽃을 보고 있자니 그가 무심히 툭툭 던지는 말에 왜인지 모르게 마음이 갔다. 나는 아무렇지 않은 말들을 아무렇지 않게 던졌고 그 아무렇지 않은 존재의 실체가 조금씩 아무런 실루엣을 드러냈다. 젊은 남자는 숨 쉴 틈 없이 바쁜 와중에 짬을 내어 나와의 문자를 이어갔고 간혹 보고 싶다고 하는 그의 말에 설레고 신경이 쓰였다. 혹시 내가 그토록 찾아 헤매던 끼스러운 천사가 아닐까 하는 의구심에 나는 그리하여 사귀어나 보자, 당치도 않게 들이댔고 착한 젊은 남자는 그 말을 무시하지 않고 감당 가능하겠냐고 물었으며 나는 너무 가능하다고 1년에 한 번 보는 걸로 족한다고 했다. 젊은 남자 정말 그러하냐고, 나는 진정 그러하다고. 별수 없는 진심이 가볍게 손끝에서 떠나갔다. 네비게이션에도 찍히지 않는 오지에서 길을 잃은 내게 달려와 어여 나의 아름드리 영계백숙이 되어주오! 나는 내 배창시만 채우려는 욕심 많은 사악한 늙다리 끼순이이다. 그때부터 서로 주고 뱉은 말들을 차근차근 곱씹어보았다. 젊은 남자 그는 진일까 농일까 대체 무슨 꿍꿍이일까. 내가 안쓰러워 보여서 늙다리 끼순이가 말도 안 되게 꾸린 미끼에 거짓부렁으로 걸려든 척하는 걸까. 그 장난에 나는 없는 나를 패대고 스스로 오도 가도 못할 세상으로 가버렸구나. 김치 국물 마시기도 어지간하다 못해 나라는 존재는 너무 나라서 부끄러웠다. 누가 알까 무서워 상상의 나래를 접었다 피었다. 텅텅 비어 소리만 요란한 소란을 피웠다. 망상에 사로잡혀 말도 안 되는 시나리오를 그려보았다. 젊은 남자가 매일 아침 날 위해 글을 써준다면 이보다 더 아름답고 낭만적인 사랑은 없을 것 같고 지금 내가 사는 세상은 지옥인데 그 불속을 사랑을 빌미로 꾸덕꾸덕 살아가려는 내가 딱하면서도 역겨웠다. 그래서 그럴 수도 있겠구나. 스스로에게 측은지심 동정표를 던져주고는 뻐근한 늑골을 벌려 체념의 한숨을 크게 내쉬고 나서야 답이 들려왔다. 영계백숙은 끓여 먹어야 보신이지. 어쭙잖게 품었다가는 황천길로 가는 불나방 코스프레꼴. 심심풀이 오징어 땅콩 씹다가 피 같은 돈 주고 심은 임플란트 나가는 꼴, 뼈도 못 추리고 엉성하게 끼워 맞춘 실험용 해부학 되는 꼴. 단 1퍼센트도 가능성 없는 일에 마음을 두다니. 나는 비로소 외롭다 못해 노망했다. 그러다 별안간 기억나지 않는 얼굴이 별안간 보고 싶어 젊은 남자의 인스타그램을 기웃거리며 얼굴을 찾아보았으나 젊은 남자의 계정과 카톡에는 그가 없었고 알아볼 수 없는 지경의 사진들만 크게 확대해서 뚫어져라 쳐다보며 보고 싶은 마음을 달래 보았다. 며칠간은 정신없는 스케줄로 몸을 혹사시켰고 잠에서 깨어 보니 피로가 아우성인 몸과 여전히 젊은 남자에게로 향한 마음과 마주했다. 커피를 들이켜고 종일 널부러진 채로 멍청하게 넷플릭스와 유튜브를 보았다. 잠들기 전 잠시 눈을 뜬 이성이란 자가 혼자 북 치고 장구 치느라 애썼다며 이 게임의 결말은 피바다라는 결말을 일러주었다. 나 혼자 다 해처먹는 사랑은 맥없이 종지부를 찍었다. 어이없게 비웃기를 기다리는 비극의 농간이 농후했다. 드라마 퀸이 꿈꾸는 모노드라마의 여주인공으로 과감히 등장시켰다가 카메라에 빨간불 켜지기도 전에 곧바로 퇴장시켰다.

두 번 다시 걸려오지 않는 전화, 별일 없는 문자, 기약 없는 만남. 아무도 거들떠보지 않는 삼류 코미디 극장 안은 무심한 웃음소리로 왁자지껄했다. 나는 약의 힘을 빌려 어수선한 정신을 눕히고 기운 없는 꿈속으로 향했다. 꿈에서도 영계백숙은 없었다. 젊은 남자와 나는 애당초 없었다.

2018년 12월 28일. 홍대 포스트 극장으로 현대 무용수 김혜경의 공연을 보러 간 날.

문제의 공연 제목은 〈자조방방自照房房〉. 잠시 북소리가 나더니 금시에 정적. 은색으로 칠해진 무대에 의자만 달랑 하나 있었다. 음악도 없이 그 공간에서는 사람들의 숨소리뿐. 혜경이는 침묵처럼 묵묵한 몸짓으로 등장했다. 스멀스멀 꼼지락꼼지락 꼬물꼬물 굼벵이 같은 호흡으로 의자 밑으로 들어갔다가 느리게 누웠다가 느리게 의자를 옮기거나 느리게 앉거나 서기만을 반복했다. 시선을 옆이나 뒤로 돌리는 것마저 눈치 보이는 비좁은 곳. 나는 좀이 쑤셔서 견디기 힘들었다. 객석에서는 나와 같은 사람들의 의자에서 삐그덕 소리가 났다. 그런데 어쩐지 혜경이는 꾸물거리다 멈칫 뭉그적거리다 멈칫. 초반이 지나고 중반이 다가오는데도 좀처럼 이렇다 할 움직임이 나오지 않는 상황. 그래, 알겠고 이제 그만 좀 춤을 추거라. 언니 집에 좀 가자. 그냥 이렇게 끝나면 알아서 해라.

극장은 좁고 낡고 등받이도 없는 의자에 불편하게 앉아 버텨야만 하는 고역의 한 시간이었다. 끝도 없이 느릿느릿 별다른 춤사위를 내놓지 않다가 중간 무렵 뭉크를 연상시키며 일그러트린 표정으로 관객들의 실소를 터트렸고 다시 침묵으로 일관. 그 어떠한 예상도 불가능한 공연. 나는 조금 더 앉아 있다가는 공황 발작이 날 것만 같아 빨리 이 좁아터진 자리를 박차고 나가 크게 숨을 쉬고 싶었다. 인내심이 바닥으로 기어가다 호흡곤란으로 죽을지도 모르는 위기. 공연 보러왔다가 이게 무슨 날벼락이란 말인가. 그러다 비로소 무언가 보여줄 것 같은 의미심장한 표정으로 의자 위에 아슬아슬하게 서 있었다. 조명은 그 아이를 태워 죽일 듯이 덤벼들고 얌전 떨던 음악도 슬금슬금 고조되더니 울고 있는 것 같은 혜경이는 끝내 가만히 있다가 숨을 뱉으며 뛰어내렸고 긴 침묵을 깬 한숨 소리에 조명이 꺼지면서 그냥 그렇게 끝이 났다.

쥐가 난 삭신을 챙기고 자리를 뜨면서 남편은 "우리는 창밖으로 날아다니는 새가 궁금한 고양이들이었다" 말하며 웃었다. 혜경이는 그 공연으로 평론가의 만장일치로 무용 연기상을 받았고 지금까지 내가 본 공연 중에 가장 강하게 뼈를 때리는 공연 중 하나였다. 그 아이의 고집과 완강함에 질투가 날만큼 부러웠고 언젠가 나도 그런 공연을 해보고 싶다는 생각을 했다.

우리는 일상에서도 침묵이 두려워 말을 하거나 불필요한 행동을 하는데 관객들이 통상적으로 기대하는 무용 공연에서의 움직임이 딱히 없었다. 하지만 그 한 시간 동안의 숨소리와 동작 하나하나를 치밀하게 정해놓고 무한 반복 연습을 했다는 것도 너무 잘 알고 있다. 관객을 한정적인 상황에 몰아넣고 어디 맛 좀 보라며 굼뜨고 느리게 느리게. 마지막 장면의 짙은 잔상이 한동안 머릿속에서 떠나질 않았다. 이런 공연을 할 수 있다는 건 엄청난 내공과 용기가 필요한 일이다. 그 형체, 그 불빛, 그 호흡, 그 공간. 우사단 안은미 선생님 아랫집에 사는 김혜경 고수에게 크게 한 수 배웠다. 마침 그날은 내 생일이었고 내 발로 찾아가 획득한 값진 선물이었다.

신비롭고 골똘하게 저항하는
우주 유랑 춤꾼
김혜경은 삶이 지루할 틈도 없이
지구의 외롭고 침침한 모퉁이에서
이 방방 저 방방
그녀는 작고 단단하다

7월

외할머니가 소천하셨다. 영안실.

평안하게 누워 있는 할머니를 보고 아름답다는 생각이 들었다. 시체를 관으로 넣기 전 수의를 입혀주는 과정을 지켜보는데 염하는 사람의 왜소하고 단정한 용모에 과연 저 여인이 장의사란 말인가 의구심이 들었다. 온몸을 삼베로 뒤집어씌우고 겹겹이 꽃 모양으로 동여매는데 공포스럽게만 생각했던 일이 성스럽게 느껴졌다. 그날 후로 나는 장의사가 되기로 결심하고 장의사가 되려면 어떤 과정을 거쳐야 하는지 검색해보았다.

뇌수가 흘러나오고 오장육부 튀어나온 시신. 물속에서 퉁퉁 불어 나온 시신. 고독사로 오랜 시간 방치된 후에 형체를 알아볼 수 없을 만큼 부패된 시신. 온전치 못한 모양으로 굳은 뼈는 부러뜨려 관에 넣어야 하고 시체 썩은 냄새를 당해내려면 엔간한 비위로는 안 된다는 둥, 언제 어디서 누가 죽을지 모르기에 24시간 항시 대기, 운구차를 몰아야 하기에 운전면허증은 필수. 매일매일 송장은 넘쳐나고 대학에는 장의학과가 있고 장의사 자격증을 따려면 이론 실기 과정을 몇 개월간 거친 후 시험을 치러야 하고 예禮로 시작해 에로 끝날 일이라 돈 버는 것보단 봉사하는 마음이 더 커야 하며 특수하고 고된 일에 비해 연봉은 적고. 답답한 마음에 알고 지내던 전직 장의사 누이에게 물어봤더니 실전에선 눈깔 뒤집히고 입 돌아가는 사람도 많이 봤다고. 아무나 하는 일이 아니라고 일침을 가했다. 요단강 너머 외할머니는 턱도 없으니 집어치우고 끼나 떨라고 하셨다.

11월

다시 한번 귀신이 내 머리채를 쥐어뜯으며 '끼순아, 당장 새로운 세상이 열리는 곳으로 가 거리낌 없이 벗어라' 했다. 금요일 밤샘 근무를 마치고 토요일 정오, 카카오 휠체어를 불러 홍대에 위치한 한국 누드모델 협회 작업실에 도착했다. 회장은 카톡 프사와는 다르게 싹싹했다. 알아두어야 할 사항에 대해 간략한 설명을 듣고 옷을 벗기 전 테이블에 놓인 창억떡을 억척으로 쑤셔 넣었다. 혹시나 몰라 이태리 금장 가보시 들어간 킬 힐과 윤기 나는 액세서리를 준비해갔다. 소품이든 뭐든 구애받지 말고 하고 싶은 대로 하라고 했다. 누드 사진 작업은 많이 해보았으나 난생처음 크로키 누드 모델이 되는 날이었다. 회장이 일동을 주목시켰다. "오늘은 좀 특별한 모델이 왔어요." 화들짝! 동공이 커진 회원들.

타이머 소리에 피로와 이몽룡이 포주가 되어 포즈를 이끌었다. 흡사 마돈나의 Vogue, Strike a Pose! 힐을 신고 밧줄을 이용해 괴상망측한 포즈를 취하는데 나이 든 선생님들 뭐라 말도 못 하시고 곤혹스러운 시간이 더딘 호흡으로 흐르는 게 알몸으로 느껴졌다. 지금 생각해보면 정말 말도 안 되는 일이다. 협회 회원들은 대개 30년에서 50년 이상 그림을 그렸고 나 같은 존재를 듣도 보도 못했을 텐데, 그것도 성별이 남자인 모델이 15센티미터 킬 힐을 신고서! 어디서건 틀을 박살 내고 싶어 하는 나지만 이건 앞서 나가는 것도 아니고 그저 사정없이 철판이 두꺼웠을 뿐. 두 시간은 느려터진 호흡으로 번쩍 갔다. 릴레이로 이어지는 수업이라 다음 모델이 대기 중이었고 그날은 긴가민가한 채로 철수. 접골원에서 뼈를 재조립하고 이태원으로 밤일을 나갔다. 무릎에는 케토톱도 붙였다.

수요일

"지난 토요일 잘하셨어요. 근데 그렇게는 외부로 내보낼 수 없으니 오늘 보자고 했어요." 이 일은 큰돈은 안 되지만 맨몸으로 할 수 있다. 늙어서 꼬부랑 호호 할머니 되어서도 할 수 있다. 무념무상 항상 도 닦는 마음으로 행해야 한다. 사람들이 하는 말은 한 귀로 듣고 한 귀로 흘려라. 상처로 돌아온 말은 일을 하는 데 방해가 될 뿐이다. 회장 曰, "저는 명이 다해 불속으로 들어가기 전까지도 이 일을 할 거예요." 나 曰, "너무 감동적인 말씀이에요."

내가 남궁호 무용수 다음으로 본 섬세한 근육이라는 칭송도 아끼지 않았다. "한번 보세요." 32년 외길을 고집한 누드지기 파수꾼의 시범. 장풍을 쏘는 듯한 그녀의 공력이 여기저기로 날아다녔다. 입이 실종된 언어. 음악과 한통속인 몸. 완연히 전라된 변주곡. 틈새와 이음새와 매음새, 붓에 맞은 알몸은 한 폭의 동양화로 발화되어 협회 지하 공간 벽을 가득 채우고 있었다. 입상, 와상, 좌상.

크로키 모델 포지션은 내가 해왔던 작업과는 달랐다. 사방에서 보고 그리는 사람들을 고려해 몸 덩어리를 쪼개 상체를 들어 젖혀야 하고 두 다리는 한 발 간격으로 벌리고 팔을 들거나 내려놓을 때는 언밸런스되게 하는 게 좋다. 발레를 전공한 나는 앉으나 서나 꼿꼿한 꼿꼿이인데 크로키 모델은 주로 아치형을 취해야 하고 음악에 동작이 흐르고 연기하듯 감정을 몰입해서 과장된 에너지를 발산해야 한다고 했다.

과장을 전부로 일삼던 드래그쇼의 표현법은 발휘되지 못한 내 엉덩이가 수줍게 처져 있었다. 그나마 들러붙어 있는 살덩이를 쥐락펴락 쇼를 할 때에는 적에게 유리한 무기를 들고 있다고 치면 크로키 모델은 총기 없이 나간 육탄전이었다.

12월

합정에 '우리만화연대'라는 곳에 투입되었다. 모든 일이 일사천리. 방광을 비우고 화장실에 걸린 두루마리 휴지처럼 풀리는 일에 신명이 났다. 진정 시작이다. 얼핏 보아 서른 명이 넘는 사람들. 무엇도 채워지지 않은 도화지 위의 침묵. 그려지기를 기다리는 수많은 손끝의 야릇한 집중. 영화감독이 그토록 말한 갑옷을 해체할 시간.

2시 정각. 가운을 벗고 흰 천이 씌워진 정사각형 무대로 올라갔다. 기는 주되 힘을 빼자. 1부 1분 포즈 20개, 2부 3분 포즈 7개, 3부 5분 포즈 4개, 4부 10분 포즈 2개. 저들은 지금 무엇을 보는 것일까. 나는 없는데 나를 그리는 것이 이치에 맞는 일이더냐. 혹시라도 나를 알고 있는 사람이 있다면 실수로라도 못 알아보기를 바랐다.

무명무실 무감한 님. 미동 없는 시간을 뭉그적대며 걷는 슬픈 마네킹. 혹시나 마주칠까 했던 열반은 초짜인 내겐 왕림하지 않았다. 그렇게 11월 크로키 누드모델 수업 2회로 첫 벌이는 116,040원.

12월 둘째 주 수요일

오후 2시에서 4시까지 우리만화연대에서 누드. 5시에

는 연신내 피부과에 탈모 주사를 맞으러 갔다. 상태를 살펴 본 의사가 말했다. "금세 여기저기로 번식되었네요." 나 曰, "휴……" 두 개의 구멍이 네 개의 구멍으로 새끼를 까고 뻥 뻥 뚫린 구멍인 채로 금천구 가산 디지털역 모 게임 회사로 달려갔다. 고층 빌딩. 텅 빈 위장. 비상구에서 비상식량을 때 려 넣는데 신호가 왔다. 화장실에 비데가 있어 위생적인 항 문을 보여줄 수 있음에 안심했다. 변기 커버를 닫고 바리바 리 벗어젖힌 허물을 챙겨 나와 7시, BYC 하이시티 16층 대회 의실. 설치된 간이 무대는 돗자리 달랑 한 장. 옆에는 삼지창, 검, 활 등이 놓여 있었다. 지푸라기라도 잡는 심정으로 검을 들어 보았는데 분명코 새겨진 메이드 인 차이나. 그날은 하 필 난방 고장으로 몸도 고추도 꽁꽁 얼어버렸다. 며칠 동안 날라 온 미세 먼지 재난 문자로 유난을 떨던 주. 다른 일들에 비해 별 어려운 과정 없이 발을 디뎠지만 세상에 결코 쉬운 일은 없는 법. 몸을 쥐어틀고 짜고 꼬고 안 쓰던 근육들이 가 자미 친구 놀래미가 되었다.

목요일

맨몸으로 돈을 벌 수 있다는 것에 감사의 마음으로 젖은 꿈. 모델 일을 하고 집에 오는 길은 털털 털린 탕진보다는 무 언가 채워지는 여러 감정이 속에서 교차했다.

누드모델의 가장 큰 장점은 입을 열지 않아도 되는 것! 실오라기 하나 걸치지 않은 온전히 맨몸뚱이에 집중되는 시간! 그 무대 위에서는 벗은 몸만이 내 세상!

왜 진작 만나지 않았을까. 알몸으로 나서 껍데기로 가는 예행연습인 걸까. 노년에 폐지 줍는 일 대신 할 수 있는 일인 것일까. 어쩌면 이 일은 평생 바랐던 일이 아니었을까. 이 세계에서는 또 어떤 일들을 배달해줄까. 집구석에 넘쳐나는 옷을 버려도 되는 걸까. 다 버리고 맨몸으로 서면 존재하는 걸까. 그러면 없는 나는 다시 채워지는 걸까.

그리고 저녁. 남편은 한우를 사주겠다고 동네 고깃집으로 불러냈다. 숯불 불판에 내 질긴 허벅다리 살까지 썰어 구웠다. 지그리 자그리 보그리 아그리.

2019년 연말은 그렇게 타들어갔다. 나의 닭똥집을 보여주고 다가올 2020년 새로운 세상이 없는 나는 또 다른 사회의 계륵이 되었다. 죽으면 썩어 문드러질 몸뚱이. 벗어도 벗겨지지 않고 보여도 보이지 않는.

나는
없는
내가
너무 의심스럽다

유달산과 영산강은 말을 해주오

중학교 체육 시간에 내 국민 체조 춤사위를 기이하게 보신 선생님은 지민이 넌 무용에 타고난 소질이 있으니 꼭 그 길을 가라 하셨다. 집에 가서 부모님께 이만저만 말씀드렸더니 그래 그거라도 해서 빌어먹고 살라 하셨다.

그렇게 내 인생을 바꾸신 선생님으로부터 어제 전화가 왔다.

"지민, 나 기억해? 너 중학교 체육 선생님이야."

"꺄아악! 선생님 살아 계셔요?"

1994년 졸업 후, 한 두 차례 통화가 전부였던 선생님과 다시 연락이 될 거라고는 상상을 못했던지라 감격의 해후에 여독으로 후줄근한 몸이 살아났다. 선생님은 현재 같은 학교 교장으로 재임 중이고 4년 후에는 정년 퇴임이라고 하셨다. 거짓말처럼 1991년 처음 뵀을 때 그 음성 그대로셨다. 멀고 먼 세월에서 타임머신을 타고 완벽하게 과거로 회귀한 순간이었다.

"너 예고 진학 후 도와주지 못한 것이 평생 한이다. 그때 내가 널 전폭적으로 지원했다면 지금보다 훨씬 더 잘될 수 있었을 텐데……."

"아이고, 선생님 무슨 말씀이실까요."

"역동적으로 사는 지금 너의 모습이 너무 아름답구나. 언제 한번 모교에 와서 네가 살아온 이야기를 후배들에게 들려주는 시간을 가졌으면 하는데."

"아니, 근데 제가 들이닥치면 아이들이 좀 놀라지 않을까요?"

"무슨 소리야. 난 항상 네 사진, 영상들 보여주면서 자랑하는데."

"아니, 제가 좀 엔간해야 말이지요……."

선생님은 오래전 우연히 텔레비전에서 날 접하시고 그때부터 하염없이 찾다 말다 며칠 전 자주 가는 카페에서 내 친동생 이름이 적힌 쿠폰을 보시고 카페 주인장에게 혹여라도 다음에 이 친구가 오면 꼭 자신의 연락처로 전화를 달라 당부한 끝에 비로소!

2019년 10월

1994년 졸업 후 처음으로 다시 찾은 전남 무안군에 있는 망운 중학교. 선생님은 우리 집 4남매―누나, 형, 나, 남동생―를 다 가르치셨다. 학교에 들어서자마자 체육시간에 옆돌기를 부채표 활명수처럼 180도 회전해서는 사뿐히 착지했던 것이 기억났다. 30년도 더 된 그 기억, 그때의 호흡은 컴퓨터 소프트웨어보다 더 정확하게 몸속에 내장되어 있다.

사실 내 인생에 있어 중학교를 다닌 3년은 아름다운 시절이 아니었다. 다시는 돌아오고 싶지 않았던 곳이었으나 흘러간 시간은 모진 기억을 화해시켰다. 체육시간에 하는 공 던지기나 공차기는 반에서 항상 꼴찌였다. 그땐 그게 왜 그렇게 부끄러웠는지. 나의 끼스러움을 숨길 수 없는 상황은 늘 공포 영화였다. 남자아이들이 하는 축구나 농구에는 별 관심이 없고 교실 창밖으로 그 애들이 노는 걸 보거나 책상에 앉아 망상을 했다. 특별활동은 남자아이들이 선택하지 않는 미술이나 음악, 영어 듣기로 시간을 보냈다. 가끔 내가 가지고 있는 팝 앨범을 가져가 반 아이들에게 들려주곤 했는데 그때 틀었던 라이오넬 리치의 'Say You Say Me'가 문득 듣고 싶다. 나는 미술이나 음악 시간을 좋아했는데 담임이었던 체육 선생님은 내게 영어 공부를 권유했다. 매년 군에서 열리는 영어 이야기 대회에 나가서 끼를 펼치기도 했다. 그때 불렀던 노래가 'You Are My Sunshine'. 훗날 이 곡은 결혼식에서 남편과 함께 불렀다.

모든 것이 최첨단으로 바뀐 학교는 달라도 너무 달랐다. 맛깔난 전라도 음식으로 구색 맞춘 급식소, 골프장, 농구장, 무대가 있는 음악실, 석고 흉상으로 채워진 미술실, 실험 도구가 즐비한 과학실. 서울의 여느 학교보다 더 나은 컨디션이었다. 학교를 둘러보고 50명 미만인 전교생 앞에서 마이크를 들었다. 내 삶의 단편을 교육적으로 말해야 하는 부분이었기에 횡설수설 서툰 말만 하다 끝났다. 일정을 마치고는 선생님이 한국에서 손꼽히는 낙지 집에서 그 비싸다는 무안 세발낙지를 사주셨다. 영화 스태프 세 명과 남편까지 대동시켰으니 이래서 텔레비전 속 연예인들 다큐에 모교가 등장하는구나,라는 생각에 뭔가 출세한 기분이었다.

요즈음은 신비스러운 일들이 거짓말처럼 벌어지고 있다. 아름다음으로 충만한, 마음만은 유복한 나날. 살아 있어서 너무 다행이다.

유달산과 영산강은 결국 내게 말을 해주었다. 유달산과 영산강은 목포에 있고 '유달산아 말해다오', '영산강아 말해다오'는 각기 다른 옛 노래 제목이다.

어떤 시간은 먼지 였다가 어떤 시간은 씨앗 되었고

어떤 시간은 자궁 이다가 어떤 시간은 탯줄 이었고

어떤 시간은 젖을 물다가 어떤 시간은 밥을 넘기고

어떤 시간은 시시 하다가 어떤 시간은 발발 하였고

어떤 시간은 집을 나서다 어떤 시간은 타향 이었고

어떤 시간은 입을 추다가 어떤 시간은 춤을 열었고

어떤 시간은 빛에 숨다가 어떤 시간은 병풍 이었고

어떤 시간은 꽃을 말하다 어떤 시간은 시들어 갔고

어떤 시간은 동산 이다가 어떤 시간은 숲속 이었고

어떤 시간은 침묵 이다가 어떤 시간은 말이 달렸고

어떤 시간은 아리 이다가 어떤 시간은 하염 없었고

어떤 시간은 어리 하다가 어떤 시간은 멍석 이었고

어떤 시간은 죽어 쉬다가 어떤 시간은 숨이 붙었고

어떤 시간은 계절 하다가 어떤 시간은 나락 심었고

어떤 시간은 싹을 키우다 어떤 시간은 수확 하였고

어떤 시간은 청춘 이다가 어떤 시간은 불혹 이갔고

어떤 시간은 낭비 하다가 어떤 시간은 이미 와있고

어떤 시간은 기억 이다가 어떤 시간은 미리 떠났고

어떤 시간은 초라 지다가 어떤 시간은 충만 이었고

어떤 시간은 미련 하다가 어떤 시간은 작별 되었고

어떤 시간은 덫이 었다가 어떤 시간은 덤이 되었고

어떤 시간은 길이 없다가 어떤 시간은 해가 나섰고

어떤 시간은 비가 나다가 어떤 시간은 피가 내렸고

어떤 시간은 애만 타다가 어떤 시간은 성실 하였고

어떤 시간은 앉아 쉬다가 어떤 시간은 빌어 먹었고

어떤 시간은 무선 이다가 어떤 시간은 접선 하였고

어떤 시간은 굴러 오다가 어떤 시간은 부여 잡았고

어떤 시간은 들려 오다가 어떤 시간은 부름 이었고

어떤 시간은 증오 이다가 어떤 시간은 증발 되었고

어떤 시간은 웃어 보자고 어떤 시간은 울어 주기로

어떤 시간은 소박 맞다가 어떤 시간은 일상 같았고

어떤 시간은 이상 같다가 어떤 시간은 평범 하였고

어떤 시간은 말만 살다가 어떤 시간은 정전 깨었고

어떤 시간은 삼삼 하다가 어떤 시간은 섭섭 하였고

어떤 시간은 바람 이다가 어떤 시간은 바람이 됐고

어떤 시간은 초원 이다가 어떤 시간은 구름 끼었고

어떤 시간은 능선 너머로 어떤 시간은 끝이 보이고
어떤 시간은 낯을 내밀다 어떤 시간은 낫에 베었고
어떤 시간은 어정 거리다 어떤 시간은 여정 다했고
어떤 시간은 변방 이다가 어떤 시간은 끼를 이었고
어떤 시간은 존재 이기도 어떤 시간은 허상 이기도
어떤 시간은 시간 이었고 어떤 시간은 혹여나 였고
어떤 시간은 물질 이었고 어떤 시간은 역시나 였고
어떤 시간은 시간 같다가 어떤 시간은 사람 같다가
어떤 시간은 사랑 이라고 어떤 시간은 그게 아니고
어떤 시간은 아무 이다가 어떤 시간은 아무 하다가
어떤 시간은 당신 같기도 어떤 시간은 당신 이기도

혼적없이 이내 흩어질 시간의 모습
소리없이 이내 파장될 흔적의 모습
미련없이 이내 사라질 파편의 모습
기약없이 이내 잊혀질 미련의 모습
예정없이 이내 맞닿을 스쳐진 모습
기력없이 이내 불어올 사랑의 모습
하염없이 이내 소비될 소리의 모습
시간없이 이내 도착할 당신의 모습

2부

끼와 털로서

1978년

전라도 끄트머리에서 임신한 엄마의 배 모양새를 보고 동네 아줌씨들은 분명코 딸이라 했다. 모두가 당연하게 생각했던 모씨 집안의 셋째는 애미의 배 속에서부터 구더기를 씹어먹고 치부를 달고 세상에 기어 나왔다.

이것은 내가 선택하지 않은 무기징역 불행이었다.

누이의 치마를 입고 계집아이 노릇을 할 때 사람들은 그건 내게 잘못된 일이라 다그쳤고 난 그때부터 지구 어느 모퉁이에라도 숨고 싶었다. 그들은 내 입으로 "난 호모새끼다"라고 말하기를 강요했다. 그 말이 나올 때까지 폭언과 폭력은 일상이 되어버렸다. 어지간히 도망치려 애를 써도 불안과 고통 속에서 허우적대기만 했다.

그때 접한 발레는 지긋지긋한 욕창 같은 삶에 날개를 달아주었고 그것에는 언제든 날아갈 수 있다는 희망이 보였다.

1997년

대학에 입학하면서 내 삶과 꿈은 나란히 서울로 이사했다. 대학 신입생 오리엔테이션 때 무용과 남자 선배가 내 뺨을 후려갈기며 "너, 그 여성성 버려!" 하고 다시 한번 절망의 구렁텅이로 내리쳤다. 폭력은 내게 죽어야 한다는 마침표를 찍어주었고 세상의 조롱을 피해 이태원 쥐구멍 속으로 달아났다.

1998년 겨울

장한평에 '예우'라는 바에서 책에서나 보던 파란 눈에 키다리 아저씨를 만났다. 그는 내게 조금 수줍은 미소로 다가와 "당신은 아름다워요"라고 말했고 나는 그의 손을 잡고 따라나섰다. 시베리아에서 건너온 금발의 키다리 아저씨가 현재의 내 남편이 되었다. 벌써 23년 전의 일이다.

1999년

군대에서 커밍아웃을 하자 격리 조치되었고 내 이름 석 자에 정신질환이라고 쓰여 있었다. 내 정체성을 증명하기 위해 한 달간 병무청에서 지정한 정신병원에 입원되었다. 그것으로도 모자라 여성 호르몬을 투여하고 변화된 내 신체를 확인한 후에야 군 면제 5급 판정을 받을 수 있었다.

2000년 밀레니엄

처음으로 힐과 가발을 썼다. 이것이 내 운명을 송두리째 뒤흔들어 놓을 거란 생각은 미처 하지 못했겠지. 난 어리고 아리고 어리석었다. 발레리나가 되고 싶었던 꿈은 이태원 환락가에서 외롭고 고된 둥지를 텄다. 옳고 그른지도 모르는 사이 내 얼굴의 화장은 더 두꺼워지고 또 다른 자아가 덩실덩실 춤을 추었다. 난 밤마다 신께 기도드렸고 귀신은 내 갈 길을 인도해주었다. '넌 결코 평범한 삶을 영위할 수 없어!' 신과 남편은 내가 하는 일을 뜯어말리지 않았다.

2003년

인도로 떠났다. 비틀스가 머물렀던 아슈람에서 친구들과 나는 도리어 너무 밝아서 보이지 않는 미래를 이야기했다. 한 달간 요가 수행을 마치고 인도 최남단에 위치한 섬에 가기 위해 꼬박 이틀을 몸부림치며 가열하게 달리는 삼등열차에서 사람들과 부대끼며 지냈다. 살면서 가장 열악하고 비현실적인 상황에 놓인 엄한 시간 안에서 그토록 찾던 자유를 보았다.

2006년

뮤지컬 배우로 데뷔했다. 그간 여기저기서 애쓰는 모습을 본 관계자한테서 러브 콜을 받고 나의 무대는 지하 단칸방에서 옥탑방으로 옮겨졌다. 연극과 뮤지컬을 오가며 종횡무진, 무대만 설 수 있다면 가난마저도 아름다운 시기였다. 발레리나를 꿈꾸었던 나는 드래그 퀸에서 배우로, 배우에서 다시 드래그 퀸의 삶으로 돌아갔다.

어떤 일은 사글세로 찾아왔다 전세가 되고 어떤 일은 질질 끌기만 하다 허망하게 사라진다.

선택을 당하지 않는 일은 매번 쓰리다.

2010년

사랑하는 친구가 자살했다. 가장 꽃다운 청춘으로 기억되기 위해 한마디 말도 없이 홀연히 떠났다. 젊은 날의 초상.

몇 해 후, 남아 있는 친구마저 예정된 시간으로 가버렸다. 잊히지 않을 상실은 하나씩 늘어가고 도무지 볼 수 없는 미래는 뾰족한 얼굴을 내밀며 웃고 있다.

2017년 5월

나는 결혼했다.

당신과 함께한 열아홉 해의 봄

당신과 함께한 열아홉 해의 여름

당신과 함께한 열아홉 해의 가을

당신과 함께한 열아홉 해의 겨울

그리고 당신과 함께한 스무 해의 봄

아름다운 옷을 입고 당신을 만나고 싶어요

사랑합니다

인생에서 가장 눈부셨던 날엔 꽃과 바람 공기, 몇몇 소중한 지인들이 함께해주었다. 나는 내가 그때 그 시간에 그 일을 벌였다는 것이 살면서 가장 아름답고 진실한 것임에 늘 감사하다.

2018년

보광동 끼순이로 20년 넘게 살아오던 내가 은평구 끼순이로 살아가게 될 인생 터닝 포인트. 이사 전날 밤 홍대 '라이즈 호텔'에서의 공연을 시작으로 내 생애 첫 다큐 영화를 찍게 되었다. 각본 없는 삶. 모든 일이 순식간에 벌어졌다. 평생 용산구에 뼈를 묻겠다고 살아왔거늘 삶의 터전이 바뀌고 집 나간 남편은 7년간의 외출에 종지부를 찍고 돌아왔다.

바야흐로 2019년 6월

뉴욕에서 열리는 스톤월 항쟁 50주년 공연에 캐스팅되었다. 뻘밭을 구르고 질척이다 보면 무지개 장화 신은 여신이 행운의 깃발을 들고 있다.

그 이정표에는 '될지어다!'가 쓰여 있었다.

나는 행복한 끼순이다.

Kitsch is My Life.

특히 스무 해 동안 해온 드래그쇼를 하러 가는 날이면, '저는요, 오늘도 수행하러 갑니다'라는 마음의 총을 쥐고 집을 나선다. 내 뼛속의 구더기까지 보여줘야 하는 고된 일. 보여주려고 하는 나, 숨으려고 하는 복합적 자아에서 매일매일 도망치고 싶다. 드래그는 내게 애증덩어리다.

그럼에도 불구하고 사랑하는 것은 이 일이 아니면 맥도날드 가서 햄버거도 사 먹지 못할 가난을 면치 못했을 것이기 때문이다. 개말라 끼순이로서 그렇다고 무엇을 더 잘할 수 있겠는가. 보통의 사람들이 다르다고 보는 내가 가장 자연스럽고 돋보일 수 있는 일임엔 의심할 여지가 없다. 아름다운 옷을 입고 아름다운 춤을 출 때 비로소 완연한 내가 되고 그것이 가장 아름다운 일임을 잘 알고 있다.

그동안 우매한 인간들이 보내온 시선과 폭력은 그저 일상이었을 뿐, 그것들을 안고 사는 일은 시시하다. 나의 바람은 아름다운 사람으로 아름답고 끼스럽고 깨끗하게 살아나가는 것.

어제는 그랬고 오늘은 이렇고 내일은 행복하기만 할 것이다.

2014년 11월

홍대 '롤링홀' 미미시스터즈 콘서트에서 처음 랑을 만났다.

랑은 이박사의 게스트 백댄서로 왔고 나는 미미 시스터즈 백댄서로.

두 백댄서의 세기적 만남.

프리다 칼로 변장을 하고 있는 내가 흥미로워 보였는지 특유의 낭창한 목소리로 이름을 물어보았다.

랑   언니, 이름이 뭐야?

나   모지민.

랑   언니, 우리 사진 찍을래요?

나   기레.

그런데 무대에서 랑의 느닷없는 춤을 보고 '아, 서삼이구나'.

친해지기는 힘들 것 같다는 생각을 했다. 그 후로 몇 번 문자를 주고받고 SNS를 통해 생존을 확인했다.

2016년 6월

랑이한테서 전화가 왔다.

랑   자기, 나 드래그 좀 시켜줘.

나   써던리 suddenly?

랑   아니, 내가 이번에 이번 퀴퍼에 나가는데 애들 다 발라버릴려고.

나   기레.

보광동 '헬카페'에서 기다리는데 어여쁜 꽃 한 송이를 건네주며,

랑   선물이야.

나   고마워.

랑   반가워.

나   기레, 반가워.

랑   커피도 살게.

나   기레, 고마워.

(그동안 살아온 이야기 주저리주저리)

일동   그럼 우리 드래그 하러 갈까?

집으로 가면서 동네 구제 옷가게에 들러 옷도 몇 장 건졌다. 그날 아직 세상에 나오지 않은 대망의 신곡 '세상 모든 사람들이 나를 미워하기 시작했다'를 처음 들었다. 부엌 식탁에 앉아 그 긴 곡을 완창해주었다. 당시 힘든 일을 겪고 있는 랑의 애환이 느껴졌다.

1집과는 결이 완전히 다른 음악. 소포모어 징크스를 뛰어넘고도 남았구나. 우린 맞담배를 피우며 역사적인 랑데부의 시간을 보냈다. 랑이에게 화장을 해주고 있을 때, 랑의 친구 조유리 등장. 아니, 이 또 다른 서삼은 누구랑가. 랑의 얼굴에 요상한 드래그가 완성되고 우린 새로 산 옷을 걸치고 머리에는 가내수공업 꽃모자로 마무리. 휘황찬란하게 우사단 '햇빛서점'으로 갔다.

철희   모어 님, 안녕하세요.

나   아 네, 또 보네요.

전에 한 번 지나가다 들린 적이 있는데 그때 철희가 "저기 혹시 모어 님 아니세요?" 하면서 사인을 요구했다.

나   제가 유명인도 아니고요. 하긴 합니다만, 호호호.

잠깐 들린 혜미도 그날 처음 보았다. '오또김밥'을 먹고, 랑이는 그 무서운 차림으로 지하철을 타겠다고 해서,

나　　　너 정말 괜찮겠니?

랑　　　응, 나는 내가 안 보여.

나는 지하철역까지 배웅했다. 망원동으로 돌아가 고깃집에서 쌈을 먹는 대범한 사진을 인증 숏으로 보냈다. 여간내기가 아니구나 싶었다. 보광동의 세련된 아이들의 운명이 시작되는 날이었다.

보광동 세련된 아이들은 6월 시청에서 열린 퀴어 퍼레이드에서 세상 모두를 발라버렸다. 나는 차마 무서워서 가지 못했지만 신나게 노는 아이들의 모습이 부럽기도 했다.

나　　　아니 어떻게 드래그 화장을 저번 한 번만에 마스터했어?

랑　　　자기가 나 화장해줄 때 깨달았어.

나　　　넌 천재야.

랑　　　응, 운명이야.

며칠 후 랑이는 〈보그〉에 우리 이야기로 원고를 쓰고 싶다며 보광동 세련된 아이들과의 대면식을 주선했다. 랑은 집

에 들러 기타를 가르쳐주고 노래도 함께 불렀다. 혜미 집으로 가는 밤엔 알맞은 비가 내렸다. 그날 도진이를 처음 제대로 보고 말을 나누었다. 도진이는 나를 이태원 클럽 '르퀸'에서 하는 쇼에서 봤는데 인상적이었다고 했다. 르퀸에서는 아무도 좋아하지 않았던 나의 쇼. 개중 한두 명 좋아했던 비대중적인 쇼. 그게 바로 너였구나. 보는 눈은 있네. 이만저만 반갑다. 그날은 이 말 저 말 대잔치로 신이 났다.

보광동 세련된 아이들은 DDP에서 하는 장폴 고티에 전시회를 갔다. 〈보그〉 쪽에서 퀴어는 안 된다며 거절당했다는 통보를 받은 랑과 우리는 "한국 안 되겠다" 했다. 짜증을 내어서 무엇 하나. 제약 없다고 했는데 퀴어라서 안 된다? 니 씨염 뚜(니미씨발염병뚜드럼병).

평화시장 가서 쇼핑을 드리방방하고 '옥루몽'에서 팥빙수를 먹으며 좋은 소식은 환영이고 나쁜 소식은 잊기로 했다.

2016년 7월

홍대 상상마당의 〈록키 호러 픽쳐 쇼〉 상영회에 끼 떨어 가려는데 랑이는 자기도 하고 싶다며 설쳤다.

나   랑아, 애쓰지 마.

랑   아니, 나 애쓸려고.

그때 랑의 '신의 놀이' 뮤직비디오를 안무한 친구 경호도 따라와 같이 조졌다. 경호는 4년 전에 내가 출연한 뮤지컬을 보고 꼭 한 번 나를 만나고 싶다고 찾아왔었는데 세상 참 좁다. 여하간 랑의 친구들은 서삼이 참 많구나 싶었다. 나는 쇼 후에 이태원 클럽으로 넘어가 마저 끼를 떨었다. 하루에 한창 두 탕 세 탕 뛰던 시절이었다.

며칠 후 이랑의 2집 〈신의 놀이〉가 발매되었다. 1집 〈욘욘슨〉은 절판된 지 오래. 앨범은 나오자마자 불티나게 팔려 나갔다. 신곡 중에 '평범한 사람'이 가장 크게 와닿았다.

> 왜 누군가는 항상 주목을 받고 왜 내 애기는 너에게도 들리지 않는지
> 하다못해 길가에 지나가는 동물도 나보다 더 좋은 걸 걸치고 있는 것 같은데

나   랑아, 너는 어떻게 이렇게 인생을 알아?
랑   나는 딱 이만큼만 알아.

2016년 9월

내가 사는 집보다 조금 높은 곳에 있는 혜미 집에서 요가를 시작했다. 요가를 마치고 함께 먹는 음식과 대화는 꿀이었다. 한번은 내가 끼스러운 그림을 그렸는데 아이들이 "모

어, 이거 너무 좋다" 하며 들썩거렸다. 누구는 "이 그림으로 일민 미술관에 전시해도 된다"라고 했다.

나　　　진삼이야, 서삼이야?

나는 그날부로 그림 계정을 만들어 주구장창 그려 올렸다. 보광동 세련된 아이들은 턱도 없는 그림에 그래도 잘한다고 토닥토닥 댓글을 달아주었다.

몇 주 후, 일본을 다녀온 랑은 남자친구 타케시를 데리고 나왔다. 그림 그리라며 도쿄에서 사온 세련된 스케치북과 더 이상 쓰지 않는 백 개가 넘는 형형색색 색연필을 주었다. 우린 이태원 보리밥 집에서 보리밥과 수제비를 먹고…… 우사단 가는 길목에서 나는 대뜸 다케시의 대퇴부 안쪽 살을 만졌다. 랑이는 깔깔깔 웃으면서 많이 만지라고 했다. 우사단에 지금은 없어진 봉준호, 틸다 스윈턴도 들른 커피숍에서 커피를 마시고 혜미 집에서 몸과 마음을 요가로 깨끗하게 씻었다.

2016년 11월

늦가을 초겨울. 비가 추적추적 내리는 밤.

보광동 언덕에서 모모를 만났다. 무작정 길고양이를 데려와 키우겠다는 서툰 캣맘인 내게 랑은 준이치의 덩치가 커져서 더 이상 쓰지 않는 케이지를 들고 왔다. 수건으로 모모의 몸을 닦아주며 행복하게 잘 살아보라고 했다. 저녁은 지리산 식당에 가서 삼계탕을 먹고 건강을 챙겼다. 나는 그때 고양이의 '고' 자도 몰랐는데 그로부터 4년 넘게 사는 걸 보면 정말 묘연이란 게 있는 건가 그저 신기하기만 하다.

2017년 2월

도진이가 발행하는 〈뒤로Duiro〉 촬영을 하다 뒤로 갈 뻔했다. 그해에 가장 추웠던 하루. 영하 10도 북한산에서 실오라기 정도만 간신히 걸치고 촬영했다. 배경음악은 마리아 칼라스. 음악과 현실은 너무 달랐다. 나는 몰입하려 무진 애를 썼고 문득 '죽어도 좋다'란 생각이 들었다. 달빛조차 숨은, 매섭게 춥고 암흑인 북한산 자락. 아름다움으로 가는 극한의 상태에서 희열을 느꼈다. 조금 거창하게 말하자면 아주 잠시 열반의 상태를 경험했다고 해야 할까. 아니면 그분이 오셨다고 해야 할까. 도진이와 철희는 하마터면 얼어 뒈질 뻔한 내게 미안해했다. 이렇게까지 추울 줄 몰랐다며 뒤풀이로 보광동 고깃집에서 소고기를 사주었다.

변방에서 예술을 위해 애쓰는 도진이가 그때부터 너무 좋아졌다. 그날 이후, 나는 비로소 도진이에게 사랑한다고 말했다.

며칠 후에 보광동 세련된 아이들은 이랑의 뮤직비디오 〈웃어, 유머에〉를 찍었다. 보광동 종점 내가 사는 집에서 모두가 드래그가 된 날, 식탁에 옹기종기 모여 앉아 화장을 때리고 촬영은 집에서 골목에서 끼스럽게 진행됐다. 모모와, 유리가 키우는 강아지 담이도 찬조 출연했다.

인터뷰 촬영을 하면서,

Q   오늘 저녁 메뉴는요?

나   매생이 굴국이요.

감독   내일은요?

나   내일은 매생이 굴국이요.

랑   그럼 그다음 날은요?

나   그다음 날은 매생이 굴국이요.

감독과 이랑이 깔깔깔. 그날 나는 매생이 굴국을 끓였고 아이들은 롤링 만두와 부추전을 지졌다. 나는 전 뒤집기 기술을 선보이며 드래그가 전 부치는 희대의 명장면을 남겼다.

2월 24일에 신도시에서 〈뒤로〉 행사가 열렸다. 그레이스 존스의 'La Vie en Rose'와 양희은의 '봉우리'를 선보인 날. 봉우리 공연 도중에 객을 무대로 불러들여 "그래 친구여 바로 여긴지도 몰라 우리가 오를!" 구절에서 객의 고추를 만졌다. 어떤 친구는 눈물을 흘리기도 하고 그 노래를 처음 접한 젊은 아이들은 대체 이 노래가 대체 무어냐며 궁금해했다. '봉

우리'란 노래가 그리 큰 울림을 주리라곤 생각하지 못했다. 그날은 랑이를 뺀 모든 보광동 세련된 아이들이 함께했다. 랑이는 처리할 일 때문에 참석할 수 없음에 속상해했다.

2017년 3월

혜미를 뺀 보광동 세련된 아이들이 두산아트센터에서 하는 안은미 컴퍼니의 〈조상님께 바치는 댄스〉를 보았다. 옆에 앉은 랑이는 공연 중간에 눈물을 보였다. 공연 끝에는 다 같이 무대로 가 뒤집어놓았다. 우린 웃어 가족에 사진을 찍고 파했다.

2017년 4월

랑과 유리는 '세상몰'이라는 유튜브 채널을 개설해 도진이네 작업실에서 촬영했다. 나는 첫 번째 출연 때는 랑의 노래 '나는 왜 알아요'를 낭송하다 웃음 참느라 애먹었다. 두 번째는 혜미 집에서 했는데 그것이 세상몰의 네 번째이자 마지막 유튜브였다. 세상몰의 생명은 너무 짧았다. 사람들은 그 재밌는 세상몰 언제 다시 하느냐고 종종 물어보았다.

같은 달, 광주 아시아문화전당에서 〈로터스 랜드 Lotus Land〉 공연을 했다. 철희의 디자인에 '할로미늄'이 옷을 만들고 유리의 '서울메탈' 장신구를 하고 무대에 섰다. 아시아문화전당은 서울의 어느 공연장보다 근사했다. 역시 빛고을 광주. 그날 했던 시네이드 오코너Sinéad O'Connor의 레퍼토리는 어디서도 다시 우려먹진 못했다. 공연 후에 유리, 철희, 혜미, 도진이와 먹은 미나리 들어간 오리탕은 두고두고 잊지 못할 맛이었다. 들깨 잔뜩 넣은 걸쭉한 탕에 빠진 쫀쫀한 오리살과 미나리의 향긋함이 코끝에 선하다.

2017년 5월

결혼식에서 보광동 세련된 아이들은 축가를 불러주었다. 랑과 혜미가 첫 번째로 부른 아마추어 증폭기의 '룸비니'와 '오늘 밤도 내 꿈속에 보이는 산삼 캐는 나무 밑에 그 처녀'를 합쳐 부른 듀엣은 소름 그 자체였다. 두 번째 곡은 '그 아무런 길'이라는 랑의 미발표곡이었는데 하나 둘 셋 넷 부분을 노어로 바꿔 부르기로 하고 즉석에서 남편에게 '하나, 둘, 셋, 넷'이 러시아어로 뭐냐고 물어보았는데 아이들이 준비한 단어와 다른 답변이 돌아와 노래를 준비한 보광동 세련된 아이들은 충격에 빠졌다. 줴냐는 눈치도 없이 계속 '그라스, 드바, 트리, 치트리'라고 했다. 표독스러운 혜미가 다른 말은 없냐고 캐물었다. 그러자 고개를 갸우뚱하더니,

줴냐   아, 아진! 아진, 드바, 트리, 치트리.

'그 아무런 길'은 감동의 물길이었다. 예식 후에 우리가 노

는 광경을 지켜보던 화통한 아저씨가 우리 모두에게 공짜로
보트를 태워주었다. 인원 제한으로 도진이는 탑승을 못 했고
나는 너무 신이 나고 무서워서 없는 고추가 오그라들었다.

2017년 9월

도진, 철희와 함께 서울국제프라이드 영화제 포스터 촬영
을 했다. 공덕동 어느 셀럽의 잘사는 집이었는데 촬영 장비
스태프만 뒤집어지고 현장은 어수선했다. 김조광수가 기획
하고 사진 작가는 조선희였는데 내가 그녀에게 서삼 치는 걸
보고 도진이는 그런 내가 역겹다고 했다. 테이블에는 마시지
도 못하는 술과 담배만 널려 있고 주인장 셀럽과 관계자인지
지인인지들은 관심도 없는 이야기들만 늘어놓았다. (너네들이
그럼 그렇지.)

배에서 밥 달라는 소리에 도진, 철희와 나는 택시 타고 이
태원 '넘버원 양꼬치' 집으로 넘어왔다. 그날의 이상한 촬영
과 잠시 설쳤던 나의 역겨움을 양꼬치에 끼워 맛있게 구워
먹었다. 도진이는 오늘의 고생은 죄다 끌고 간 자신의 탓이
라며 옳게 밥값을 결제했다.

2017년 10월

도진이가 기획한 〈하이파이브〉를 한남동 스튜디오 콘크리
트에서 공연했다. 첫날은 세 곡의 쇼와 김봇자의 글을 낭독

했다. 마지막 날은 이도진이 쓴 《목사 아들 게이》를 낭독했
는데 가장 핵심적인 성경에 나오는 감동 말씀 부분 겨자씨만
한 부분에서 "겨자씨만~~~한!"이라고 띄어 읽어서 그날의
실수는 두고두고 회자되었다. 첫날은 양꼬치를 먹었고 마지
막 날은 곤드레쌈밥을 먹었다.

2017년 12월 27일

내 생일에 통의동 보안여관에서 랑이와 처음으로 정식 공
연을 하게 됐다. 이랑×모지민 〈신의 놀이〉 낭독회. 낭독회
며칠 전까지 파리로 공연을 갔던 랑과 맞춰볼 시간이 없었기
에 경복궁이 보이는 세련된 게스트 하우스에서 밤늦게까지
연습하고 그 고즈넉한 곳에서 하룻밤을 묵었다. 마지막 노래
'세상 모든 사람들이 나를 미워하기 시작했다'. 나는 드래그
로 변신하여 랑의 노래를 아사모사하게 따라 부르며 춤을 추
었다. 어쩌면 다시없을 낭독회인데 제대로 된 영상을 남기지
못 한 게 천추의 한이다. 공연을 마친 뒤 보광동 나의 집으로
넘어와서 보광동 세련된 아이들은 생일 축하 파티를 열어주
었다.

2018년 1월

우사단에 새로 이사한 도진이 집에서 〈DAZED〉 촬영 한
날 또다시 얼어 죽을 뻔했다. 보광동 세련된 아이들은 한겨

울에 한여름 옷을 입고 시커먼 밤, 위험을 무릅쓰고 집 옥상으로 올라가 마치 여름밤인 것처럼 활짝 웃으며 연기를 했다. 다른 아이들도 입 돌아간 날이었다. 인터뷰어가 내게 도진이에 대한 첫인상을 말해달라고 했는데 추위로 얼어붙은 정신에 그만 "글쎄요, 생각나는 게 별로 없는걸요" 하고 말해버린 것이다. 도진이는 상처를 받았고 나는 여태껏 그 일을 상처를 안겨준 멍청한 답변, 천추의 후회로 기억한다.

2018년 6월

보광동 세련된 아이들과의 친목 다짐 요가 수업이 2년 만에 부활했다. 동빙고동에 있는 친구 스튜디오를 빌려 매주 한 번씩 어그러진 심신의 조화를 위해 호흡하고 찢고 늘렸다. 수업 후에는 주로 우리 집이나 도진이 집에서 밥을 해 먹으며 끼를 떨었다.

2018년 7월

시청에서 〈암스테르담 레인보우 드레스 인 서울〉을 촬영했다. 이번에도 도진이 기획했고 작가는 암스테르담에서 왔다. 동성애가 불법으로 여겨지는 75개국의 국기가 그려진 무려 16미터 상당의 긴 드레스를 입고 땡볕에서 촬영했다. LGBTI에 반대하는 법을 폐지한다면 그 국기는 무지개 깃발로 대체된다고 한다. (2017년 8월에는 암스테르담 역사박물관에 기증되었다고 한다.) 〈암스테르담 레인보우 드레스 인 서울〉 작업은 아시아에서는 한국이 처음이라 뜻깊은 일 중에 하나였다. 시청을 배경으로 찍은 그 사진은 내 최애 사진 중 하나가 되었다.

2018년 9월

나는 뼈를 묻겠다던 용산구를 떠나 은평구에 새 둥지를 텄다. 요가 수업과 보광동 세련된 아이들과는 거리적으로 멀어졌다.

2018년 10월

보광동 곤드레쌈밥 집에서 〈헤드윅〉의 존 캐머런 미첼을 만나 랑의 〈신의 놀이〉 일본반을 선물했다. 보광동 세련된 아이들은 가끔 이곳에서 갈치젓에 쌈을 싸서 먹었다. 마지막 코스로 나오는 누룽지탕은 소화를 돕고 우리네 삶을 어루만져주기에 충분했다.

10월 마지막 주 화요일

랑이를 만나 다섯 시간 내리 썰을 풀었다. 집들이 선물로 현금 10만 원과 〈신의 놀이〉 일본반, 원앙 한 쌍. 그토록 기다렸던 신곡을 들고 왔다. 제목은 '잘 듣고 있어요'. 일본에서 찍은 흑백으로 촬영한 뮤직비디오는 마르셀 프루스트의 《잃어버린 시간을 찾아서》를 연상시켰다. 변주가 시작되면서 《별주부전》 대목을 삽입해 자신의 주변 친구들에게서 벌어진 일들을 절묘하게 대입시켰다. 나는 왜 내 얘기가 빠졌느냐며 용심이 난다 했다. 이랑의 음악은 한번 들으면 각인되는 놀라운 힘을 가졌는데 단순한 코드로 명곡을 만드는 천부적 재능이 아니라 할 수 없다. 감동의 랑데부로 한 주를 시작하는 월요일 오후.

랑이를 알고 난 이후 가장 아름다운 시간이었다. 우린 서로 사랑하고 있음을 잘 알고 있었다. 랑은 일본을 오가며 주체할 수 없이 바쁜 스케줄을 소화해내느라 지친 기색이 역력했지만 셀프 정신 무장으로 매우 단단해져 있었다. 움직임교 창시를 앞두고 있다고 했고 사랑도 섹스도 고통도 다 움직임의 한 부분일 뿐이라고 또 자신의 아바타가 대신해 아파해준댔나 어쩐다나. 너무 엉뚱하고 재밌어서 나는 듣는 내내 푸하핫 냐하하 디지버진다 디지버져 박수치며 연거푸 옳네 옳아 믿습니다! 창시하면 광신도가 되리라 마음먹고 랑의 끝없는 설교에 아름지게 세뇌당하고 있었다. 내일은 판소리 쑥대머리를 배우러 가는데 노래에 너무 많은 한이 서려 있고 어려워 진도가 잘 나가지 않는다고 했다. 나는 한을 쌓을려면 일단 눈을 멀게 하라고. 두 눈 다 아작 내는 건 좀 그렇고 일단 먼저 한쪽 눈이라도. 우린 깔깔깔!

랑은 집을 나서면서도 하염없이 판소리로 헤어짐의 아쉬

움과 이어 작업실에서 있을 미팅의 노곤함을 노래했다. 집 앞 큰길로 나가 택시를 잡는데 하필 쓰레기더미가 쌓인 곳에서 택시가 멈췄다. 나는 "랑아, 보아! 현실은 시궁창이야" 하고 말했다. 랑은 "쓰레기도 움직임의 일부분이야"라며 차에 몸을 싣고 떠났다. 저녁에 '잘 듣고 있어요'가 유튜브에 공개되었고 연달아 열 번은 들은 것 같다. 듣는 내내 움직임교를 생각했다. 현재 내게 일어나고 있는 비문학적이고 비과학적인 차마 꺼내 놓을 수 없는 이야기도 움직임의 한 꼭지라 생각하니 마음에 평안이 찾아왔다.

랑에게 문자를 보냈다. '랑아, 움직임교 세상 신기해!' 곧 답변이 도착했다. '어서 자라! 잠도 움직임의 일부분이다.' 나는 아멘, 하고 이른 저녁 사바아사나savasana의 세계로 들어갔다.

2019년 3월

도진이가 간암 4기 판정을 받았다. 랑의 전화를 받고 부리나케 병문안을 갔는데 보광동 세련된 아이들은 마치 아무 일도 없는 것처럼 병실에서 조근조근 끼를 떨었다. 나는 뜬금없이 오늘 남편이 수업에 가져가야 할 책을 냅다까라 창밖으로 버린 사건을 얘기했다. 병실 침대 한 칸에서 모두가 배꼽을 잡았고 웃다 울다 하염없이 똥구멍에 털 난 날이었다. 그날 너무 웃은 탓에 도진이는 더 아팠다고 했다. 나는 웃어나 보자고 그랬는데 미안하고 슬펐다.

2019년 5월

'앨리바바와 30인의 친구친구'라는 6개월간의 이메일링 서비스가 시작됐다. 나는 처음으로 독자들에게 글을 연재하게됐다. 랑의 작업실에서 〈털 난 물고기〉 녹음을 한 날, 랑은 내 글을 보며 매우 씹스럽고 아름다운 글이라고 칭찬했다. 나는 그 순간이 너무 아름다워서 잠들기 전까지 하염없이 감동으로 젖은 물고기였다. 누군가에게는 하찮아 보일 수도 있는일. 내겐 너무 소중한 일의 가치를 알아봐주는 사람이 바로옆구리에 있어 다행이었다. 매일 아침 한 편의 글이 도착. 일어나자마자 오늘은 또 누구의 글일까 하고 이메일을 확인했다. 앨리바바 작가들의 글로 6개월간 그렇게 하루를 시작했다. 도진이는 아침마다 그 글을 읽는 게 행복하다고 했다.

2019년 9월

뉴욕에서 했던 〈13 fruitcakes〉 서울 백암홀 공연에 보러 와주었다. 보광동 세련된 아이들이 장미를 좋아하는 내게 열세 개의 각기 다른 종류의 장미를 한 아름 선물했다. 공연에13이 들어가 열세 개의 장미를 준비했다고 철희가 뭐라 뭐라했는데 첫공 후라 경황이 없던 나는 집에 와서 그 뜻을 이해하게 되었다. 공연 후에 두 평도 안 되는 내 대기실에서 끼를떨었다. 도진이는 많이 수척해 보였다.

2019년 10월

앨리바바의 친구친구 감사제 〈앨리바바를 찾아라!〉에서 황인찬 시인에게 칭찬을 받았다. 그는 내게 탐나는 문장이 많다고 했다. 나는 그에게 그가 나를 흠모한다 말을 해서 간만에 설레어봤다고 했다. 나는 6화 글을 읽으며 울지 않으려 했는데 결국 눈물이 났다. 평생 꺼내고 싶지 않은 이야기지만 말하길 잘한 거 같았다. 작가의 애장품을 소개하는 코너에서 손수 장미를 달아 만든 예쁘기만 한 홈드레스는 대중적인 핏이 아니었는지 팔리지 않았다.

2019년 할로윈

유리가 결혼했다. 성당에서 하는 결혼식은 처음 가 보았는데 앉았다 일어났다의 반복으로 삭신이 쑤셨다. 도진이는 피아노 연주를 했고 보광동 세련된 아이들이 준비한 축가는 역시나 감동이었다. 유리는 아리따운 신부 옷을 입고 난데없이 힙합 춤사위를 선보였다. 랑이는 그 와중에 가방에서 갓 나온 소설책《오리 이름 정하기》를 선물했다. 나는 축의금을 뽕 뽑으려고 연어만 몇 접시 먹고 왔다.

2019년 12월

혜미 집에서 크리스마스 파티를 했다. 스피드 게임을 했는데 보광동 세련된 아이들의 모임 중 역사적으로 가장 재밌는 날의 방점을 찍었다. 문제의 비치 체어Beach chair를 표현하기 위해 바닥에 드러누워 해변의 의자가 되려 하는 나의 전위적인 행위 묘사에 아이들은 역대로 뒤집어졌다. 그 육갑 떠는 영상은 봐도 봐도 배꼽을 잡는다. 랑의 생일에도 한 번 더 해 보았지만 그날의 맛은 아니 났다.

2020년 2월

유리가 키우던 강아지 담이가 이 세상 소풍을 마쳤다. 해가 바뀌었지만 미래는 불투명했다. 설상가상으로 코로나19 바이러스가 전 세계를 강타하면서 손발이 꽁꽁 묶인 채로 근근이 살아가고는 있다. 일도 수입도 일상도 모조리 끊겼다.

2020년 5월

도진이와 철희는 바다가 보이는 양양으로 이사했다. 보광동 세련된 아이들이 모조리 찾아가 1박 2일 머물렀다. 급격히 수척해진 도진이의 모습에 많이 놀랐는데 도진이는 아픈 내색을 하지 않으려고 했다. 마침 그날은 쉐냐와 나의 결혼 3주년 되던 날이었다.

2020년 7월 11일

도진이가 떠났다.

2021년 8월

나는 3년간의 은평구 역촌동의 삶을 청산하고 경기도 양주시 장흥면 일영리로, '서울메탈'의 장인 유리는 남편과 파주 신축 빌라로, 과부가 된 '햇빛서점'의 철희는 양양에서 은평구 구산동 복층 집으로, '소목장세미'의 혜미는 미국 남편과 작업실이 딸린 구로동으로, 랑은 여전히 망원동에서 작업실과 집을 왔다 갔다 하며 5년 만에 세 번째 정규 앨범 〈늑대가 나타났다〉를 발매했다.

모든 기억이 소중하고 아름답기만 한데 보광동 세련된 아이들은 더 이상 보광동에 존재하지 않는다.

우린 지금 어디에 있을까. 아무도 모를 미래에 무엇을 위해 살아가야 하는 걸까.

일단 세련된 옷을 입고 밖으로 나가 끼를 떠는 건 어떠하리.

우린 아직 살아 있다!

2020년 6월 6일 현충일

경복궁역에서 만난 이태원 클럽 트랜스의 마더 종잘레나.
그 짧은 전철역 계단 올라왔다고 숨이 턱까지 막혀오는 이른
더위에 있었던 일.

종   어디 갈래?

모   언니, 나 일단 코로 숨 좀 쉴게. 대림미술관에
내 사진 전시되어 있다는데 가볼까? 구찌Gucci에서 주최
하고 허접은 아닐 것 같은데.

종   가보아.

(대림미술관 입구에서 마스크 쓴 문지기 알바생 예약 안 했으면
꿈도 꾸지 말라며 문전박대.)

종   얘, 예약해서 다음에 가자.

모   굳이?

종   너 사진도 보고 그 앞에서 기념사진 찍어야지.

모   굳이?

종   말아. 커피나 조지자.

(가는 커피숍 족족 풀 full.)

모   코로나 맞아?

종   그니까 쌍것들. 집에 처박혀 있을 것이지 다들 겨 나와 가지고.

모   언니, 근데 너무 덥다. 마스크 미칠 것 같애.

(푹푹 찌는 더위…… 땅으로 꺼져 들어가는 천근만근 발걸음. 인왕산으로 들어가는 언덕에 고즈넉해 보이는 카페로 일단 피신.)

종   나는 미숫가루.

모   나는 아이스 아메리카노.

(계산하려고 카드를 꺼내려는 찰나,)

종   얘, 내가 할게. 담에 돈 벌면 사.

모   진심?

종   귀레.

모   고마워.

종   얘, 너도 미숫가루 마셔. 보아하니 여기 커피 맛
개좋이나 건빵일 듯.

모   귀레. (가방에서 주섬주섬 무얼 꺼내며) 언니, 이거
사인 좀 해줘.

종   뭐야?

모   이거 코로나 긴급 고용안정지원금이야. 프리랜
서 자영업 무급휴직 기타 등등 있는데 나 트랜스 무급 휴
직으로 내보려고. 사업자 번호랑 노무 미제공에 사인만
해주면 돼.

종   그럼 그렇지. 네년이 그러니까 연락했지.

모   역겨워?

종   너 이러는 거 하루 이틀이니.

(마침 미숫가루 타온 여주인 曰, 맛있게 드세요~)

종   어머머머! 맛 왜이러니. 에구구구…… 설탕이야.

(가방에서 물 꺼내 미숫가루에 섞는 그녀, 마더 종잘레나.)

114

모 아이스 아메리카노 마신다니까는.

종 이 모양일 줄 알았니.

모 맛은 허드렌데 여기 공간은 세련이다. 에어컨
도 안 켰는데 선선하니 좋다 좋아.

종 빛이 안 들어오나 보지.

(심드렁한 표정, 오싹한 말투의 마더 종잘레나.)

모 언닌 뭐가 그리 다 짜증이야.

종 하루 이틀?

(나무로 된 높은 층고의 천장 벽을 가득 채운 수입 서적, 바브라
스트라이샌드 음악.)

모 3층 건물을 통으로 쓰나 봐.

종 돈이 많은 여편넨가 보지.

모 언니도 이런 거 차려. 내가 서빙할게.

종 얘, 됐다고 해. 만사 귀찮아.

(왠지 사인해줄 기미가 보이지 아니하고…….)

종 월요일에 세무사한테 물어보고 바로 해줄게.

걱정하지 마. 150이면 큰돈이지.

모   말해모해. 나 지금 그 돈 필요해 디져.

종   며칠 전에 국자한테서 전화 왔잖니. 자기 유럽
에 있다가 들어왔는데 격리 풀려서 전화했다며. 첨에 되
도 않게 여자 목소리 내면서 "언니 언니" 하길래 "애, 그
냥 니 목소리로 얘기해" 했더니 알지, 그 무서운 목소리.

모   영국 갔다 온 거 맞아?

종   알게나 뭐니. 입만 열면 개구란데 거기다 맞장구
뭐 하러 쳐. 묻지도 않은 얘기 하염없이…… 여전하드라.

모   그래도 언니한텐 가끔 연락한다. 트랜스 안 온
지 백년 됐어.

종   몇 년 만에 연락한 거야. 잊을 만하면 와. 일자
리가 필요한 게지. 그 철새 같은 년.

모   설마 턱도 없이?

종   몰라, 애견 미용 배워서 영국 간대.

모   그거 졸라 힘들다던데.

종   그러거나 말거나 미스 개구라.

모   그 언니 얼굴 너무 무섭잖아.

종   말해모해, 에구구지. 얘 미숫가루 못 마시겠다.
맛있다고 해서 시켰더니 저 여편네 다 개구라야. 방앗간
에서 갓 볶은 미숫가루에 꿀을 넣어줘야지. 일생 냉장고
에 쟁여 둔 냄새 풀풀 나는 거 꺼내서 되도 않게 요리당

을. 요리당이 몸에 안 좋은 거 알지?

모   언니 까탈에 다시 더위가 밀려와. 언니, 삼육대 알아?

종   알지. 삼육두유.

모   어머머머, 그게 그거야? 나 처음 들었잖아. 거기서 깨벗고 알바했어. 이번 주 내내. 우리 집하고 끝에서 끝이라 아침 7시에 나갔잖아. 9시까지 가야 해서.

종   애들이 너 몸 보고 놀랐겠다, 너무 말라서. 너는 거의 기아 수준이잖아.

모   이런 모델도 있고 저런 모델도 있는 거지.

종   그거 영화에 찍었어? 너무 좋은 소재다야.

모   애진작에 찍어 놨지.

종   누드모델 처음이 아닌가 보네?

모   좀 됐어. 나도 살 길 찾아야지.

종   그래, 그런 걸 찍어야지. 어떻게 드래그하는 것만 찍니, 지겹게. 넌 참말로 전라도 또순이야.

모   언닌 평양 기생이잖아.

종   니가 더 무서워, 전라도 년.

모   '유달산아 말해다오'.

종   그 노래 너무 오랜만이다.

모   똥구멍에 털까지 다 보여줄 거야.

종   옳아, 아주 무서운 영화가 되겠구나. 기대된다.

그래서 그 영화 언제 나온다고?

모   몰라, 미스 세월아 미스터 네월아야. 나는 내가 이만큼 애쓴다는 걸 보여주려는 거야.

종   그래, 애쓴다. 그래도 그거 하면 돈은 좀 받지 않니?

모   턱도 없어. 한 푼 두 푼 세 푼이야. 나는 언제 이런 근사한 집에 살아보려나.

종   너 집 정도면 됐지, 뭘 그래. 집 샀다고 좋아할 땐 언제고.

모   언닌 몰라.

종   시끄럽구나. 나가자, 얘.

모   언니, 우리 정하고 가자.

종   '윤동주 문학관'인가 가볼래?

모   가자.

(가도 가도 끝이 없는 인왕산 숲속 중턱. 아무도 없는 고요, 햇빛 쨍그랑 타오르는 습도.)

모   언니, 알고 가는 거야?

종   얘, 닥치고 따라오기나 해. 길은 이어져 있어.

모   이럴 줄 알았으면 신발이랑 옷이랑 편하게 입고 오는 건데. 턱도 없이 주렁주렁.

118

종   이년아, 멋이고 나발이고 그만 삐삐해.

모   맞아. 누가 본다고. 근데 여기 너무 좋다. 덥지만 않으면 눌러앉고 싶다.

종   그렇다니까. 나 여기 혼자서 자주 와. 저번에는 비 올 때 왔는데 추적추적 너무 좋드라.

모   언니, 우리 좀 앉자.

종   마스크 쓰니까 입 냄새 뒤집어진다.

(손에 입김 불어 입 냄새 체크하는 마더 종잘레나.)

종   마스크 땜에 껌 매출 껑충 뛰었대.

모   나도 매일 씹어. 가방에 껌 필수야.

(엉덩이 들썩들썩 종잘레나.)

종   가자, 얘.

(이중섭, 이상 등 역사 속의 인물들 설명 구간.)

모   어머머머, 이중섭? 이중섭 줴냐가 좋아하는데.

종   이중섭은 또 어케 알고 줴냐 참 특이해. 여기가 파리로 치면 거기가 어디니, 왜 이렇게 생각이 안 나니.

모   몽마르트르! 언니, 치매야.

종   귀레, 이년아.

모   아니 근데 좀 제대로 해두지. 이게 뭐야. 정말 너무 한국이다.

종   뭘 바라니, 한국은 근대화가 짧고 전쟁 통에 남아난 게 없잖니.

(마더 종잘레나의 급 국사 시간.)

모   아니, 아무리 그래도 그렇지. 대체 운치가 없어. 자연은 이렇게나 아름다운데 차라리 그대로 두기나 하지.

(씩씩하게 앞장서 걷는 무쏘의 마더 종잘레나.)

종   나 다 나았나 봐. 아무렇지도 않아.

모   그새 쾌유를? 축하해.

종   수술하기 전에는 한 발자국을 못 걸었다니까 숨 막혀서.

모   언니, 그 부정맥 전기 고문 수술 얘기 듣고 나 까무라쳤잖아. 난 수술 안 받고 그냥 디질래. 그 고통 세 시간 동안 당하느니.

종   니년이 퍽이나 그러겠다. 오래 산다고 악착같이 수술 받을 년이다, 넌.

모   아니라니까. 암튼 넘 잘됐다. 근데 어디까지 가
야 하는 거야?

종   이년이 환자인 나도 걷는데 엄살이야.

모   아니 너무 예정에 없는 워킹이라 글고 이 무참
한 햇빛이 넘 거북스러워.

종   그러게. 왜 이정표도 없니 뭐든지 얼렁뚱땅이
야, 대한민국.

(막다른 길에 마주친 한 남성.)

종   아저씨, 여기 윤동주 문학관 가려면 어디로 가
야 합니까?

객   이렇게 저렇게 그렇게요.

종·모   감사합니다.

모   언니, 땍땍하다.*

종   냐하하.

(코로나로 속절없이 닫힌 문학관.)

----

*　'남성스럽다'를 뜻하는 은어.

종   여긴 어디 앉을 데가 없구나.

모   난 그냥 바닥에 앉을래. 힘들어 디져.

종   난 바지 더러워져서 못 앉겠어.

모   뒤집어져, 미스 청결 레나. (한숨 두숨 세숨).

종   (가방에서 꺼낸 물을 벌컥 벌컥) 애 입 안 대고 마
셨으니까 너도 마셔.

모   아니야, 나 괜찮아. 근데 언니 입 냄새 난다.

종   귀레?

모   응.

종   많이 나? 심해?

모   응. 아까부터 언니 말하는데 바람 따라 구름 따
라 흘러 흘러.

종   지금 이 정도 거리에도 냄새 나니?

모   그 정도로 슈퍼 입 냄새는 아니야.

종   악취야? 아님 은근히?

모   은근히.

종   귀레, 계속 냄새 나. 미치겠어, 왜 이러지.

모   언니, 우리 옛날에 쇼 할 때 나 입구에서 표 팔
고 있으면 학 학 하면서 입 냄새 확인 했잖아.

종   그래. 나한테서 입 냄새 나는 거 못 해, 용서. 예
전에 누가 그렇게 입 냄새 심했는데.

모   태희?

종   그래그래. 그년 아가리 똥내 뒤집어졌어. 속에서 썩은 내가 말도 말도. 미스 입 냄새!

모   진짜 그 언닌 뭐 하고 사나? 벌써 20년 전이다.

종   그 몸으로 온전히 살아 있겠니.

모   아니, 옛날에 트랜스 쇼 할 때 문 앞에 날아다니는 바퀴벌레, 언니가 힐로 때려 잡은 거 기억해? 나 아직도 그 생각만 하면 뒤로 뒤집어져.

종   바퀴벌레만 잡았니. 분장실에서 가발 뒤집어쓰는데 얼굴로 뭐가 후드득후드득 떨어지는 거야. 세상 바퀴벌레 수십 마리가.

모   악.

종   쥐들이 전선이며 뭐며 다 파먹어서 새로 공사했잖니. 분장실 천정에 쥐들이 미친년 널 뛰듯 하고 화장실 맨날 막혀서 똥 푸고. 대체, 썩은 건물이야.

모   맞아. 열악한 세월 기억난다.

종   어쩌다 미스 입 냄새! 나 어쩌니?

모   치실이랑 다 했어? 나 입 냄새, 코털 죽어서도 용서 못 해.

종   말해모해. 가글도 하고 당장 병원 예약해야겠다. 코로나 땜에 안갈려고 했는데……. 비말 감염이 제일 심하다잖니.

모   지금 그게 중요해? 입 냄새 풍기고 다니느니 차라리 감염된 게 낫지.

종 그래. 미스 입 냄새 용서할 수 없음이야.

모 줴냐도 담배 끊고 입 냄새 나.

종 담배 땜에 냄새가 안 났던 거지.

모 그런가. 미스터 입 냄새 어쩔?

종 니코틴 인이 박혀서 몰랐던 거야. 담배가 입 냄새 이긴 거지.

모 세상. 언니랑 줴냐랑 같이 손잡고 병원 가야겠다.

종 간다니까.

모 언니, 요새 쭈니랑 연락해?

종 완전 삐삐야, 영원히!

모 그렇게 죽고 못 살더니.

종 사랑은 꿈이고 허상이야. 조니가 그랬잖니. 난 지금 너무 행복해. 이렇게 편하게 숨 쉬고 걸어다니는 것만 해도 좋아.

모 조니 빼곤 내 인생 죄다 쓰레기야.

종 줴냐가 있잖니.

모 그 미스터 철딱서니.

종 넌 줴냐의 엄마야.

모 엄마 노릇 하다 하다 노 모어 마더 테레사!

종 쭈니는 엄마가 필요했던 거야, 다 퍼주는. 근데 그 짓도 몇 년 하니까 아니올시다야. 그 짓 더했다가는

124

애. 안 맞는 것도 너무 많고.

모   몇 년 만났지?

종   3년? 4년?

모   그것밖에 안됐나? 근데 왜 이렇게 오래된 것처
럼 느껴지지.

종   개랑 나랑 좀 붙어 있었니. 둘이서 파리며 쿠바
며 안 가본 나라가 없다야.

모   언니, 쭈니 사귈 때 진짜 재수 없었는데. 밥 먹
다가도 쭈니 퇴근 시간이라고 가야 한다고. 같이 저녁 먹
어야 한다고. 하루 같이 안 먹는다고 사달 나냐고 하면
응, 그런다고 내 사랑 쭈니를 기다리게 할 순 없다고, 사
람 불러 놓고 매번 쭈니 땜에 급히 가야 한다고. 누가 알
면 2억만 리에서 재회하는 줄. 심지어 같이 살면서 그 난
리를. 세상 그런 사랑은 보다 보다 첨 본 광경이라 어지
간했어. 정말 꼴사나워 디지는 줄.

종   좀 말리지 그랬니.

모   언니, 너무 심했어. 정말 꺄아악이었어. 말한다
고 내 말을 들었을까? 그땐 진짜 눈에서 실핏줄이 튀어
나올 지경이었다니까. 사랑이 아니면 죽음을 달라!

종   말해줬음 들어는 봤겠지.

('이제는 말할 수 있다'의 시간.)

모　　말은 잘한다. 콩깍지 씐 사랑이 얼마나 무서운 일인가를 솔선수범 보여줬어. 나한텐 있을 수 없는 일이야.

종　　미안하구나. 그땐 사랑에 눈이 멀어가지고…….

모　　난 그때 언니가 실성해서 영원히 돌아올 수 없는 강을 건넜다고 생각했는데. 이제라도 깨닫고 제정신으로 돌아와주어 다행이라 생각해. 여적 그 유난을 떨고 살면 주위 사람들 애진작에 다 에구구구 하고 떨어져 나갔지, 말해모해.

종　　그게 내 인생에서의 마지막 사랑이었단다. 그래서 그런 거라고 생각해주면 안 되겠니.

모　　베르나르도 베르톨루치 〈마지막 사랑〉? 그 영화 완전 페이버릿이야.

종　　사랑은 무슨 얼어 죽을. 그냥 이렇게 혼자 즐기다 뒈질 거야. 난 지금이 너무 좋아.

모　　옳아.

종　　애, 시원하게 콩국수나 조지자. 검색 좀 해봐.

모　　언니 콩국수 싫어했잖아. 내가 전에 콩국수 먹으면 그 닝닝한 걸 무슨 맛으로 먹냐고.

종　　내가 미스 뒷북이잖아. 이태원 '청화 칼국수' 알지. 그 여편네가 여름 되면 콩국수 해주는데 그거 먹고 빠져버렸잖아. 이 나이에.

모　　콩국수는 내 인생이야.

종   시청 '진주회관'이 유명하다고 뜬다. 여기 가
볼래?

모   근데 여기서 어떻게 가는 줄 알아? 택시도 안
보이고 대체 여긴 어디야. 걷기에는 너무 꿉꿉숙이.

종   왔던 길을 되돌아가야 하나?

모   난 못 가.

(때마침 개를 끌고 가는 노인이 보이고.)

종   아저씨, 여기 버스 정류장 가려면 어디로 가야
합니까?

노인   이렇게 저렇게 그렇게요.

종·모   감사합니다.

(노인의 말대로 몇 발짝 떼자 신기루처럼 나타난 버스 정류장.)

모   어머, 한 번에 가는 버스 있다. 일사천리 뒤집
어져.

종   아, 여기가 자하문 터널이구나. 그 〈기생충〉에
나온.

모   우리 집하고 가까운데. (집에 가고 싶다…….)

(7022 버스 도착.)

모   (노약자 우대를 떠올리며) 언니, 앉아.

종   귀레.

(코로나×승객×버스×미스 입 냄새×허기의 콜라보로 시청역
도착. 그리고 그곳으로부터 바로 마주한 '진주회관'을 발견.)

모   언니, 저기다.

종   어머, 코앞이구나.

(58년 전통의 '진주회관' 유명 인사 출연 방송 매체 사진들이 즐비하
다.)

종   어머, 박근혜 사진. (찰칵)

모   세상.

종   콩국수 두 개 주세요.

종업원   2만 4천 원이요.

모   어머, 선불이야? 뒤집어져.

(미스 입 냄새의 화끈한 결제.)

종   손 씻고 올게.

모   나도 너무 찝찝숙이 마숙이.

(화장실 간 사이 이미 나와 버린 콩국수. 이제 흡입만이 내 세상.)

모   기대된다.

종   그 흔한 오이나 깨도 안 들어가 있네.

모   세련. 면이랑 국물 깨끗하다.

(건조한 목청으로 들어오는 진한 콩국물, 진정 맛으로의 승부수.)

종   맛이 난다.

모   어머머머, 언니 이거 대박이야. 이 농도 어쩔.

종   뭘 넣었길래 이리 걸쭉하지?

모   이건 콩국물이 아니야. 콩죽이야.

종   밀가루 풀어서 넣었나 보다. 김치 담글 때도 풀 써서 넣는 거 알지? 아니고서야 이럴 순 없어.

모   대체 의심 염병 뚜드럼병. 아니야. 이건 백 퍼센트 콩이야. 더도 말고 덜도 말고.

(정액처럼 짙은 콩국물. 쫄깃쫄깃한 면발.)

종   얘, 수저로 국물 긁어 먹어.

모   아니, 난 그릇째로 마실 거야.

(테이블에 빈 그릇만 덩그러니.)

종   정말 잘 먹는다. 그 말라깽이 몸에 이게 다 들어가니.

모   나 잘 먹는 것 몰라? 없어서 못 먹지.

종   오길 잘했다야.

모   최곤데? 근데 너무 비싸다.

종   냉면도 이 가격이야.

모   콩국수가 1만 2천 원이면 말 다했지 뭐. 끽해야 8천원인데.

종   돈 안 아까워. 훌륭해!

모   고마워, 언니. 진짜 잘 먹었어. 지원금 받으면 내가 쏠게.

종   귀레라.

모   배 찢어져.

종   그러게, 그걸 다 처먹니.

모   아깝잖아.

종   난 좀 걸어야 해. 소화시킬 겸.

모   난 한 번에 가는 버스 있어. 그거 탈게.

종   귀레. 가버려.

(부른 배 움켜잡고 역촌동으로 가는 버스 탑승. 미스 입 냄새와의 짧고도 긴 하루. 인왕산 고갯마루 그리고 맛집 탐방, 콩국수 수확의 알진 하루. 저녁이 되어 마더 종잘레나의 문자 도착.)

종   전에 니가 준 토리 에이머스 1집 LP로 새로 샀어. 들어보니 좋더라.

모   아니, 그렇게 들어보라 하면 시큰둥하더니. 하여간 미스 뒷북이야, 정말.

종   나 뒷북 여왕이잖니. 누가 말려.

모   좋다. 이제 우리 토리를 공유할 수 있는 거야?

종   귀레, 열심히 들어볼게. 니가 준 다른 CD도 아직 잘 안 들어봤어.

모   케이트 부시Kate Bush도 첨에 질색했잖아.

종   그러니까. 근데 아직도 케이트 초창기 음악은 적응 안 돼.

모   왜 이래. 'Wuthering Heights' 들어간 1집 명반인데.

종   귀레, 더 들어볼게.

모   아니, 나 크로키 수업에 케이트 부시 〈Airial〉 앨범 틀고 하는데 그 노래 알지? 중간에 계속 워싱머신 하

는 거. 워싱머신 워싱머신 워싱머신~

종 귀레, 그 경극 톤으로 무섭게.

모 깨벗고 미스 세월아 미스터 네월아 정지하고 있는데 하염없이 워싱머신 워싱머신. 포즈 중간에 음악을 바꿀 수도 없고 웃겨 죽는 줄. 진짜 미친 여자야. 무슨 생각으로 가사를 워싱머신! 한국말로 하면 세탁기 세탁기 세탁기~잖아. 수업 끝나고 학생들이 워싱머신 계속 따라 부르는 거야. 웃겨 디져. 케이트 부시나 듣다 자야겠다.

종 나는 입 냄새 땜에 심란해.

모 그렇겠다. 난 못 참아.

종 언니의 불행을…… 나쁜년! 담에도 냄새나면 꼭 말해줘. 언니 그런 걸로 절대 기분 나쁘지 않아.

모 당근이야. 그걸 말해줄 수 있어서 너무 좋다. 옆에서 입 냄새 나는데 말도 못 하고, 그거야말로 곤욕이잖아.

종 언니한텐 참지 말고 무조건 얘기해.

모 알았어, 일단 난 잘게.

종 일찍도 잔다.

모 늙어서 그래.

종 늙은 언니는 안 그러는데. 난 일생 늦게 자.

모 난 9시 되면 몸져누워야 해.

종 어머머머, 무슨 할마시야. 귀레, 자라.

모   응. 미스 미망인. 쥐냐는 언제 들어오려나.

종   월요일에 연락 줄게. 된다, 안 된다.

모   귀레, 고마워. 근데 왜 이렇게 소화가 안 되니.

종   나도 더부룩해. 콩이 소화가 안 되나 봐.

모   난 미스 소화불량. 자면서 해결하게.

(그러므로 모든 일과의 끝.)

검은 눈으로
맞는 아침

클럽 트랜스에서 한바탕 짐 정리를 했다. 나는 이곳에 민해경의 서기 2000년에 처음 발을 담갔다가 근무 태도 불량으로 여태 졸업을 못 하는 신세다.

세상으로부터 조롱당하기 위해 쥐구멍으로 들어간 20년의 세월. 기생 팔자. 죽어서 가져가지도 못할, 남는 건 옷 보따리뿐이라더니 남편은 집에 들어오면서 짐이라곤 고작 가방 하나였거늘 내 삶의 허물은 월남치마 42만 개에 담아 태평양에 버리는 일을 해도 해도 모자라, 요단강 건너는 날까지 이어질 것만 같은 성난 예감으로 사로잡힌 모월 모일. 새로 산 치마를 입고 나갔다가 손님 담배빵에 옷이 타버렸다. 허겁지겁 인생—쇼걸의 가슴에 구멍이 났다.

내 인생이 짐이다. 살고[生] 사고파는[賣買] 일은 끝이 없고 가내수공업으로 연습한 쇼는 죄다 허드레로 들통이 나서 비가 오면 부끄러운 연골이 추적추적 쑤셔온다. 무이자 할부로 묽어 산 옷은 해가 지나도록 고이 천장에 걸려만 있다. 그 옷이 불쌍해서 가끔 죽은 송장 염하듯 만져나 보고 이유 없는 욕심은 미련 때문에, 미련 때문에 옷장의 행거가 기울고 통장의 잔고가 이년아 미친년아 아우성이다. 내다 버리러 가져간 옷은 며칠 동안 시장 어귀에서 사생아로 지내다 자갈치 장수에게 팔려 가고 새로 이사 온 옆집 더덕은 오자마자 이 집이 내 집이라며 극성이다. 굴러들어 온 미더덕이 박히려고 서삼 친다. 관광버스 대절해온 지방 망둥이들은 자리만 차지하고 뭐가 그리 희한한지 빨강 조명 아래 무희들을 실컷 노려본다. 난 그 눈이 무서워 분장실로 피신해 화장을 때려 고친다. 철썩철썩.

고래 목에 진주 목걸이를 하고 세련을 말하고자 하는 사람들. 멋도 절도 없이 남루한 행색으로 튀겨 나온 불성실한 인간들.

너는 몇 살이냐, 수술은 어디서 했냐. 모두가 다 하나같이 약속된 질문을 던지고 밤새 부어라 마셔라 느닷없는 춤을 춘다. 내내 참아온 방귀를 뀌어대자 때마침 애쓴다며 팁이 날아왔다. 속 모르는 손님은 집에 우환 있냐며 입 찢으라 닦달이라 작년에 왔던 가자미 왜 죽지도 않고 또 왔을까 하고 광대처럼 웃어주었다. 토악질을 한 사내는 기도에게 질질 끌려가고 쫓겨난 쇼걸은 용심의 미를 거두자고 변기통 옆에 아름다운 빈대떡을 지져놓고 남이 싸질러 놓은 오물 치우느라 영업 중단 사건 24시 마담이 미친개는 조심해야 한대서 이리저리 도망 다니다 여손님의 힐에 발등이 밟혀 피가 나고 그 여손님은 꼬깃꼬깃 구겨진 만 원짜리 한 장을 내 손에 쥐여주며 미안하다는데 나는 검은 무당의 눈을 하고 사이키델릭 하이 소프라노 구음살풀이를 냈다. 당최 못 알아먹겠다는 그녀, 다시는 안 오겠다며 문을 박차고 나갔다. 난 그 뒤통수에 개년의 개념을 던져주었다.

오랜만에 쇼를 보러 온 지인은 내 손을 붙잡고,

너무 반가워서
너무 애틋해서
눈물을 흘리고

죽은 친구의 친구가 찾아와 나를 보니 친구가 너무 생각난다고 나를 꼭 부둥켜안고 수도꼭지를 튼다. 옆에서 사박 떨던 서삼은 내 가발을 벗겨 달아나고 자신도 여장 남자를 하고 싶단다. 난 여장 남자가 아니라 인간이라 했다.

화장실로 달려가 끊은 담배를 꼬나물고 "좆같다"를 백번 외치다, 문득 보고 싶은 친구에게 연락했지만 불러도 대답 없는 메아리. 결국 내 모든 인간관계는 쓰레기였구나. 한번 아직 난 우정은 결코 회생할 수가 없다고 깨달을 즈음 어김없이 찾아오는 새벽 2시. 미처 날뛰는 작두 위로 술병이 날아와 경찰이 들이닥치고 사람들이 던진 내 털 난 지느러미를 향한 돌팔매질에 기갈을 부리다 그날은 그만 공을 쳤다. 노량진. 이곳은 세상과 맞짱 뜨라고 있는 무대가 아니란다.

피 나는 발등에 멍 난 치마에 사나운 일진에—

사장 언니는 울상 집어치우고 구찌 손님한테 가서 매상이나 올리라고 타박이다. 무료한 쇼걸들은 이 꼴 저 꼴 보기 싫다며 쌈박질하다 동이 트고 죄 없는 거울이 깨진다. 미끼를 찾아갈 곳 없는 사람들이 밤새 머물다간 뻘밭. 밀물 썰물 대체 잘도 돌아간다. 반평생 주말이 없는 노량진 수산시장에서의 삶. 나는 호강에 겨워 매주 떠날 채비를 하고 다른 누군가는 돈이 없어 돌아오고 또 다른 누군가는 정신병원에서 편지를 보내오고 병가로 휴가 낸 쇼걸은 한 달 후에 영영 영원으로 가버렸다.

해가 동쪽에서 뜬 이른 아침. 해를 맞이하고 나서야 굳게 닫힌 아가미가 열리고 해가 닿은 몸통에서 악취가 진동했다. 해를 받아 가시 뼈 구석까지 뿌려 넣었다.

나는 주인 잘못 만나 고생하는 몸에 사죄하고 '하느님 아버지, 다시 태어나면 끼순이만은 되지 않게 하소서' 하고 빈다. 비루하게 살아 꿈틀거리는 내 꼬리. 누가 또 밟을까 무서워

부리나케 집으로 향했다.

*

퇴물 물고기
노기老妓가 된 어느 날
쓰레기 버리러 나갔다가
나 자신도 마저 버리고 왔다

나는 웃고 있는데
대체 뭐땜시 웃으라는 걸까요
당신은
아직도
내 웃음이
의심스러운가요

그렇다면 웃어드릴게요
황망한 가슴을 쓸어내릴게요
허망한 한숨이 되지 않을게요
설익은 창자를 꺼내지 않을게요
돈에 환장한 년처럼 굴지 않을게요
엄살 부리지 않고 부지런 떨게요

털이 다 뽑히도록 헤엄칠게요

내가 누구냐고 묻지 않을게요

내가 없다고 말하지 않을게요

그런데

인생은

얼마나

하품을

늘어지게 해야

그 끝을 알 수 있는 걸까요

1

동이 트기 전에 눈이 떠졌다

그런 묘시도 있는 법

2

하루를 이기 싫어

다시 목창시로 약을 털어 넣었다

그런 약도 있는 법

3

밤에서 자정 넘어 새벽에서 꿈으로 가다

여기저기서 발만 동동 구르다 아침으로

그런 시간도 있는 법

4

눈이 끔뻑끔뻑 날이 깜빡깜빡

볕이 반짝반짝

그런 볕도 있는 법

5

사지가 엿가락처럼 침대에 눌어붙어

뗄 수가 없다

그런 바닥도 있는 법

6

깨질락 말락 깨질 듯한 적막이

깨지다 만다

그런 방도 있는 법

7

이 방에서 저 방으로 가는데

꼬박 나절을 잡아먹는다

그런 문턱도 있는 법

8

하염없이

나를 울려주는 김정미의 '봄비'가 내린다
그런 날씨도 있는 법

9

커피를 대야로 쏟아부어도
정신이 들지 않는다
그런 커피 카피 코피 코마도 있는 법

10

천 근이 넘는 창문을 겨우 열었다
커튼 사이로 바람이 세차다
그런 공기도 있는 법

11

아무도 오지 않는 집에 등기가 도착했다
그런 배달도 있는 법

12

집도 절도 없는 사람이 내 집에 산다
그런 절도 있는 법

13

공기보다 무거운 침묵,

침묵보다 더 큰 집이 있다

그런 집도 있는 법

14

낡은 벽지를 타고 스멀스멀

기어올라간 습기가

이름 없는 곰팡이로 천장에 피어났다

그런 벽도 있는 법

15

컴퓨터와 친구로 지내는 자가 옆방을 지키고 있다

그런 사람도 있는 법

16

나는 당신과 모모를 찍고 나를 찍어주는 사람은 없다

그런 담음과 담김도 있는 법

17

밤새 전화기에 오고 간 소식이 이렇게나 없다

그런 부재도 있는 법

18

샤워를 마친 젖은 몸에

쓰리쓰리 사라져가는 수분을 지켜보았다

그런 소멸도 있는 법

19

엉킨 빨래로 요동치던 세탁기가 간신히 멈췄다

잘 돌아가다 꼭 끝에서 사단이다

그런 요람을 흔드는 손이 있는 법

20

밥을 먹어도 먹어도 배가 부르지 아니하고

그런 창시도 있는 법

21

남편은 타자기를 두드리고

모모는 창문 앞에서 두리번

나는 꼿꼿이 앉아 있다

그런 오늘도 있는 법

22

대관절 홈쇼핑 보다가 10개월 할부로 살림살이를 마련했다

그런 소비도 있는 법

23

옷장은 쏟아지고 냉장고는 텅텅 비어 있다

그런 극과 극도 있는 법

24

10년 전 올린 영상에 누군가 댓글을 남겼다

그런 소식도 있는 법

25

천 개가 넘는 텔레비전 채널을 돌려도

정작 안착하고 볼 게 없다

그런 방송도 있는 법

26

청소부는 내가 애써 모아 버린 쓰레기를

가져가지 않았다

그런 무시도 있는 법

27

My brain is blank because I'm a sophisticated lady

나는 금발의 줄리 런던도 아닌데
뇌가 비었다는 법

28

LP판 홈에 파인 결을 따라가다 미끄러졌다
그런 자빠짐도 있는 법

29

치즈에 파래 김을 싸서 먹었다
그런 퓨전도 있는 법

30

문득 사랑하는 사람은 옆에 있어도 보고 싶다
그런 그리움도 있는 법

31

데릭 저먼의 〈블루〉, 등장인물이 없는
영화를 보았다
그런 영화도 있는 법

32

불효자는 여기저기서 울고 있다

그런 효도 있는 법

33

야한 생각을 해도 도무지 일어날 생각을

안 하는 순이 씨

그런 고자도 있는 법

34

잘나가다 자꾸만 삼천포로 빠진다

그런 길도 있는 법

35

내 인생이 어쩌다 이렇게 돼버렸는지 모르겠다

그런 삶도 있는 법

36

웃자고 한 얘기에 죽자고 달려들기 있기 없기

그런 유머도 있는 법

37

마음에 드는 옷을 색깔별로 샀다

그런 사치도 있는 법

38

친구에게 목구멍까지 올라온 비밀을

털어 놓을까 말까 하다 끝내 말았다

그런 비밀도 있는 법

39

1인용 소파에 비집고 들어와

엉덩이를 비비는 남편이 말한다

여보, 보고 싶었어

그런 느닷없음도 있는 법

40

노력과 반성이 없는 사람은 평생 그리 살다 갈 것이다

그런 깨우침은 없는 법

41

자꾸만 눈이 가는 사람에게 어쩌자고

DM을 보냈다

그런 무모도 있는 법

42

생긴 대로 놀다 만 게 대체 꼴값 떤다

그런 망둥이 친구 꼴뚜기도 있는 법

43

지하철에서 급성 설사로 바지에 쌀 뻔한 적이 여러 번
그런 나약한 장도 있는 법

44

생각이 많은 짐승의 대가리는 24시간 고달프다
그런 노동도 있는 법

45

때때로
초등학교 소풍 때 엄마가 싸주시던
김밥이 먹고 싶다
그때의 계란 노른자와 노란 단무지가 눈에 선하다
그런 김밥 옆구리 터지는 추억도 있는 법

46

지리 지리 보다 만 책이 베란다 구석탱이에
쌓여만 간다
그런 먼지가 되는 시간도 있는 법

47

굴러 들어온 영계백숙이 문득
유쾌 상쾌한 웃음을 짓고 간다
저한테 왜 이러세요
그런 롤링 스톤스도 있는 법

48

말이 많은 단톡방에서 말도 없이 나왔다
그런 말해모해 줄행랑도 있는 법

49

아직 입금되지 않은 임금은 그냥 그렇게
미결로 끝이 났다
그런 노동 착취도 있는 법

50

집을 나간 고양이가 문 앞에서 울고 있다
그런 가출도 있는 법

51

통장의 잔고는 마이너스를 향해 간다
그런 저축도 있는 법

52

클래식을 들으면 재즈가 듣고 싶고

결국엔 조니 미첼을 듣는다

세상만사 어떠한 상황에서도 안식을 준다

그녀의 음악 없이는 하루를 넘기기 힘들다

그런 안식처도 있는 법

53

남의 클럽하우스 방을 내 맘대로 폭파시켰다

그런 KAL기 폭파범 마유미도 있는 법

54

무수히 많은 단어들이 내 세치 혀에서

줄넘기를 하고 있다

그런 언어도 있는 법

55

얹혀살던 집에서 방세를 내지 않고

야반도주를 한 적이 있다

그런 도망도 있는 법

56

차마 당신이 역겹다고 말할 수 없어서

고개를 돌렸다

그런 목운동도 있는 법

57

죽음만이 살길이라고 생각하는 것이 너무 잦다

그런 우울목에서 살아간다는 법

58

내게 사기를 친 자가

사악한 미소를 띠고 버젓이 살아 있다

그런 자는 꿈에도 다시 보고 싶지 않다는 법

59

나는 입만 열면 너와 인간들에게 저주를 퍼붓고

또 누군가는 나의 멸망을 바랐다

그런 저주도 있는 법

60

결심은 대개 매가리가 없다

그런 연약한 용단도 있는 법

61

세상은 망망이 대해하고

삶은 알 길이 없다

그런 알 수도 없는 법이 있는 법

62

모든 인간관계에는 유효기간이 있다

그런 관계도 있는 법

63

삶과 죽음은 한 끗 차이이다

그런 동전의 양면을 모를 리가 없는 법

64

이 모든 고통은 죽어야 끝난다

그런 끝을 바라는 해결도 있는 법

65

가방 안에는 마트에 갈 때 쓸

장바구니를 꼭 넣고 다닌다

그런 알뜰살뜰도 있는 법

66

나는 안은미의 도망치는 미친년이 아니라

무서워서 못 도망친 년이다

그런 아류도 있는 법

67

프리랜서 재난지원금이 절대 절실했는데

어이없게 반려됐다

그런 날 버린 구청도 있는 법

68

관객이 없는 무대에서 춤을 춘 적이 있다

그런 무대도 있는 법

69

아침엔 한 시간 동안 요가와 명상을 하려고 노력한다

그런 성실도 있는 법

70

구멍 난 옷은

기워 입고 찢어 입고 잘라 입고

분실된 양말 한 짝은

어떻게 해서든 찾아 신고야 만다

몸도 고쳐 쓰고 바꿔 쓰고

그런 아나바다도 있는 법

71

내가 왜 이러는지 모르겠으나

매일 18시간 공복 상태를 유지한다

그런 굶음도 있는 법

72

타성에 젖은 음악을 듣고

신파 드라마를 보다 처울었다

그런 청승도 있는 법

73

아직도 옷장의 낡고 칙칙한 옷을 버리지 못하는

나 자신이 참 그렇기만 하다

그런 미련한 미련도 있는 법

74

1년을 아무도 아닌 그저 백수로서 알차게 보냈다

그런 허송세월의 시간도 필요한 법

75

쓸어 담느라 바쁜, 한 달 생활비의 팁이 쏟아진

계 탄 날이 있긴 있었다

Show must go on!이라는 법

76

코로나 확진자수 외엔

더는 놀라울 것도 없는 뉴스를 보다 꺼버렸다

그런 소식도 있는 법

77

충전되지 않는 전화기가 결국 저세상으로 가고

지원금이 많은 통신사로 옮겨 개통했다

그런 배신도 있는 법

78

한번 내 손에 들어온 물건은

하늘이 두 쪽 나도 감히 나를 떠날 수 없을지니

생이 다하는 날까지 알아서 잘 버텨주어야 한다

그런 독재자도 있는 법

79

술은 입에 못 대고 담배는 시시해서 끊어버렸다
그런 단순한 결심도 있는 법

80

2020년 여름, 살다 살다 처음으로 대낮에 누워보았다
편하고 좋았고
하루 종일 빈둥거려도 세상은 무사했다
나 자신을 내려놓고 파괴할 때가 됐다는 법

81

코털은 매일 정리하지 않으면 삐져나오고
머리는 매일 감아야 떡짐을 면할 수 있다
그런 수고스러운 청결도 있는 법

82

세상만사에 관심 없는 척
외롭지 않은 척해 보았다
그런 허세도 있는 법

83

어제의 친구가 오늘의 원수가

결국 모든 인간은 적이다
그런 적과의 동침도 있는 법

84

머리를 들고 있기도 힘든 날이 잦다
그런 체력도 있는 법

85

내일은 밀린 청소와 연습을 할 것이다
그런 팥쥐 근성도 있는 법

86

약을 6알에서 4알로
4알에서 2알로 줄이는 데
4년이나 걸렸다
죽어야 약 없이 자는 법

87

깨진 유리를 밟은 아찔한 순간이
하루가 멀다 하고 펼쳐진다
그런 사나운 일진도 있는 법

88

넓은 마당이 있는 집에서 개떼를 풀어 놓고

유유자적 살고 싶다

그런 노년의 소망도 있는 법

89

가장 무서운 건 정전기이고

가장 싫은 것은 오줌 마려운 것

그런 겁과 질색도 있는 법

90

내 안에 검은 그분이 오신 날

바늘 훔치러 갔다가

소를 때려잡았다

그런 도벽도 있는 법

91

홍수처럼 넘쳐나는 짐 더미에 갇혀

오도 가도 못하고

멍청하게 주저앉아 있었다

그런 꾸러미도 있는 법

92

공연 연습은 주로 집 장판 위에서 한다
그런 열악한 애씀도 있는 법

93

허드레 행사에서 대충 공연하고 돈을 챙긴 적이
너무 많다
그런 사기도 있는 법

94

니씨염뚜
니미 씨발 염병 뚜드럼병이다
그런 욕도 있는 법

95

친구에게 입으라고 준 옷을
다시 돌려달라고 한 적이 있다
그런 묻지 마 수거도 있는 법

96

새해 복 많이 많이 싸그리 바그리 드리방방
그런 신년사도 있는 법

97

남편한테 고래고래 소리 지르다

피를 토한 적이 있다

그런 득음도 있는 법

98

계란 사러 마트 갔다가 AI로 급등한 가격에

놀라 거품 물고 쓰러졌다

그런 인플레이션도 있는 법

99

흰쌀밥에 전라도 엄마가 보내온

파김치 얹어 남편 몰래 두 그릇 때려 넣었다

그런 혼자 먹는 밥은 맛있는 법

100

뼈는 시리다 못해 갈리고 톱으로 써는 것 같은

이만하고 저만스러운 고통이

제발 좀 빨리 꺼졌으면 좋겠다

그런 정육점 뼈 갈림도 있는 법

101

내가 역겹다고 왜 말을 못 해!

그런 지적도 있는 법

102

적막을 참을 수 없을 때

거짓말처럼 모모가 등장한다

끼순아 안녕!

그런 등장도 있는 법

103

남편에게 나가 죽으라고 한 적이 있다

그런 내침도 있는 법

104

누군가 내 욕창의 구더기를 표독스럽게 세고 있다

그런 회계사도 있는 법

105

입 냄새 나는 자는 죽어도 용서가 안 된다

그런 아가리 똥내 나는 추접은 안 되는 법

106

발 없는 말이 뉴욕까지 횡단한다
그런 축지법과 적토마도 있는 법

107

나는 당신이 있어도 외로워 죽는다
그런 고독도 있는 법

108

자꾸만 몸에서
썩은 고기 냄새가 진동하는 것만 같아
거북스럽다
그런 부패도 있는 법

109

자고로 인간은
낄 데 안 낄 데를 잘 알아야 한다
그런 눈치도 있는 법

110

바깥사람 옆에서 힘겹게 방귀를 참았다
그런 황달도 있는 법

111

항생제를 잔뜩 먹은 횟집 생선들이

무기력한 눈을 하고 둥둥 떠 있다

그런 희생되기 위해 존재하는 생명도 있는 법

112

누워도 되는 자린 줄 알고

다리 뻗었다가 쥐가 났다

그런 덫도 있는 법

113

쉬 쉬

이건 2000년 된 오줌이에요

오줌은 싸도 싸도 마렵고

이 일은 천년만년 반복해야만 하는 것인지

그저 하염없이 쉬~

그런 오줌도 있는 법

114

봄이 오면 겨울잠에서 깨어나는 개구리

모기한테서 피를 뜯기는 인간들의 여름

낙엽 밟다 살찌는 말들과 가을의 시간

그러나저러나

겨울이 오면 삼라만상 다 같이 얼어 죽는다

그런 이치도 있는 법

115

반팔만 입은 건장한 남자가 지나갔다

내복까지 껴입고 있는 내가 뭐가 되냐며

따라가서 따져 물으리

그런 물음도 있는 법

116

아는 배우의 남사스러운 연기에

내 얼굴이 다 붉어진다

내 연기를 보고 누군가도 그랬을 법

117

세상 어느 오지를 가도 한국인은 제법 있다

그런 독한 민족도 있는 법

118

삶은 끊임없이 애를 써야만 한다

그런 정진의 이유도 있는 법

119

전화 걸어온 아빠는 별말씀이 없다
그런 침묵도 있는 법

120

당신과 함께한 스물세 해 봄의 소리
당신과 함께한 스물세 해 여름의 낮
당신과 함께한 스물세 해 가을의 환영
당신과 함께한 스물세 해 겨울의 바람
그리고
스물네 해의 계절을 기다려봅니다
그런 계절도 있는 법

121

바깥양반이 코를 하도 세차게 골아서
참다못해 낭심을
후려쳤다
그런 보복도 있는 법

122

이제 대머리 여가수 시네이드 오코너처럼
묵묵히 살아가야 한다

그런 강단과 심지도 필요한 법

123

영계백숙한테서 빼앗긴 마음을 되찾으러 갔다가
본전도 못 찾았다
그런 빼앗긴 들에도 봄이 올 법

124

공연 전날까지도 연습을 미루고
무대에서 즉흥으로 하다
어떤 날은 잘 넘어갔고
어떤 날은 들통이 났다
예술이란 적당한 사기가 들어가야 맛이 난다는 법

125

인스타그램 게시물만 올리면
기다렸단듯이 언팔하는 것들
쫓아가서 애초에 팔로잉 왜 했냐며
그런 것들 싸그리 불러다 족을 칠 예정이란 법

126

남편이 싸지른 똥으로 꽉 막힌 변기를

이 고운 두 손으로 힘겨웁게 뚫었다

여보, 네 똥은 네가 치워!

그런 각자의 똥은 각자 치우자는 법

127

빵집 베스트 1, 2 가 있길래 묻지도 않고 샀더니만

맛이 나 아니 나 개씹이나 덩더쿵

다음에 가면 대체 왜 이게 베스트냐며

내 입은 뭐고 사람들 입과 네 입은 다른 것이냐며

그런 이유나 좀 알아보자는 법

128

클럽하우스에서 목소리 섹시한 남자한테 반해

오픈채팅방에 쫓아 들어갔다가

굴러다니는 그의 실사를 보고

정신이 번쩍 들었다

그런 목소리와 얼굴은 비례하지 않는다는 법

129

나: 여보, 택배 왔어요?

남편: 왔다.

나: 네.

그런 짧은 답변도 있는 법

130

폴란드로 시집간 누이가 추워서 도망 나왔다고
했는데 너무 알겠는 거 있지
체지방이 없는 내가 북유럽에서 살았다간
동사했을 것이 농후
따뜻한 남쪽 나라에서 살고 싶다는 법

131

나의 MBTI는 INFJ
성실은 맞고,
독창적 맞고,
계획적 맞고,
예언자?
내 인생을 예언했다면 이 지경이 되지는 않았을 거란 법

132

어쩌면 인생은 '허욕투씹'이다
이것의 뜻은 열린 결말로서 각자 해석하라는 법
죽어도 모르겠으면 DM으로 문의!
@morezmin

133

시모어: 57년 동안 방 한 칸짜리 아파트에서 혼자 살아간다는 게 믿겨지나요?

Q: 외롭지 않으세요?

시모어: 수도사랑 비슷해요. 고독을 즐기거든요. 나는 혼자 있는 걸 좋아해요. 이렇게 혼자 있으면 마음속에 떠오르는 생각들이 정리가 돼요. 사교생활은 상상할 수도 없죠. 아무리 가까운 사람이라도 어느 날 내뱉은 말 한마디 때문에 그 관계가 끊어져버릴 수가 있거든요. 하지만 예술은 완벽한 예측이 가능해요. 음악은 결코 변하지 않죠. 베토벤이 적어놓은 음은 영원히 그 자리에 있어요. 음악은 예측이 가능하기 때문에 음악 작업을 할 때는 질서정연함이 느껴져요. 조화와 안정감이 느껴져요. 우리가 통제할 수 있는 거죠.

피아니스트 시모어 번스타인의 말씀이라는 법

134

공짜라면 양잿물도 마신다더니
공짜라면 죽음마저도 달가운 법

135

가끔은 영문도 없이 불안해서 미칠 것 같다
그런 불안도 있는 법

136

하루에 네 갑을 피우던 남편이 하루아침에

담배와 담을 쌓았다

며칠이나 갈까 싶었는데 3년 하고도 열 달이 넘었다

그런 독종도 있는 법

137

일찍 잠든 물고기가 불광천에서 새벽을 축내다

영산강 하류에서 우렁찬 하루를 기다려나 본다

그런 어디에도 가고 없는 내가 있는 법

138

오랜만에 몸을 굴렸더니

온몸이 염병 뚜드럼병이다

그런 통증도 있는 법

139

들러붙은 몸과 마음을

따로 뜯어내다 못해 잘라냈다

그런 회 뜨는 법도 있는 법

140

부신 기능 저하로 저녁 8시면 방전된다

그런 몸뚱어리도 있는 법

141

초등학생 애가 나를 텔레비전에서 많이 본 것 같다며

연예인 누구랑 닮았는데 어쩌고저쩌고해대서

이상한 소리 할까 봐 잽싸게 토꼈다

그런 '뒤로'도 있는 법

142

나는 떡을 좋아하지만 먹는 떡도 치는 떡도

구경 못 해본 지 오래다

그런 언감생심도 있는 법

143

남편한테 오늘 무슨 옷을 입으면 좋을까요

하고 물었다가 옷장의 옷을 다 꺼내 패션쇼 시켜서 결국

깨벗고 나왔다

그런 스트립쇼도 있는 법

144

일 섭외가 들어와

일당비로 하다못해 차비는 줘야 하는 것 아니냐고

물었더니 읽씹에 감감무소식

밤길 조심하라는 법

145

남편의 카메라와 장비를 중고 장터에 팔았다가 걸린 날

그 사건을 알아차린 남편이 쓰빠씨바Спасибо 통곡하며

남편: It was my dream, You stalled my dream!

나: 똥을 싸라, 똥을 싸. 여태 안 쓰다가 왜 난리야.

그거 영화 대사 아니냐는 법

146

무당: 집에 나무 있죠?

끼순이: 아니, 없는데요.

무당: 있으면 큰일 날 뻔했어. 언니 기 세 보여. 신가물이
야. 굿해서 신 받아.

그런 흔해빠진 말 나도 하겠다는 법

147

노상 지 심심할 때만 불러대는 아무개가 밥 먹자고 하길래

아무개야, 네가 가장 소중하다고 생각하는 사람과 먹으렴,
하고 정중히 거절했다

나는 아무개가 아무 때나 부르면 불려 나가는

그런 심심풀이 오징어 땅콩이 아니라는 법

148

공연 날 내 VIP 초대권을 받은 친구가 일언반구도 없이 오
지 않았다

나: 왜 안 왔어?

친구: 응, 다른 일 생겨서 그 표 친구 보라고 줬어. 근데 친
구가 공연 재미없다더라.

거두절미 절교했다는 법

149

사람이 살다 보면 그럴 수도 있지

따지지를 말지어다

그런 나를 있는 그대로의 나로 내버려두자는 법

150

수입은 없는데 돈 들어갈 곳이 하염없다

그런 깨진 독에 물 붓는 일이 사는 법

151

물은 '먹다'가 아니고 '마시다'
커피는 '먹다'가 아니고 '마시다'
술은 '먹다'가 아니고 '마시다'
농약은 '먹다'가 아니고 '마시다'
나는 풀잎만 먹고 이슬만 마시고 싶다는 법

152

송화 曰, 무얼 먹고 살아요?
— 영화 〈서편제〉 중에서

153

아침에 잠이 든 영감은 야행성 모모와 합방하다
알람 소리를 못 듣고 처자다 일에 늦는 일이 잦다
그런 둔한 불성실도 있는 법

154

백날 천날 표백제에 나를 담궈두어도
깨끗해질 수는 없다
그런 오염도 있는 법

155

집에 박혀 있던 남편이 집을 나서자
나는 체증이 가셨고
덩달아 신명이 난 모모도 탈출을 시도했다
그래 오죽하면 그랬을까 하는 법

156

문자 했으면 문자로 답해야지 어따 대고 전화질이야
그런 상도는 지켜야 하는 법

157

백 년 동안의 고독에서 살던 옷에서 발견한 돈이
기쁘다 못해 생활에 보탬을 준다
그런 생활의 발견, 써던리!?도 있는 법

158

폰에 있는 사진들이 죄다 아이클라우드에 있다니
대체 뜬구름 잡는 일이다
그런 허상도 있는 법

159

1998년, 남편의 손을 잡고 처음 그의 집에 간 날

뜬금없이 프로그레시브 록의 조상 케이트 부시를 들려주
었다

후에 히스테리컬 하이소프라노 그녀의 음악으로

쇼를 했을 때 클럽이 초상집으로 간판을 바꿨다

그런 진보적 쌩뚱도 있는 법

160

용한 무당은 비를 멈추게 할 수는 없어도

비를 피하게 할 수는 있단다

그렇다면 진짜 용하다는 법

161

남편은 20년 동안

기타와 피아노를 연주하지 않았다

기타는 부식돼서 깨부숴버렸고

피아노는 당근마켓에 팔아버렸다

남편은 징하고 나는 엔간하다는 법

162

사랑은 희생이 아니라 포기라는 걸 깨달았다

그런 깨우침도 있는 법

163

요즈음 고유명사 생각이 안 나서 아주 돌겠다

알츠하이머병이 제일 무서운 법

164

2019년, 브로드웨이에서 헤드윅과 공연을 마치고

나: 존! 나는 존나 뼈가 시려워.

존: 넌 방금 애를 낳았을 뿐이야.

그런 출산도 있는 법

165

누가 만나자고 하면 세상 귀찮고

어디 금이 난다고 해도 버선발로는 못 가겠다

그건 늙어서 그러는 법인데 금이 있다면

해남 땅끝 마을까지라도 뛰쳐나가고도 남을 나라는 법

166

한숨에 자는 사람

두숨에 자는 사람

세숨에 자는 사람

나는 절대 그 숨에 잘 수 없는 사람

쉽게 잘 수 있는 법을 터득하지 못한 법

167

입을 잘 털면 자다가도 프라이드치킨이 생긴다

먹을 복은 타고나는 법

168

영화감독이 몇 년간 골방에 갇혀

완성한 러프 컷을 보여준

그날은 하염없이 감동으로 두들겨 맞은 날

하지만 그 감흥도 오래가지는 못했다

나의 미친년 널뛰는 감정 기복 이제 그만 졸업하고

스탠리 큐브릭의 〈2001: 스페이스 오디세이〉 같은 전대미문

범우주적인 모어 영화가 나오기를 기대해보자는 법

169

아침에 일어나 인사를 건네는 나와

내가 일어난 시간에 자려고 인사를 건네는 사람들

같은 세상 다른 시간에 살고 있는 법

170

여보, 오늘은 당신이 필요해요

여보, 오늘은 혼자 있고 싶어요

여보, 나는 좀 그래요

남편: 알겠다.

나는 그래요 법

171

옷방에 걸린 그 많은 옷들은 딱히 입을 게 없고

갖고 싶은 걸 막상 갖고 나면 심드렁해진다

그건 절대 불변의 법

172

Family

Husband

Dignity

Edit me

Write me

Reach me

Better me

Blame me

Anything me

How many years

How many times

How many words

How many loves

How about

You be you

I be me

We be us

우리가 되어 보자고 쓴 시라는 법

173

1G 제일 싼 요금제를 쓰다 보니 가는 곳마다 애타게

와이파이를 찾아

공짜 데이터를 끌어 쓴 적이 대부분이다

그건 검소가 아니라 궁상이란 법

174

당신이 내게 사랑한다고 사랑한다고 말을 해도 귀가 멀고

엄한 데서 우물을 팠다

그런 삽질도 있는 법

175

길을 가다 얼핏 아는 자들이 보이면 황급히 숨는다

그런 두더지 같은 여인도 있는 법

176

샤워를 한 시간 동안 하는 사람이 있고

샤워를 3분 이내에 하는 사람이 있다

나는 절약 너는 펑펑

그런 불공평한 법도 있는 법

177

You are like a feather

You cannot really hurt me

— Evgeny Shtefan

178

써던리 새벽에

엄마가 밥 짓던 소리에 깨던 시간이 생각난다

그땐 깼다가도 금새 잠들곤 했었는데

온 가족이 이불 속에서 뒹굴던

그 냄새 그 방 그 시간은 돌아오지 않는 법

179

연남동에서 역촌동으로 귀인이 찾아왔다

나: 왜 이제 나타나셨나이까.

귀인: 이제라도 나타난 게 어디입니까.

나: 잘 좀 부탁드립니다.

귀인: 암요.

이제 나 대신 좀 애써 달라는 법

180

나: 여보.

남편: 응.

나: 선물이 있어요.

남편: 뭔데? (입 찢어짐)

시장에서 사 온 형형색색 천 원짜리 양말 열 켤레를

검정 비닐 봉다리 속에서 하염없이 꺼내주고는

나: 여보, 밥 먹고 설거지 좀 해! 습관이 중요해요! 앞으로
는 먹으면 바로 바로! 알겠지?

남편: 네, 알겠습니다.

버릇은 들여야 하는 법

181

면도기로 머리를 팍팍 밀다 하마터면

귀가 어슷 썰릴 뻔했다

그런 중이 제 머리 못 깎고 고흐는 아무나 되는 게 아닌 법

182

일로서 전부터 염두에 둔

전문가 좀 섭외하려고 했더니

마침 시간 안 된다고

마침 아쉽다고

마침 다른 날은 안 하냐며

마침 다른 날 모시겠다고

마침 비탄 개탄 통탄

개똥도 약에 쓰려면 없는 법

183

피똥을 싸고 항문외과에 간 날

의사: 만성 치열이에요. 당장 수술해야 합니다. 변 보실 때 찢어지듯이 아프지 않았어요?

나: 맨날 찢어져서요. 익숙해서 그러려니 했어요.

의사: 아, 그래요? 근데 이 정도면 진짜 아팠을 텐데.

나: 허구한 날 찢어져서 이건 그냥 일상이라서요.

그런 항문 파열도 있는 법

184

나: 여보, 뼈 시려워 죽겠어. 내 뼈 좀 만져줘요

남편: 그래. 일단 침대로 가자.

내 뼈에 손 대자마자 입 쩍 벌리며 숙면으로서

나는 왜 태어났을까라는 법

185

물고기 날자 털 떨어진다

그런 毛魚도 있는 법

186

운전면허증 없는 부부는 전 세계 우리뿐이다

주체적으로 살기는 글렀다는 법

187

괄약근을 조이고 코 힘을 힝힝 불어야 한다

그런 텐션도 있는 법

188

모든 일은 타이밍인지라 수시로 카톡, DM, 이메일을 체크해야

들어온 일을 제때 수행하고 바로바로 현금을 챙길 수 있다

그런 시시때때도 있는 법

189

마스크를 쓴 남정네가 셀카를 찍고

감격에 젖자 스스로 오징어에서 탈출했다

그런 어장도 있는 법

190

남편이 포켓몬 잡으러 간 틈을 타 자위하다

걸린 적이 여러 번이다

그런 우세스러운 비밀도 있는 법

191

북한산 입구에서 "아 산이다!"만 외치고 돌아왔다

그런 포기도 있는 법

192

분명 집을 나설 때는 빈손이었건만 반나절 만에

두 손이 바리바리이다

그런 채움은 있고 비움은 없는 법

193

내가 대체 왜 여기서 이런 말을 하고 있는지 모르겠다

그런 주접도 있는 법

194

김완선의 충격과 E.O.S의 꿈, 환상 그리고 착각

그런 인생은 충격과 착각 속에서 사는 법

195

기껏 밥 차려 놓고 밥을 푸려는데

밥통에 밥이 없을 때처럼

황망할 때가 또 있을까

여보, 왜 밥 처먹고 밥통 코드 안 뽑았어?

밥 있는 줄 알고 밥 다 차렸잖아

땅 파서 전기세 낼래

그런 허무와 역병 같은 일상에서 사는 법

196

말 좀 해라 입에서 단내 나겠다

그런 입 냄새도 있는 법

197

엄마는 수시로 전화해서 집에 김치가 있는지 없는지 확인

한다

없으면 내일 장날이니까 배추 몇 단 사서 담궈 보내겠다고

4남매 자식새끼들한테 보낸 김치가 지구 한 바퀴를 돌고도

남았을 그 김치를 평생 너무 당연하게 먹어왔다
엄마 돌아가시면 그 김치가 그리워 울 거라는 법

198
2016년, 모모와 나는 추운 겨울
보광동 언덕배기에서 만나
여적 함께 살고 지고
그런 묘연도 있는 법

199
드라마에 나오는 대사 따라 하면서 운적이 있다
행여나 여배우가 되고 싶은 것일까
그런 드라마 퀸도 있는 법

200
남편은 내 폰이 안드로이드인지 아이폰인지도 모른다
내가 진짜 콧구멍이 두 개니까 숨 쉬고 산다
그런 구멍도 있는 법

201
당근마켓에서 신발 팔린 날
집으로 찾아 온 젊은 애 엄마 고객님

고객: 맘에 드네요. 살게요. 현금이 없어서 카카오뱅크로 입금해드릴게요. 근데 사실, 저…… 언니…….

나: (제발 이태원에서 봤다는 그 말만은 하지 말아줄래?)…….

고객: 언니, 트랜스에서 봤어요.

나: 꺄아악!

집에서 새는 바가지 당근에서도 새는 법

202

발레 수업 시간에

수강생 전원 결석이길 바란 적이 있다

그런 노쇼를 바라는 법

203

나는 방귀만큼이나 공허하다

— 데이비드 린치

204

나는 왜 당신을 닮지 않았을까요

나는 너의 나무

나는 당신의 꽃인가요

너는 너무 강해

나는 너무 미련이에요

나무가 되어서 기다릴게

너는 꽃이 되어 피어나렴

아, 그거 너무 아름답네요

그런 은행나무 침대도 있는 법

205

넘쳐나는 사진의 무게에 깔려 죽을 지경

이젠 실물이 아닌 것마저 피로하다

휴대폰에 있는 사진과 영상 다 어쩔쏘냐

죽기 전에 디지털 장례 예약 필수라는 법

206

이태원역을 지날 때면 괜시리 추억에 잠긴다

20년 살았고 20년 출근했던 곳

그런 반평생의 추억도 있는 법

207

얼지 마 죽지 마 부활할 거야

그런 얼죽부도 있는 법

208

김연아 밴쿠버 올림픽 경기 때

없는 자궁이 다 떨리더라니
그런 손에 땀을 쥐는 긴장도 있는 법

209

인간이 인간에게 줄 수 있는 가장 큰 선물은
시간인 것 같은데
그걸 모르는 것들은 친구도 시간도 하찮게 다루는 법

210

친구한테 한일전 경기 응원 가자고 했더니
나 그런 데 관심 없어 이기면 뭐 할 건데?
정 떼려면 이래야 하는 법

211

엎드려 자는 옆지기의 거시기는 안전할까
그런 위험도 있는 법

212

홈쇼핑 쇼 호스트 말발에 넘어가
뜬금없이 주문한 옷
택배를 받자마자 이건 아니다 싶어
고대로 포장해서 반품시켰다

그런 홈쇼핑은 신중해야 하는 법

213

본디 이 칸에 들어갈 글을

성실이와 원숙이에게 들려주자

그 둘은 한용운의 〈님의 침묵〉으로서

그런 싸가지도 있는 법

214

저 많은 쓰레기들은 다 어디로 가는 걸까

그럼에도 인간들은 천년만년 살겠다며

그런 인간은 태어나면서부터 지구에 민폐라는 법

215

Red blood is spread on the page can't reach you.

Someday I will get out of this hell and find peace.

The endless sound of the wind, Would it be a hallucination
or you?

Blood mindlessly drifts down the river.

But you said you love me. You said you love me. Blood,
mindlessly blood.

Please hold my hand. You are the dearest lover in my fiction.

그런 〈하염없이 피가〉도 있는 법

216

공연을 끝내고 왜 그것밖에 못했을까

후회로 곱씹어보는 밤

다시 한다면 더 잘할까 하는 생각

이제 그만 집어치우자는 법

217

선글라스가 하나도 없는 남편

선글라스 백 개인 나

누구 눈은 금테를 둘렀고 누구 눈은 동태눈이냐며

남편 같은 사람만 있으면 선글라스 장사 다 망했다는 법

218

누가 봐도 아닌 인간과 참다 참다 10년 만에

헤어진 친구에게

나: 어떻게 10년을?

친구: 내가 잘 참잖아. 너도 그렇고.

나: 기레.

그런 피고름 사랑도 있는 법

219

그만 빌어먹고 싶다

어디서 돈 좀 안 떨어지나

그런 요행은 없는 법

220

대중 화장실은 좀 적당히 쓰자

전세 냈냐

그런 사글세도 있는 법

221

집 비번을 외우지 않은 바깥지기

스마트키가 장착된 폰을 집에 두고 나온 날

하필 그 시간 나는 뉴욕에서 한국으로 오는

비행기에 몸을 실었다

집을 나선 남편이 가지고 있는 건 몸뚱어리뿐

비번을 알아내려면 14시간 이상을 기다려야 하는

바깥지기를 역촌동 경찰서장님이 사다리까지 대동시켜

2층 베란다 창문으로 들어와 구원해주었다

소 잃고 외양간 고치려 말고 어서

비번이나 대가리에 때려 넣으라는 법

집이 2층 빌라였길 망정이지

백련산 힐스테이트 20층이었으면?

222

가래떡은 모닝커피 후에 썰어야 제맛

하루 종일 무거운 장을 이고 다니기 싫거들랑

반드시 집 나서기 전에 해치워야 한다

아침 쾌변은 유쾌 상쾌 통쾌라는 법

223

알라딘에 중고로 내놓은 희귀 앨범이

고가에 팔렸을 때 덩실덩실 신명이 난다

그럼 뭐 하나 걸신들린 하이에나처럼

새로운 먹이를 찾아 어슬렁어슬렁

결국 반복적인 사재기의 연속

그런 맥시멀리스트의 구멍 난 재테크도 있는 법

224

내릴 거면 빨리 내려라

지하철 문 열려야 엉덩이 뜨는 것들

엉덩이 무거워 디지는 법

225

예전에 함께 공연했던 배우가

오랜만에 보자고 해서 봤는데

역시나 다단계였다

내 인생을 바꿔준다고

앉아서 돈 벌 수 있다고

"인생 제2막을 열어보시지요" 하는데

화장실 가는 길에 토꼈다

내게는 턱도 없는 법

226

지나가는 아줌마가 내게 다짜고짜

아줌마: 아줌마! 저 개 좀 어떻게 해요. 아까부터 성가셔 죽겠네, 참말로.

나: (정색하며 우아하고 세련된 말투로) 아줌마 저 개는 내 개가 아닙니다.

언제 봤다고 나한테 아줌마냐는 법

227

나는 극도로 예민하고 우유부단하다

그만하자 노자 두자 말자라는 법

228

상처받은 사람들은 위험해요

그들은 생존하는 법을 알죠

그런 나는 위험하고 독하다는 법

229

비수면 위내시경이

된똥 싸서 찢어지는 것보다 열 배는 쉽다

그런 누워서 떡 먹는 일도 있는 법

230

주걱에 밥풀까지 다 뜯어 먹는 사람

쌀을 씻다 개수대로 흘려버리는 게 더 많은 사람

각자 아낌없이 사는 법

231

망원동에 간 망나니는 망숙이 여편네가 되었고

그 망숙이 여편네 성빈이는

성실이가 되기 위해 성실하게 살았고

역촌동 억척 여편네 옆지기 예브게니는

대충 저충 옆에만 살다

옆돌기 열 번 해서 역촌동 옆 동네로

그런 동도 있는 법

232

파리에서 한국으로 돌아오기 전날 밤
센강에 앉아 에펠타워를 바라보는 파리 할배와 나
내년에 다시 꼭 오겠다고 약속했지만
그로부터 3년이 흐르고
약속이란 깨지라고 있는 법

233

운다고 옛사랑이 오겠냐마는,
자지 깔까зажигалка?
그런 포경수술도 있는 법

234

공연 보러 오라고 했더니
친구: 애인이 출장 가서 못 가겠네?
나: 그래, 알겠어.
그다음 초대 때는
친구: 애인이 아파서 못 가겠네?
나: 애인이 혹시 위독하니?
지금 사랑하지 않는 자 모두 유죄라는 법

235

밤 9시면 자고 새벽에 일어나는
술 담배를 하지 않는 나는
가끔 자위하다 걸리는 나는
흡사 수도승이란 법

236

이제 그만 칙칙한 겨울옷을 집어넣고
화창한 봄이 돼버리자
겨울은 지긋지긋했고
푸르딩딩 새싹이 기어 나오는 봄은
이유 없이 설렌다
그런 정리와 시작도 있는 법

237

2021년 3월 25일
남편이 스스로 청소기를 들었다
역사적인 이날을
죽는 날까지 아로새기고 기억하겠다
죽을 때가 되면 안 하는 짓을 하는 법

238

죽자 죽어

그래 디져라 씨부랄

그런 명쾌한 답도 있는 법

239

트랜스젠더 클럽에 내가 필요하다 하여 갔더니만

안무자인지 선생이란 자가 쇼 좀 이쁘게 하란다

니 쇼는 엽기 코미디에 무섭고 징그럽다고

하도 구박을 해대니 듣다 듣다 곁에서 귀가 아픈 젠더 언

니가

아니 재를 몰라서 불렀냐고 바랄 걸 바라라고 따져댔고

귀가 닳도록 말을 해도 내가 안 들어 처먹자

너 그 표정 징그럽다 못해 역겹다고 했다

계약 마지막 날

안무자인지 선생이란 그자가

오늘은 마지막이니까 니 맘대로 다 해라 그러기에

그날 쇼는 세상 소녀소녀하게 얌전을 떨고 짐 싸들고 나왔다

그런 청개구리 쇼걸도 있는 법

240

일 보러 밖에 나간 남편이

집에 들어왔다
마스크가 없어, 다시 들어왔다
바지가 터졌어, 다시 들어왔다
기어이 하는 말은 "혁띠가 필요해"
죽어야 끝나는 법

241

머리만 밀면 중이냐 스님이냐 소릴 듣는다
중과 스님의 차이는 대체 뭐신디
비구니가 되는 건 너무 쉬운 법

242

엘리베이터에서 미친듯이 닫기 버튼 누르는 사람
〈피아노〉의 홀리 헌터처럼 손가락 잘리고 싶니?
그런 절단도 있는 법

243

사람 좀 내리면 타라 어째 이래 다들
그런 무질서도 있는 법

244

전 짐이 많아요

인생이 짐이에요

은평구 보따리 여편네에요

입 그만 열고 짐 좀 처분하라는 법

245

나는 적절하게 산 것 같기도 하다

아닐 수도 있는 법

246

공연 후에 손에 불이 나게 박수 치는데

옆지기가 시끄럽다고 했다

나는 염병 말고 건강에 좋으니

어서 당신도 쳐보라고 했다

박수 치면 혈액순환에 좋은 법

247

예전에 네가 겪은 것은 나도 겪은 거야

고통은 생각하기 나름이야

나는 너고 너는 나야

우리 평생 함께하자

그래 제발 좀 그러자는 법

248

여보, 새로 단 현관문 비번은 매생이에요
냉장고에는 매생이 한 덩이가 있고요
모모가 밥 달라고 하면 "매생이 없다"라고 하세요
누가 날 찾으면 "매생이 있다"라고 하시고요
내일 뭐 할 거냐고 물으면 "매생이 한다"라고 해요
매생 매생 살아가자는 법

249

똥을 싸고 휴지가 없어 마를 때까지 기다린 적이 있다
그런 건조도 있는 법
푸세식이라 쭈그려 앉은 다리 마비됐다는 법

250

지금은 없어진 L 클럽에서 쇼를 할 때
노상 들었던 말이 '무섭다'였다
한번은 쇼 중간에 손님이 내 앞으로 난입해
"무서워!"
하고 버럭 소리를 지르며
이승철의 밖으로 나가버리고
나는 노상 아무렇지 않게 쇼를 마치고
아는 형이 보여서 반가운 마음에 인사를 하려는데

"야, 애들이 너 무섭대!"

그날 집에 가면서 발걸음 걸음마다

毛魚의 모욕이 우두둑 떨어지는 걸 보았다

그다음 주에 가서

나: 오늘까지만 하고 그만둘게 미안해.

C군: 왜요, 형 무슨 일 있어요?

나: 아니, 그냥 좀.

C군: 형, 가지 마요, 안 돼!

나: 아니야. 여긴 내가 있을 곳이 못 돼.

그 애는 몇 해 전 세상을 떠났고

가끔 "형, 가지 마" 했던 말이 아른거려 아리다

나는 무서웠고 미안하다는 법

251

그라목손 마셔도 안 죽는다고도 하고

튀기만 해도 죽는다고도 하는데

일단 마셔보지 않아서 모르겠다

그런 제초제도 있는 법

252

한식만 먹는 배 속에

웬일로 팬시한 레스토랑에서

파스타를 쑤셔 넣었더니

소화불량으로 소화제 두 병을 마시고도 안 내려가더라

송충이는 솔잎을 먹고 살아야 한다는 법

253

코가 막혀서 코를 뚫고

머리가 아파서 머리를 뚫고

변비가 있어서 항문을 뚫고

그런 치료도 있는 법

254

수명이 짧은 무용수들이

언젠가 저 무대에서 사라질 것을 생각하니

공연 보는 내내 어쩐지 쓸쓸했다

무용수들은 얼굴이 없고 사라지는 몸짓만 있을 뿐

세월에 묻혀 행방이 묘연해지고

겨우 나와 다른 관객들의 눈에 걸려 있겠지

그리고 나도 그냥 그렇게 아스라이 사라지고 말겠지

그런 얼굴 없는 것들도 있는 법

255

유명 연예인이 내게 팬이라고 한 적이 몇 번 있다

그들은 나를 팔로잉했고

어차피 팔로워 많은 그들이기에 맞팔은 않고 가끔 들여다
만 본다

그런 성실한 스타와 거만한 나도 있는 법

256

수선비가 아까워 스스로 바느질을 해야 하는 사람

평생 바늘에 실도 안 꺼본 사람

그렇든 말든 바늘과 실은 항상 따라다니는 법

257

고삐 풀린 실타래를 잡아 꿰매줘요

그런 당신은 나의 바늘이라는 법

258

귀를 파다 면봉이 끊어져 황급히 병원으로 달려갔다

의사: (귀를 살펴본 후) 아무것도 없네요?

나: 발 없는 면봉이 어디로 갔을까요? 분명히 끊어졌는데
분명히 없어요?

의사는 아무 이상 없다며 면봉을 넣어 귀 소독을 해주었고

나는 그 대가로 피 같은 5천1백 원을 냈다

그런 허망한 소비도 있는 법

259

술에 취해 인사불성이 된 친구한테서 전화가 왔다

이혼 후 만신창이가 된 그가 사는 고통은 오죽할까 싶다가도

듣다 듣다 매몰차게 꺼버렸다

너도 나도 지옥이라는 법

260

산골짜기에서 지내다 도시로 돌아와

높은 빌딩이 보이자 안도의 한숨이 나왔다

내 고향은 시골도 아니오 서울도 아니오

그런 타향살이도 있는 법

261

난방이 안 되는 곳에서

실오라기 하나 안 걸치고 누드모델 할 때

꼬추가 꽁꽁 얼어가는 걸 본

그림 그리던 남정네가 편의점으로 달려가

따끈한 유자차를 사서 내 손에 쥐여주었다

그런 오리온 정도 있는 법

262

립싱크 쇼 하다 입 다 틀려서 망신당한 적이 무수히 많다

그런 흑역사도 있는 법

263

선무당이 사람 잡는다더니

그게 너를 두고 하는 말이었구나

돗자리는 아무 데서나 까는 게 아니라는 법

264

목욕탕 아줌마: 저기요, 아줌마. 왜 여자가 남탕 들어가요?

나: 아줌마, 저는 인간 그 이상도 이하도 아닙니다.

그런 성별 논란도 있는 법

265

상처도 아닌 것이 상처란답시고

네가 나를 떠나 나는 너를 접고

네가 내게 던진 상처 너는 나의 니씨염뚜

내가 다시 보낸 허욕투씹이 영영 아물지 않기를

그런 기브 앤 테이크도 있는 법

266

이 음악을 다 들으면 집에 도착할 것이다

집에는 새로 주문한 니나 시몬 LP가 와 있겠지

그런 설레는 귀가도 있는 법

267

남편이 외국에서 사 온 선물을 뜯어보지도 않았다
샤땡이나 뭐땡이라면 입이 찢어졌을 법

268

인간은 밥을 같이 먹어 보면 안다
깨작거리거나 쩝쩝 소리를 내거나 먹다 말거나
벌린 입에서 밥알이 사정없이 튀어나오거나
그래서 가정교육이 중요하다는 법

269

원형 탈모가 한 마리에서 다섯 마리까지 새끼를 깠다
사람들이 지나가다 툭툭 치는 말은 상처가 됐고
구멍을 다 채우는데 1년이 넘게 걸렸다.
그런 지긋지긋한 새끼도 있는 법

270

우아하게 살고 싶었다
아무리 살아도 이번 생은 글렀다
이런 이생강 동생 이생망도 있는 법

271

이 말 저 말 쓰다 보니 웃겨 디져

그래 웃자고 하는 법

272

남편한테 퐁퐁 좀 사 오랬더니 앓고만 있다

앓느니 나가 죽으란 법

273

그것들은 금세 사라질 거예요

당신의 시간도 나의 시간도 금세 지기 마련입니다

부디 그 안에 존재해주세요라는 법

274

불행은 꼬리를 물고 온다

왜 모든 일은 한꺼번에 들이닥치는 걸까

한 치 앞을 모르는 법

275

J: 왜 꼭 섹스를 해야 하나요. 안 하면 안 되나요?

R: 넌 날 미치게 만들 작정이냐. 우린 프랑스에서 동거까지

한 사이인데 도대체 왜 안 된다는 것이냐?

J: 그건 프랑스일 때고 한국에선 달라요.

R: 도대체 뭐가 다르다는 거냐.

J: 어쨌든 안 돼요.

구라파 유학 출신의 R과 J의 하네 마네 연기와

포스트모더니즘의 미학을 유머러스하게 연출한 장선우 감

독의 〈경마장 가는 길〉과 하일지의 원작 소설 보다가 배꼽

빠지는 법

276

꼴 보기 싫은 국회의원의 사진이

서울역 전광판에서 돈 냄새를 풍기며 홍보 중인 걸 보고 식

겁했다

그런 선거도 있는 법

277

좋아하는 사람 인스타에 '좋아요' 눌러주다 지쳐

내가 지금 뭐 하고 있나 싶어 언팔했다

다 부질없다는 법

278

면도를 하지 않은 남편 수염의 밥풀이 떨어질 때까지

바라만 보았다

그런 기다림도 있는 법

279

마스크 쓰고 다니는 요즈음은

눈으로만 인사해서 이다지도 편하게 산다

코로나 세상에 이건 좋구나

그런 애쓰지 않는 인사도 있는 법

280

요 며칠 작업하느라 영계백숙들이랑 놀았더니

나 좀 young해진 듯?

맛도 좋고 몸에 좋은 영계백숙은

끼고 살아야 하는 법

언젠가는 잡아먹고 말 계획이라는 법

281

공연이 끝나고

아무도 말이 없을 때

아무도 기다리지 않을 때

아무 일도 벌어지지 않았을 때

텅 빈 객석을 등지고 참을 수 없는 공허함에 위에 서서 나
는 없다고 목에 핏대 세우며 외쳤다

Who am I!

그런 허무는 익숙해지지 않는 법

282

꺄아악!

그런 비명도 있는 법

283

남의 허물을 벗기려 하기 전에 자신의 비늘 상태를 잘 확인
해야 한다

내가 털 난 물고기인데

그런 누가 누굴 욕하냐는 법

284

클럽하우스에서 만난 제주도 어머니가

한라봉을 보내주셨다

어떤 작가는 책을 보내주었고

또 어떤 작가는 백만 원 가족사진 교환권을 우편으로 보내
주었다

다른 어떤 작가와 그 다른 어떤 작가의 친구가

치킨 두 마리를 보내주었고

다른 어떤 작가는 집으로 찾아와서

일에 필요한 사진을 공으로 찍어주었다
큰미미는 자신의 방송 자주 들어줘서 고맙다고
딸기를 보내주었고
어떤 생물학자는 집 근처로 와서
뒤집어지게 밥과 술을 사주었다
최종 목표는 갤럭시Z 플립인데
이만하면 됐지 뭐 뭘 더 바라더이냐
그런 수확과 미련도 있는 법

285

자아 성찰을 하지 않으면 꼰대가 되기 마련이다
그런 '라떼'도 있는 법

286

옷을 죽어도 사지 않겠다고 다짐해놓고
참새가 방앗간을 지나치지 못한 것을
참새 탓으로만 돌리는 나의 멈추지 않는
우매함을 나는 내가 용서하리
그런 용서도 있는 법

287

자식이 일류 대학에 합격하자

그 부모는 동네잔치를 열었다

졸업하고 대기업에 취직했다

또 잔치를 열었다

제법인 상대와 결혼했다

역대 성대한 잔치를 열었다

얼마 못 살고 이혼했다

자식 농사는 끝이 없는 법

288

영화 〈핑크 플라밍고〉에서

존 워터스의 뮤즈 디바인은

실제로 개똥을 먹고

내가 이 지구상에서 가장 추악하다고

누구도 내 추악함에 꿈도 꾸지 말라고 엄포를 놨다

그런 넘사벽도 있는 법

289

그리하여 네가 진삼이냐 서삼이냐

네, 저는 진삼일 수도 있고요, 서삼일 수도 있어요

그런 당신은요?

나는 진삼도 아니오, 서삼도 아니오

그저 나약한 인간일 뿐

그런 엄살도 있는 법

290

식당에서 바늘방석에 앉은 것처럼 이러지도 저러지도
못하고 일하는 초보 종업원을 보는데
꼭 내 모습을 보는 것 같아 마음이 짠했다
이태원에서 쇼를 할 때 항상 듣던 말은
언니 어설퍼, 언니, 여기서 일한지 얼마 안 됐지?
20년을 해도 사람 상대가 제일 어려운 법

291

고양이와 남편은 길들일 수 없다
그런 훈육은 없는 법

292

다시 만나면 적어도 30년은 행복할 거야. 돌아가면 더 사
랑하고 더 열심히 살게. 담배 10만 개비도 사주고 싶고, 예쁜
드레스 여러 벌과 자동차도, 늘 꿈꾸던 화산암으로 지은 집
과 작은 꽃다발도 주고 싶지만 그것보다는 좋은 포도주 한잔
하며 날 생각해줘. 여기는 일이 산더미야. 일꾼은 백 명이 넘
어. 이틀 전 내 생일날 당신 생각을 오래했어.
    내 편지는 잘 도착했어? 당신은 여전히 소식이 없네. 언젠

간 오겠지. 매일 매 순간 당신과 나만을 위한 아름다운 말을 외워.

우아한 비단 잠옷처럼 우리에게 꼭 어울리는 말을. 한 달에 편지 한 통밖에 못 보내. 당신은 여전히 소식이 없네. 벽을 쌓다 보면 무서워져.

내겐 시멘트와 곡괭이, 당신에겐 침묵. 날 삼켜버릴 듯한 웅덩이. 이 끔찍한 공포를 견디기가 힘들어. 당신 머리칼은 마른풀처럼 느껴지고 때로는 당신을 잊어버릴 것 같기도 해.

— 페드라 코스타의 영화 〈행진하는 청춘〉, 벤투라의 편지 중에서

293

공연 때는 모든 일이 순삭이다

옆에서 누군가 찍어빠라뽕 해주지 않으면 사진 한 장 건지기 힘들다

시간예술은 애쓰지 않으면 담기가 어려운 법

294

눈탱이 밤탱이 된 낸 골딘

나는 그런 남자 안 만나서 다행이라는 법

295

마흔까지만 살고 싶었다

현재 죽을 사死 자 두 개인 나이

없던 일로 하고 지천명까지만 살고 싶다는 법

296

클래식 공연에서 보고 좋아했던

피아니스트 조재혁이 꿈에 나타나 팥빵을 주고 갔다

내가 팥 좋아하는 건 어찌 알고? 개소름일세

그런 길몽도 있는 법

297

내 머리에 흰머리를 세는 게 빠를까

욕창의 구더기를 세는 게 빠를까

유달산아 세어다오 영산강아 세어다오

그런 셈도 있는 법

298

양치를 하고 침을 퉤 뱉고 난 뒤 껌을 씹어야 개운하다

그런 클린 앤 클리어도 있는 법

299

식당에서 마스크를 쓰고 밥을 먹은 사람의 조심성에

박수를 보냈다

그런 방역 수칙은 지켜야 하는 법

300

결혼식장에서 후회해봐도 소용없다

너는 가라! 때는 이미 늦었다는 법

301

아침 8시 반엔 〈아침마당〉과 저녁 6시엔 〈6시 내 고향〉을

보아야만 한다

그런 고향과 마당도 있는 법

302

어간으로 해서 어미로 지다

그런 어지간한 어미도 있는 법

303

레이디 가가가 인스타그램 포스팅을 하려는데

한 여성 스태프가 내가 당신만큼 팔로워가 많았다면

한 장도 못 올렸을 거라고

보는 눈이 그렇게나 많으면 나는 비겁하게 비활성화했을 법

304

일생 카메라가 붙어 다닐 때는 지긋지긋하더니만 없으니까 서운하네

있을 때 잘하라는 법

305

나는 사는 구더기가 아니라 숨는 구더기이다

그런 구더기 같은 사람도 있는 법

306

내 남편과 나는 남은 여생은 크록스로

나머지 신발들은 당근으로

그런 고무와 채소도 있는 법

307

집에 모모를 혼자 두고 나왔다

가스레인지 밸브는 잠그고 나왔을까

내가 아는 모모는 씩씩하다

그런데 당최

한 번도 폭발한 적 없는 가스 걱정

언제까지 하고 살 거냐며

외로워 돼질 지경이니 나 좀

신경 쓰라며 모모가 냐옹 냐옹 하고 있다는 법

308

어떤 말은 쏠려고 하면 세발낙지처럼 쑥 들어가버린다
그런 낙지탕탕이도 있는 법

309

세상 불편하고 주렁주렁한 옷을 입고 나오는 날엔
내가 대체 왜 고생을 사서 하는지 모르겠다
스카프와 바지 끝자락이 에스컬레이터에 걸려
이사도라 덩컨이 될 것도 아니면서
그런 옷을 버리면 되는 법

310

남편과 공연 보러 극장에 간 날
공연 1분 전 간신히 도착했다
나는 티켓 수령 후 부리나케 오줌 싸지르다 바지에 묻고
남편은 한가한듯 담배를 태우러 갔다
각자 다른 숨넘어가는 법

311

이젠 휴대폰을 볼 때 멀리서 봐야 글자가 보인다

그런 노안도 있는 법

312

펀딩 후원 좀 부탁했다가
이게 뭔데?
이거 하면 뭐가 좋은데?
아니, 책자도 나오고
아니, 네가 책을 낸다고?
쏟아지는 질문에 미안하다고
아니, 그냥 없던 걸로 하자고
무릎 꿇고 사과했다
그런 용서를 비는 법도 있는 법

313

Joni Mitchell, Kate Bush , Annie Lennox,
Tori Amos, PJ Harvey, Björk, Lee-Tzsche(이상은),
Nina Simone, Grace Jones, Sinéad O'Connor
내게 영감을 준 뮤즈 세다 지치는 법

314

아프리카 바오바브나무 아래서 쉬고 싶다
그러기엔 너무 멀다는 법

315

돈 아낀다고 하루 종일 김밥천국 김밥만 먹었더니

매콤한 라면이 땡긴다

어차피 돈 많이 안 드는 식욕도 있는 법

316

남편의 머리를 깎고 찬찬히 보아하니

하얗고 둥그런 무덤이 보였다

나는 그 무덤에 다리를 뻗었다

그런 벌초도 있는 법

317

하루 종일 집을 지킨 모모가 묻는다

모모: 끼순이 이년아, 맛난 거 사왔느냐.

나: 빈손으로 온 엄마가 미안해.

그런 집사의 의무도 있는 법

318

매를 맞아야 할 때가 왔다

철썩철썩! 나는 맷집이 좋다는 법

319

아들로 태어난 나를

엄마는 항상

우리 지민이는 아들이 아니라 딸이라고 말씀하신다

나는 아들도 아니오 딸도 아니라는 법

320

LP판처럼 돌아가는 삶

허기진다

그런 맷돌도 있는 법

321

약속 시간에 한 시간 일찍 온 나

카톡

'회장님, 저 도착했어요.'

'지민 씨 저도요.'

설마 하고 뒤를 돌아보는데 담배 꼬나물고

활짝 웃는 여인

"지민 씨!"

회장님 성실함을 따라가다 가랑이 찢어지는 법

가랑이 찢어지면 스트레칭에도 좋은 법

322

청춘! 그것은 용기

보고파 보고파

보고픈 청춘과 보고픈 용기를 외쳐보자는 법

323

내가 벗고 있을 때 정민이도 어디선가 벗고 있겠지

네가 있는 그곳 화장실엔 비데라도 있니?

주로 화장실에서 옷 갈아입는 누드모델의 탈의장은 언제

만들어줄래라는 법

324

내 사진과 동영상이 여기저기 널려 있길래

그러지 말라고 좋게 타일렀거늘

네가 무슨 연예인이냐며 적반하장

그런 초상권도 있는 법

325

모르는 사람들은 내가 돈에 환장한 미친년이라고 하지만

나야말로 돈 안 되는 일에서 애쓰고 있다

그런 오해와 변방도 있는 법

326

엄마, 수챗구멍이 더러워요

뭐시 더러워야

니 입창시가 더 더럽다

엄마 앞에선 입을 다물어야 하는 법

327

힘이 들 땐 냐하하 하고 웃어보자

냐하하 하다 보면 냐하하해진다

그런 냐하한 웃음도 있는 법

328

소울 메이트라고 생각했던 친구한테

조심스레 나는 너의 이런 점이 불편하다고 말했다가

친구 曰, 서슬 퍼런 미소를 지으며

친구: 지민아, 안 보면 그만이지 뭐가 걱정이니?

나: 아, 그런 거야?

친구: 그래. 우리 나이 때는 애쓸 필요 없어.

나: 아, 그렇게 쉬웠던 거야?

그래, 하고 20년 우정 끝냈다는 법

329

갈비탕 먹는 여편네가 이게 소고기냐 돼지고기냐 물어서

입 아파서 대꾸도 안 했는데

저는 요리를 안 해봐서 이런 거 잘 몰라요

그래 너는 상팔자라는 법

330

현과 비트는 내 뼈와 살이다

현은 타고 비트는 잘게 부수고 뼈와 살은 고르게 발라야

하는 법

331

수술받으러 온 날

의사: 병명이 좀 길어요.

수술 기록란에 자필로 쓰는 의사

만성 치열 치루 치질 어쩌고저쩌고

나: 하염없네요.

의사: 네?

나: 하염없다고요.

의사: 그게 무슨…….

나: 하 염 없 다 고 요 (니씨염뚜!).

의사: 아, 네, 표현이 참 독특하시네요.

냐하하! 그런 들보잡도 있는 법

332

집에서 바퀴벌레 출몰하는 날은 머리 정수리로

소름 승천하는 날

그런 일출과 월출과 goosebumps도 있는 법

333

오십견으로 등을 긁을 수가 없다

그런 긁힐 수 없는 견갑골도 있는 법

334

실례될까 봐 팔로잉 안 했다며

대체 그리 조심스러워 한평생 어케 살아

그런 카스테라 같은 삶도 있는 법

335

아침 9시에는 클래식 FM 김미숙의

감미로운 목소리가 흘러나오는 가정음악을 듣고

저녁 7시 20분에는 MBN 김주하 앵커의

여배우도 저리 가라 하는 오버 액팅을 보며 하루를 마감한다

별일 없는

아침과 저녁의 시간을 책임져주는 그녀들 덕에 하루하루

풍요롭게 살아간다는 법

336

아무리 애를 써도 풀리지 않는 피로의 신비

근데 목소리는 왜 그러세요?

네 목소리나 좀 어떻게 하고

내 뭉친 어깨나 좀 마사지해달라는 법

337

두통 있으면 약을 먹어라

잠이 안 오면 며칠 안 자고 버티면 잠 온다

비자 없으면 취직해라

인생 너만 힘드냐 다 힘들다

인간들 말은 참 쉬운 법

338

나는 관 속에서도 아름답게 춤을 추다 갈 것이다

그런 죽음의 무도회도 있는 법

339

에미는 새끼를 지켜야 한다

환경이 아쉽다

딸에게 용서를 빈다

영화 〈에미〉와 김성빈에게 말하는 법

340

피오나 애플Fiona Apple이 8년 만에 천작을 들고 나타났다

공백이 긴 뮤지션들은

느닷없는 음악으로 돌아와 팬들을 경악시키고

모두를 에구구구 하고 집으로

돌려보내기도 하는데

피오나는 도리어 자신의 행보를 거슬러 올라가

전작들보다 몇 배의 에너지와 절대적인 완성도로

그녀를 기다리는 팬들을 열광의 도가니탕으로 빠지게 했다

음과 음 하나하나에

철저하게 계산된 호흡과 리듬을 숨 가쁘게 쪼개 넣고

무참하게 몰아치다 무심하게 끝나버린다

피오나는 2021년 그래미 2관왕을 차지했고 여튼 말이 길었다

그저 놀랍고 그녀처럼 한 우물 성실하게 파고 싶다는 법

341

아가야 애쓰지 말거라

네, 어머니

근데 엄마는 왜 애써요?

엄마니까 그렇지

아, 그렇구나

옳은 딸래미의 말 잘 듣는 법

342

사람들 만나면 없는 텐션까지 끌어다 쓰다 집에 돌아와

방전된 몸에 링거를 꽂는다

그러지 말아야지 하면서도

제발 척하는 삶 그만 집어치우자는 법

343

역작을 만들고도 운이 없어 빛을 보지 못한 사람

망작을 만들어 역작이라고 우기는 사람

그 사기극에 말려드는 사람

각자 만드는 방식이 다른 법

344

명절을 지내고 서울로 돌아가는 날

아빠는 동네 전방으로 배웅 나와

군내 버스를 기다려주었다

아빠는 동전 지갑에서 돈을 꺼내 요금함에 넣고

잘 가라고 나는 잘 있으라고 손을 흔들었다

나는 아빠 많이 사랑해요,라는 법

345

영원으로 간 친구들은 평화로운 잠을 자고 있을까

그런 영면도 있는 법

346

해 지는 일요일 저녁 다음이 없었으면 좋겠다

그런 내일은 언제 오는 법

347

연남동 성실이는 나를 만나기 위해 집에 택시까지 대절시
키는데

나는 너의 유머에 억지로 웃어주지도 못한다

나는 뼛속까지 인색한 여자란 법

348

죽어 물이 되어

유영하다 어쩌면 다시 만나거나 스치거나

그런 천 길 물속 재회도 있는 법

349

하염없이 이유없이 턱도없이 부질없이

끊임없이 이별없이 너나없이 없고없이

될지어다 말지어다 그럴지어다

이마니 저마니 고마니 하다가

살다가 말다가 가다가 섰다가

주거니 받거니 오거니 가거니

놀거니 낫거니 웃거니 가니니

구덕구덕 덩기덕 쿵덕

더덕더덕 덩더쿵 덩덕

구절구절 얼씨구 궁덕

에구에구 절씨구 콩떡?

결국 떡이 먹고 싶다는 법

이왕이면 팥 많이 들어간 시루떡!

350

일평생

개말라인 내게

10대 때는 20 되면 찐다고

20이 넘으니

30 되면 무조건 쪄! 30 되도 안 찌자

40에는 군살이라도 들러붙어서 안 찔 수가 없는 일이라고

40 진즉에 넘었는데 50에 찐다고 말하면 조사부러!

그런 찌지 않는 몸도 있는 법

351

이 세상은 지옥이다

그럴 수밖에 없는 법

352

살아도 살아도 결국 죽는다

재벌도 거지도 싸그리 바그리

죽음을 향해 가고 있는 법

353

끝날 듯 말 듯 한 글이 말꼬리를 물어 문

늪에서 허우적대다 나자빠진다

그런 방황도 있는 법

354

오늘의 청취자 퀴즈

옛날에는 이것을 콩으로 만들어 방에 걸어두기도 했지요

직사각형 모양의 냄새나는

이것은 무엇일까요

네, 옥천에 사는 옥떨메님이 정답 보내주셨네요

'저 중학교 때 별명이 옥떨메였어요.

옥상에서 떨어진 메주.'

네, 오늘의 청취자 퀴즈 정답은 메주! 메주였습니다

〈배미향의 저녁스케치〉라는 법

355

이 글이 당신에게로 가

뼈를 때리거나 심장을 두들겨 패거나 차라리 웃겨 디졌으면

꿈도 큰 법

356

지상낙원에 가본 적이 있다

죽은 친구의 전 남친을 만나러 푸켓으로 갔는데

그는 스위스 헝가리 싱가폴 등지에서

호텔을 경영하는 대부호였다

순간 내 눈엔 그가

마리아 칼라스가 그토록 사랑했던 오나시스로 둔갑했다

보름 동안 그림 같은 호텔 풀장에 누워

맘껏 먹고 마시고 수영을 하고

마사지로 하루를 마무리했다

밖에 나갈 때도 기사를 대동시켰고

모든 비용을 기사가 지불하게 시켰다
이코노미 타고 가면 힘들다면서
변동이 안 되는 내 티켓을 아예
비즈니스 클래스로 새로 사주었다
마지막 날 이 꿈에서 깨기 싫다고 하자
친구는 "Everything has an end!"라고 말했다
그런 '천국보다 낯선'도 있는 법

357
엉성한 치부가 뼈를 뚫고 나와
우스운 꼴로 뻗쳐 있다
그런 성장도 있는 법

358
내가 되려다 만
물고기가 되려다 만
당신이 되려다 만
그런 되다 만도 있는 법

359
춤은 아직 끝나지 않았다
최승희도 아직 구천을 떠돌며 춤을 추고 있을 거란 법

360

건너편 집 늙은 부부가

길고양이들에게 밥을 주고

폐지를 줍는 노인이 그 집에 들른다

그런 집도 있는 법

361

서울 은평구 역촌동 작은 평수

방 셋 화장실 둘인 집에서

남편과 고양이 모모와 함께 그럭저럭 살고 있다

그런 가족도 있는 법

362

언젠가 남편이 시베리아에 두고 온 절실을

찾아오고 말 것이다

당신이 두고 온 절박은 몇 박 며칠인가요

그런 서칭 포 슈거맨도 있는 법

363

모나코의 여왕이 된 그레이스 켈리는

죽음 앞에 무엇이 그려졌을까

살아 모든 영광 누리는 게 좋은 걸까

지독하게 살다 죽어 이름을 남기는 게 좋은 걸까

결국 죽은 자는 말이 없는 법

364

자고 일어나도 그 세월이 그 세월

모모와 남편은 어느 세월에 사는 걸까

그저 그 세월 속에 놀아나는 법

365

나는 있고 없다

그런 없는 나도 있는 법

366

But SUDDENLY!

It snapped the chain

Unbarred, flung wide the door

Which will not shut again

And so we cannot sit here any 毛魚!

We must arise and GO!

— 〈The Call〉, Charlotte Mew

367

음표에 없는 쉼표

사전에 없는 낱말

지도에 없는 세상

시간에 없는 시간

거울에 없는 얼굴

사진에 없는 당신

마음에 없는 생각

그런 없음에 대하여 말하는 법

368

도진!

이젠 천 개의 바람이 되어 자유로운지

그런 바람도 있는 법

369

입을 떠난 말머리가 말미에서 서성이고 있다

그런 아쉬움도 있는 법

370

봄 벚꽃이 흐드러지게 피었다

꽃 마침 자전거를 타기 시작했다

삶 멈추면 넘어질 뿐
그런 주행도 있는 법

371

여보, 명석하지 못하구나!
여보, 당신 때문에 당 떨어졌으니 집에 올 때
연양갱이나 사 오라는 법

372

이것은 팔만대장경이나
만리장성이 아니다
그러니까 어여 끝내라는 법

373

모순이 역설에게 편지를 썼다
역설, 당신의 논리에는 뼈대가 있군요
역설이 모순에게 답변을 했다
너는 창과 방패가 있잖니, 앞뒤도 안 맞고
모순과 역설에서 서로 뒷담화 까는 법

374

남편은 비자 문제로 곧

러시아로 돌아가야 한다

코로나로 인해 돌아오는 비자를 받기

힘들다고 한다

생이별이다 슬프다

이것이 인생이다

언젠가 코로나 종식되는 날엔

가장 빛나게 랑데부할 것이다

그런 이별과 랑데부도 있는 법

375

나를 안다고 말하지 말아줄래?

최승자 언니가 나를 대신해 말했다는 법

376

십수 년 전, 아는 누이가 말을 건넸다

누이: 지민아, 네가 살인을 저질렀을 때 맹목적으로 네 편을 들어줄 친구가 있니?

나: 응, 있어.

누이: 부럽다. 난 남편도 못 믿어.

나: 진심?

누이: 응, 나는 아무도 없어.

그 당당하게 답했던 내가 요즈음 아이들에게 묻는다

너네 혹시 그런 친구 있니?

난 없다 너무 없어

그때 굳건히 믿었던 친구들 다

잘 살고 있겠지라는 법

377

기다리는 사람한테서는 연락이 없고

그닥인 사람들은 연락하기 바빠

택시도 꼭 잡으려면 없더라?

양희은의 이루어질 수 없는 사랑과

아이러니에서 사는 법

378

나: 여보, 나는 다시 태어나면 모기나 하루살이로 태어나고 싶어요. 찰나만 알 수 있게요.

남편: 인간들의 피를 하염없이 축내야 하는 그네들의 삶도 복잡할 것이야.

나: 아, 네.

그 무엇으로든 다시는 나지 말자는 법

379

이 알 수 없는 타령에서 그만 나가야 한다

그런 마무리도 있는 법

380

오늘 하루도 내일도 그다음도
그냥 짧게 왔다 갈 것이다
그런 나날도 있는 법

381

우린 살아 있거나 죽어 있거나 둘뿐이다
삶도 죽음도 어디까지 가야 끝인지
말 좀 해달라는 법

382

아름다웠던 기억은 멀리 있고
하나도 옳은 선택은 없었다
아름다운 일은 분명 존재하는데
왜 아픈 기억들이 우선인 걸까
이 순간은 선택이 아닌 운명인 걸까
내 발 앞에 날개를 편 행운의 여신을 보고도
무심코 지나쳐버렸다면
그래서 다시 돌아가야 한다면
일찌감치 포기해서 지금을 살 수 없게 되었더라면

꺼진 불씨를 다시 보지 않았더라면

그랬더라면 저랬더라면

The best is yet to come이란 법

383

썬든리가 아니라 썬던리

이건 짚고 넘어가자는 법

384

모어 언니, 언제나 강인한 아름다움으로

우리 모두를 자극해주셔서 고맙습니다

아니 다행이구나라는 법

385

거친 불협화음 소리 위에 씌워진 야수의 노래

특유의 거친 보이스와 여러 타악기와의 부조화로 부딪히다

귀에 거슬리기까지 하는 자극적인 사운드

위대한 주정뱅이 떠들썩한 부랑자 톰 웨이츠

하지만 그의 음악에는 보통 인생!이 있다

남편과 내가 좋아하는 그의 음악을 들어보자는 법

386

오늘도 해가 지기 전에 미리 약을 털어 넣었다

그런 잠도 있는 법

387

그리고 아무 말도 하지 않고 그냥 그렇게 떠났다

그런 전혜린 같은 증발도 있는 법

388

글이 되려다 그런 날도 있는 법이 되고 말았다

나는 어쩌자고 이 기나긴 글을 썼을까

유달산아 끝내다오 영산강아 끝내다오

그런 글도 있는 법

389

사랑과 정성으로 모십니다 고객님

읽어주어 감숙이 소숙이 영숙이

그런 숙이숙이 마숙이에게 환불은 안 되는 법

390

나는 웃어 구더기가 아니라 웃는 구더기이다

그런 구더기 같은 인간도 있는 법

391

나는 죽음을 말하기를 좋아한다

죽음은 노상 지천에 깔려 있다

인생은 가끔 웃고 대개의 시간은 울고 있다

끝없는 절망의 구렁텅이 속에 희망이 얼씬거리기도 한다

개똥밭을 굴러도 이승이 낫다지만 언젠가 여기 이 지옥인

지 아닌지를

벗어나 고요해지고 싶은 법

392

하지만 이제 보니 사랑은 흔해빠진 쇼

— 조니 미첼

393

옳아!

옳고 옳은 법

394

길을 잃었소?

아니요 이 모퉁이만 돌면 돼요

길 위에서 가장 환하게 웃어보자는 법

395

오늘도 해는 서쪽에서 뜨지 않았다

그런 해도 있는 법

396

빛이 지면 당신과 모모에게 갈게요

빛보다 조금 빠른 속도로 내게 와줬으면 해요

빛과 당신과 모모와 우리로의 법

397

그리고 빛이 되다

아름다운 사람으로 기억되고 싶은 법

398

무엇으로 다시 태어나든 끼순이만은 되지 않게 하소서

그런 환생은 죽어도 아니되는 법

398-1

끼순: 모모야, 창틀에 앉아 있던 까치가 미끄러져 다치는 줄 알았는데 금방 날아가버리더라. 까치는 길조라고 했어. 오늘은 우울한 음악을 듣지 말아야지.

모모: 네가 며칠 집에 오지 않아 울었어. 온다고 했음 왔어

야지.

끼순: 눈물을 거두거라. 넌 용맹하잖아.

모모: 너도 만날 울면서.

끼순: 난 끼순이라.

끼순: 모모야, 보여주려고 하는 나와 숨고 싶어 하는 내가 있는데 숨고 싶은 자아가 항시 너무 커.

모모: 그래.

끼순: 내 삶은 끊임없이 보여주어야만 하고, 자극적인 방향으로 흘러 흘러 어디로 가고 있는지…….

모모: 그렇구나.

끼순: 찬란한 순간의 그 강렬함이 더욱 극렬한 고독 속으로 내모는구나?

모모: 저런.

끼순: 셀 수 없이 많은 무대와 감당할 수 없는 양의 사람들을 만나지만 정작 나는 없어. 드래그는 아름답지만 그 안에는 너무 많은 애환이 있기 때문에 이면에서 미운털이 쑥쑥 자라나고.

모모: 에구구구…….

끼순: 도망가고 싶지만 아름다움에 대한 열망이 강한 나는 헤아릴 수 없는 욕창의 구더기를 세어가며 미련 때문에, 미련 때문에 여적 죽지 않고 포기하지 않고 버팅기고 있어.

모모: 애쓴다.

끼순: 삶은 끊임없이 애를 써야만 하고 끝없는 절망의 구렁텅이 속에서 절룩거리는 자아를 이고 지고 바둥바둥 살아가고 있단다.

모모: 흐미…… 꺄루루룩!

끼순: 모모야. 그 무엇도 영원하지 않더라. 나는 벌써 마흔다섯이 되었고 붙잡으려고 하는 것들은 등을 보이기 바빠. 어리벙벙 먹구름은 언제 사라지는 것인지 배터리도 시간도 참 빨리 닳아. 그 무엇도 금세 사라지더라.

모모: 그 무엇이 대체 무엇이고. 언제까지 너의 넋두리를 들어줘야 하는 것이니? 나는 몹시 참기 힘들다.

그런 모모와 나의 일상 대화라는 법

399

쓰것다.

— 아빠

아
이
냄
새

'멀리 못 나가요, 버릇되니까.'

아침으로 인도한 귀신이 내 등을 떠민다. 성가신 꿈을 때려 눕히고 무슨 권세가 부귀하여 내 발로 다시 기어 나온 것이 더냐. 간밤에 어디에도 없던 나는 문을 걸어 잠근 클럽에서 노니는 꿈을 꾸었다. 까마득히 과거로 도망친 이야기. 작년에 왔던 각설이 죽지도 않고 또 왔네. 나는 명이 길어 슬픈 짐승.

모모　　끼순아, 해가 중천에 떴다. 그만 일어나거라.

아침은 상냥하고 마음은 두서가 없다. 이 세상에 일어난 사람은 나뿐이다. 6월의 아침.

여적 공기는 차갑고 그 시간을 쓰는 사람들은 집 안팎을 쓸고 닦는다. 요즈음은 비가 대세다. 밤새 씻겨 나간 먼지로 날씨는 제법 청명하다. 이 비가 아니라면 세상은 얼마나 흐

릿할까. 창문이 스스로 열어젖힌다. 슬금슬금 침대에서 나오
다 그만 모모의 꼬리를 밟았다.

모모   아악! 끼순아, 눈을 크게 뜨고 다녀라!

클래식 FM 라디오를 켠다. 주파수가 맞지 않아 지지직거
린다. 매번 쓸데없이 까탈이다. 모모의 밥통에 식량을 채워
넣고 베란다로 가서 모모가 썰어놓은 감자를 캔다.

아, 이 냄새!
오늘도 어김없이 창틀에 나앉아 있는 이름 없는 손님. 당신
은 어인 일로 나를 찾아왔당가요.
찬바람이 분다. 문을 닫는다. 해가 나다 말다 영문 모를 변
덕이다. 길고양이들이 건너편 집으로 들어가 밥을 축내고 그
집은 세상 모르게 불이 꺼져 있다. 나는 커피를 내리고 모모
는 내 뒤에 앉아 있다. 찌뿌둥한 몸이 출발 지점에서 갈팡질
팡한다. 까치발을 들어 크게 기지개를 편다. 아, 목이 길어 슬
픈 구더기여! 손을 씻으며 숫자를 센다. 하나, 둘, 셋, 넷, 둘,
둘, 셋, 넷. 어김없이 강박증으로 시작되는 하루. 면상에 찬물
을 끼얹자 무거운 잠이 잽싸게 달아났다. 수건에서 십주구리
한 냄새가 난다.
그 수건은 빨래통에 가차없이 던져진다. 진득진득한 로션

으로 얼굴을 차례대로 두들긴다. 철썩철썩. 다시 창문을 활짝 열어젖힌다. 모모는 실외기로 뛰쳐 올라가고 나는 베란다 아시바에 발을 딛고 크게 숨을 들이쉰다. 아침 공기 참 맛있다.

오늘 하루는 또 무엇으로 끼적여야 하나.

끼스럽게 걸어 부엌으로 돌진하다 옆지기와 마주한다. 약국에서 산 소염제를 털어 먹는 예브게니.

나   여보, 안녕!

예브게니 잘 지냈어?

나   응, 덕분에.

남편의 수염에 코를 박는다. 아, 당신의 냄새!

나   아직도 안 자고 뭐 해?

예브게니 일해.

나   빨리 자!

예브게니 알았어.

그냥 그런 일상의 대화.

냉장고에서 어제 마시다 남긴 밀크티를 꺼내 목을 축이고 오디오를 틀어대자 예브게니 방문을 쾅 닫는다. 염병할 성질 머리 하고는!

염증난다!

SNS를 열자 등장한 불특정 나르시시스트의 헐거벗은 몸.

나름이군! 오전 8시 클럽 하우스에서는 미라클 모닝 뉴스가 시작된다. 수백 명의 성실한 사람들이 뉴스를 듣기 위해 우글우글 모여 있다. 바지런하기도 하여라. 뜨거운 커피를 들이켜다 하얀 책에 주르륵 쏟았다. 니미럴, 읽기 싫으면 그만인 것을. 나는 바닥에 쭈그려 앉고 모모는 소파에 앉아 몸뚱이 세척을 하고 고봉으로 마신 커피로 배를 채운다. 슬슬 헛배가 부른다. 도쿄에 사는 옥자는 약을 바꾼 탓인지 쉽게 일어나지 못하고 카톡을 읽지 않는다. 모두가 침묵인 노상 그런 아침이다. 이윽고 변기에서 가래떡을 썬다.

아, 이 냄새! 그래, 이 맛이지!
아침 쾌변은 유쾌 상쾌 통쾌!

항문을 닦고 거울을 본다. 내 얼굴…… 그래, 아직 적절하다. 모모는 하품을 찢어지게 하다 턱이 돌아가고 이 집에서 가장 비싼 스피커 위에 뛰쳐 올라가 생기를 뿜내며 꼬리를 획 감는다. 날렵하기도 하여라!

〈아침 마당〉에서는 구구절절한 사연 쇼로 아침 댓바람부터 눈물 바람이다. 뭐가 그리 슬퍼 뭐가 그리 눈물. 이윽고 찾아온 불청객, 두통이란 고질. 견디다 견디다 정수기 흐르는 물에 정수리를 갈라 씻었다. 약을 털어 넣고 드러눕는다. 잠은 사지를 주눅들게 하고 그 잠에 깨갱이인 뼛가락이 이유 없이 경직된다. 마침 따라 들어온 남편이 코를 골다 봉창 두들긴다. 그 소리에 창문이 번쩍 흔들린다.

저건 무슨 세계일까.

단 한 번이라도 저 숨에 잘 수 있다면 지금 당장 죽어도 여한이 없겠다. 귀를 막고 눈을 감아 본다.

꺄아악! 저기, 예쁜 토끼가 지나간다. 분명코 수컷이다, 잡아라!

허깨비일까.

남편을 옆에 두고 아직도 영계백숙을 기다리는 나. 징그러운 미련, 순간의 환영. 이내 삶 비루하기도 하여라!

21년 전 오늘. 우사단 길을 걷다 이유 없이 남편에게 화를 냈다. 남편이 화해의 뜻으로 콜라병에 꽂아두고 간 것은 보랏빛 장미였다. 전세 2천만 원의 내 인생에서 가장 작았던 반지하 집. 지금은 북쪽으로 올라와 그보다 조금 더 큰 집과 나

보다 많이 작은 모모와 우리 둘 보다 훨씬 큰 남편과 이변 없이 함께 있다.

남편   I have a two sunshine! Big one, small one!

이 집에서 서열 1위는 나인데 고양이인 모모와 나는 동급이다. 그러거나 말거나 모모는 시큰둥해하고 나는 그 아름다운 말을 삼킨다. 여보, 사랑해.

응, 나도 사랑해.

슬슬 두통이 가시려 가시리로 간다. 욕실로 가서 팔팔 끓는 물에 엉덩이를 지진다. 항문에 고여 있던 똥과 진물이 질질 흐른다. 좌욕하는 동안 텔레비전을 본다. 유튜브에서는 너도 나도 구독자를 말하고 우연히 걸린 넷플릭스 미드는 때려 부수거나 선정적이기만 하고 동공에 들어오지 않는다. 이쯤하여 나의 끼스럽고 예쁜 폰이여, 잠시 무료한 짬을 채워주오! 세상 모든 기사들도 사방팔방 기를 쓰고 있구나. 금세 폰도 무엇도 재미없을숙이. 이른 아침 마침 당근에 무료 나눔으로 내놓은 가구를 찾으러 온 아줌마. "고마워요, 잘 쓸게요."

"천만에요."

후기는 그닥. 마음에도 없는 화려한 말들로 거래를 완료한다. 뭐라도 하나 치워내면 그만큼 집도 마음도 가벼워진다. 은평구 역촌동에서 3년간의 생활을 청산하고 자연이 있는 장흥으로 이사하는 것은 분명코 실화이다. 은평구로 이사한 지 3년. 그사이 집값이 펄쩍펄쩍 뛰었다. 어쩌자고 이 어마무시한 일을 벌린 것일까. 그만한 일을 나만 한 내가 혼자서 해치우기엔 끝도 없이 무기력하다. 엄마한테 말했다가는 멀쩡한 집 놔두고 무슨 짓이냐고 따져 물을 것이 농후. 여태 모든 건 비밀로서 있다. 입만 살아 있는 붕어. 밥 대신 미럭미럭한 아침을 잡아먹는 모어, 정오가 되기만을 기다린다. 속없는 속창시는 하염없이 꼬르륵. 밥솥에 밥을 앉히고 겨우겨우 사지를 늘린다. 에구구구 삭신아!

몸을 찢으며 틀어놓은 카세트 데크의 벨트가 늘어났는지 결국 드라마 〈M〉의 여주인공이 무서운 소리를 내다 멈춘다. 너도나도 오래되어 싸그리 고장이구나. 그 몸에 아등바등 서식하는 두통이여, 내 인생에서 어여 썩 꺼져라. 전화벨이 울린다.

나   여보세요. 누구세요?

역시나 하고 받은 성의 없는 자의 전화는 노상 성의 없는 말만 씨부리다 끊는다. 전화를 끊고 이 발신자 차단을 누른다. 니미 시발 귀찮은 존재! 거실 모퉁이 한편에는 연두색 때깔을 자랑하는 스킨답서스가 나 좀 봐달라 하고. 분을 갈았는데 식물이었는데 죽은 줄로만 알았는데, 소리 없이 새싹이 나오고 있었다. 생명은 참 질기고 참 신기하다.

며칠 전 수십 년 된 소나무를 자른 옆집엔 무슨 사연이 있는 것일까. 그 소나무가 좋았는데, 살아 있었는데. 새로 뜯은 핸드크림의 냄새는 향기롭다. 그 무엇도 이 냄새만큼이면 좋으련만.

대봉에 옷을 바리바리 싸서 재활용 수거함으로 간다. 단칼에 버리고 절대 뒤돌아보지 말자. 그것들은 그것들의 운명대로 이제 그만 나를 떠나야 한다. 후련한 숨을 고르고 쓰다 만 화장품으로 그리다 만 그림에 마저 색칠을 한다. 찍찍 그린 그림은 애비도 몰라보고 그럼에도 아름다운 향기를 뿜는다. 그래, 그거면 됐다. 들락날락 살갗에 스치는 바람이여, 내 무료함을 거두어주오.

밥솥은 마지막 취사를 향해 힘차게 달린다. 칙칙폭폭 칙칙팍팍. 냉장고는 청경채, 양배추, 콩나물 그리고 김치. 주로 전원일기 농촌이다. 콩기름에 양배추 어슷하게 썰어 넣어 볶는다. 간장, 다시다에 달걀 두 개를 깨어 넣고 마지막은 젓갈 한 술로 마무리. 아, 이 냄새!

다 된 밥을 퍼서 넣고 사정없이 비빈다. 맛이 난다. 남은 커피로 입가심을 하고 영양제를 챙겨 먹는다. 오래는 살고 싶은 것일까. 아니지. 안 먹으면 서운하니까 그래서 그런 거야. 설거지를 하고 한바탕 청소기를 돌린다. 뭔 놈의 짐이 이리도 많다더냐. 인생이 짐이로소이다. 청소를 마치고 나니 나름 청결하다!

오늘은 동네 마실. 내 옷장에서 가장 보기 드문 트레이닝복을 꺼내 입고 자전거를 대동시켜 불광천으로 나간다. 마스크 안으로 땀이 흥건, 숨이 헉헉. 한강에선 삼삼오오 사람들이 삼삼하게 모여 있고 나는 혼자다.

숨 쉬는 강을 흥건히 바라만 본다. 물도 시간도 그 안에 잠시 뜨뜻미지근하게 떠돌다…… 정체된다.

전화기는 잠을 잔다. 남편은 매번 내 문자에 답변이 늦다. 외롭다. 뒤돌아보면 사람들은 웃고 있고 나의 등은 아리아리 쓰리쓰리. 가도가도 오도가도 갈팡질팡 질팡갈팡. 나는 언제쯤이면 이런 사사로운 감정에서 초연해질 수 있을까. 나는 참 못났다. 그토록 서고 싶었던 뉴욕 무대에서도 텅 빈 객석을 바라보며 느낀 건 외로움이었다. 시도 때도 없이 풍증처럼 밀려오는 뼈의 시림. 죽음은 가깝고도 멀리 있고 나의 이 모든 불행은 벼슬처럼 이고 사는 연약함에서 비롯되었다. 나는 약해빠졌는데 왜 남편은 내가 강하다고만 하는 걸까.

"여보, 나는 없어요." 그 단골 숙녀 넋두리에, 남편은 검지로 내 가슴팍을 콕콕 찌른다. "너는 있어! 나는 당신이 있어

내가 있고 우린 다행히 바라보고 사랑하고 있어." 옳아! 모모와 자고 있을 남편을 생각하니 서럽지도 않다. 내겐 작은 집이 있고 남편과 모모가 매일 건네는 아름다운 인사를 받을수 있다. 염병 작작 허튼 말 그만 씨부리고 좀 영리해지고 좀튼튼해지자. 강건한 말을 꺼내보자. 나는 있다고! 없다는 의심을 한강에 던지자. 아름다운 추억을 회상해보자. 살아 있다고. 그래서 살아진다고. 그렇기에 살아 다행이라고. 그러므로그러하다 하자. 그리하여 그러하다 하자. 겨우 하루의 시작이뜬금없이 거창하다.

입을 쩍 벌린
안식년에

2020년 8월 15일 광복절에 이태원 크라운 호텔에서 열린 헤테로 섹슈얼 결혼식에서 끼를 떨었다. 하객들은 난데없는 끼순이 출몰에 상당히 흥미진진해했다. 눈이 휘둥그레진 사람, 입을 쩍 벌린 사람, 올 것이 왔다는 사람, 긍께 대체 저것이 뭐시냐는 사람. 내겐 너무 흔한 일상이었지만 난생처음 구경한 사람들 뇌리에 강렬한 인상으로 또렷이 박힐 신박한 사건이 되고 말 일이라고 생각하니 신명이 났다. 나는 즐겁고 통쾌했고 이만하면 됐다 싶어 만족스러운 미소가 절로 나왔다. 사랑은 죄다 뜬구름 잡는 일인데 그 허무맹랑한 어두웁고 긴 터널 속으로 신랑의 팔짱을 끼고 판테라Pantera의 'Walk'에 맞춰 맹렬히 행진하는 꼴을 보고 저것들도 엔간하다 싶었다. 결혼식장에서 후회해도 소용없다 너는 가라! 그 유부녀 이다애는 어느새 1주년이라며 다가오는 주말에 털 난 물고기 아이들과 장흥 집으로 오겠다고 했다. (다애는 꽤 의리 있는 여편네이다.)

　뮤지컬 〈13 fruitcakes〉로 에든버러 페스티벌 프린지에 초대받았지만 역병의 시대에 공연은 그저 언감생심, 공항 언저리도 못 가본 지 오래다. 지난해 코로나19 여파로 1947년 축제가 시작된 이래 처음으로 취소 결정을 내려야 했던 영국 에든버러 페스티벌은 올해 정부의 안전 지침을 준수한 대면 공연과 온라인 중계, 시간에 구애받지 않고 관람 가능한 온라인 공연의 세 가지 방식으로 진행된다. 〈13 fruitcakes〉는 8월 30일까지 에든버러 홈페이지에서 온라인 공연으로 상영한다고 한다. 공연의 실체가 온라인으로 대체되고야 마는 현실. 미래에는 AI가 인간을 대신해 무대에서 흥을 돋울 것이다. 재앙은 인간의 영역까지 침범하고 결국 나와 같은 사람들은 굿이나 보고 떡이나 먹으면 되는 것일까. 만약 떡 사 먹을 돈마저 떨어진다면 양주시 오봉산 정상에 올라 떨어져 내려야 하는 것일까. 코로나여, 대체 언제까지 니미 씨발 역병 뚜드럼병 날 거란 말이더냐. 인생지사 새옹지마 그나저나 니씨염뚜!

　현재 가장 진행이 유력한 실물 공연은 8월 18일 상수동에 위치한 제비다방 쇼이다. 이 공연은 뮤지션 정중엽과 함께할 예정인데 아직 서먹서먹한 그분과는 사박스럽게 준비 한창인 가운데 연남동 망숙이 여편네 김성빈 퍼실리테이터가 성실히 뒷바라지하고 있다. 이번 공연에는 뜬금없이 '서태지와 아이들'의 노래가 어느 포인트에 들어가면 좋을 것 같아서 집 책장 구석탱이에 무심히 내팽개친 CD와 LP를 꺼내어 듣던 중, 4집 '슬픈 아픔'이란 곡의 가사가 뼈를 때리다 못해 박박 긁다 꼭 내 얘기인 것만 같아서 듣다 듣다 처울고야 말았다. (나는 눈물이 헤프지만 사람들 앞에선 썩 울지 못한다.)

2021년 지난한 여름의 끝자락에서 땡볕에 두들겨 맞은 시간이 쑤시고 결리고 바람도 구름도 목동도 너도 나도 싸그리 바그리 아그리 쏜살같이 달아난다. 하늘을 봐야 별을 딴다는데 야속한 밤하늘엔 별 하나 보이지 아니하고 나는 밤마다 애꿎은 허벅지를 하릴없이 찔러대고 모모는 늙다리 발정 난 끼순이에게 염병도 작작하라며 연민의 그르렁그르렁, 집사한테서 강제로 깎인 발톱 치켜세워 겨드랑이 사이에 하염없이 꾹꾹이를 해대고.

카메라 오브스쿠라

감독은 2017년 도쿄에서 일본 작가가 찍은 사진 한 장을 보고 내게 프로포즈를 했다.

2018년 9월. 나는 아주 긴 호흡의 여정을 나섰다. 인생에 처음이자 두 번은 없을 일. 애당초 나는 없는데 그런 나는 없는 나를 왜 보여주려고 했던 것일까. 이치에 맞지 않는 무모한 도전장을 냈다가 된통 물매를 맞았다. 치부든 무엇이든 보여주어야 성립되는 일이거늘 나는 나를 에둘러 말하려 했고 내 속에 욕창의 구더기는 밟아 죽이려고만 했다.

오만이었다. 나를 보여주는 데는 F 학점이었다. 번뇌가 널을 뛰고 어쭙잖은 미친년 앞에 카메라는 거칠게 서 있었다. 맥없이 주눅이 들고 수시로 벙어리 삼순이 코스프레를 했다. 보이고 나면 숨고 싶고 보이고 나면 초라해지고 나는 없는데 대체 무엇을 보여줘야 한단 말인가. 잘못된 선택일지도 모른다는 의구심만 튼실하게 성장했다.

2019년 9월. KTX를 타러 가는 택시 안에서 감독은 "모어 참 많이 변했다. 이제 대략의 얼개가 보인다. 이런 기운이라면 머지않아 마무리가 될 것 같다. 이게 마지막이 되도 되겠다는 순간이 찾아오면 미련 없이 카메라를 놓겠다" 했다. 코끝이 찡했다.

극렬하게 고독한 자신과의 싸움. 이것은 분명코 인생을 바치는 일이다. 인생에서의 3년은 짧지만 작업에서의 3년은 엄청난 시간이다. 허허가 망망한 벌판과 희박한 희망에 수명을 연장하며 뼈를 곱게 갈아 넣어야 하는 일. 어떻게 그렇게 아무도 없을까. 어떻게 그렇게 철저하게 나 혼자인 걸까. 뼈가 시리고 감당할 수 없는 고독은 오롯이 내 몫이고 그것에는 익숙해지는 법이 없다. 굳세어라 금순이가 아니면 인생의 열매를 얻을 자격이 없다는 말인가. 이 작업을 시작하지 않았다면 깨우치지 못했을 것이다.

나와 감독은 꼬박 2박 3일을 시골 친정집 한방에서 지냈다. 흡사 그 옛날 줄리아 로버츠가 나오는 〈적과의 동침〉이 아니란 말인가. 함께 삼시 세끼를 썹어가며 촬영에 매진했다. 잠을 자는 시간 외에는 쉼 없이 카메라가 돌아갔고 카메라가 주는 폭력과 피로에서 자유로워지기 위해 무던히도 노력했다. 몇 달 만에 만난 감독과 해후의 웃음으로 카메라 액션! 껄끄럽던 시간들이 꼬리를 내리고 과거에는 없던 소통이 스멀스멀 기어 나왔다. 왜 진작에 이런 기운을 느낄 수 없었던 것일까. 괜스레 틀어진 지난 사건 사고들에서의 모양새가 자꾸만 부끄러웠다. 9월 20일이면 영화 〈모어〉 슈팅이 들어간 지 1년이 되는 날인데 감독에게 굳게 닫힌 마음을 여는 데는 1년이 되고서야 비로소 봉인 해제되었다. 영등포 남자와 은평구 개말라 끼순이 대체 이건 무슨 조합이란 말인가.

감독은 늘 그만 나를 가두고 있는 갑옷을 해체하라고 했다. 마치 일반인의 출입이 엄격히 통제된 영천 백흥암의 문이 번쩍 열리듯 막상 하고 보니 아무 일도 아니었다. 그게 뭐라고 그리 열심히 사춘기 소녀처럼 숨바꼭질을 했더냐. 내가 스스로 풀어헤치기를 기대했던 감독이 매번 그것에 부응하지 못하고 카메라 안에서 엉거주춤하고 있는 영화 속 인물 '모어'를 맞닥뜨리며 실망했을 것을 생각하면 당장 오지에 있는 쥐구멍에라도 도망가 숨고 싶다. 어느 날은 세상의 죄인이 되어 있는 나를 보고 바깥사람에게 제발 내 손목에 채워진 수갑 좀 풀어달라고 떼를 썼다.

영화 2년 차. 감독과 나는 긴 머리를 싹둑 잘랐다. 머리는 기를 수 있지만 그 시간으로 돌아갈 수는 없다.

최선을 다했느냐.

아니오.

최선을 다할 것이냐.

이건 최선을 다하고 안 할 문제가 아니다.

나의 삶을 그저 있는 그대로 고스란히 말한다면 결과물

은 아름다울 것이다. 그렇지 못한다 하더라도 후회할 필요는 없을 것 같다. 적어도 어디엔가 나는 있었기 때문이다. 영화 〈모어〉는 어떠한 모습으로 세상에 출현할지 모르지만 나와 사람들의 눈과 마음속에 무언가를 남겨줄 수 있는 영화가 나오기를 간절히 소망해본다.

단단하지 않으면 담길 수 없고 사공에 흔들리지 않기를 그 심지의 불씨가 꺼지지 않기를 마지막에 가장 환하게 웃을 수 있기를. 언제가 될지 모를 그 웃음은 나를 빛나게 완성시킬 것이다. 내가 이 글을 쓰는 중에, 감독에게서 영화 막바지 작업 중이라고 무려 7개월 만에 전화가 걸려왔다. 2021년 9월 DMZ국제다큐멘터리영화제와 10월 부산국제영화제에서 영화 〈모어〉를 상영한다는 소식이었다.

400

어쩌면 살아 있는 모든 것이 영화 〈트루먼 쇼〉 같기도 하다
그런 시뻘건 거짓말 같은 쇼도 있는 법

401

한동안 수거되지 않을 시간 속에서 나뒹굴었다
그런 허수아비도 사는 일에는 허비가 필요한 법

402

인사가 늦었네요
작년에 왔던 끼순이 죽지도 않고 또 왔네
당신이 날 용서한다면 나도 당신을 용서할게요
잘 부탁드립니다
그런 걸신도 있는 법

403

가슴이 허해 심장을 뚫고 당신이 보고파 벽을 뚫고

그런 뚜러펑도 있는 법

404

어쩌자고 다시 돌아온 것일까

그런 미련한 시작도 있는 법

405

그동안 뭐 하고 지냈어요?

네, 인형 눈깔 붙이고 마늘 까서 포도시 연명했어요

그런 목숨 부지도 있는 법

406

안녕하세요. 은평구 역촌동에 살다 경기도 양주시 장흥면 일영리로 이사한 개말라 끼순이 모어 지민입니다. 털 '모'에 물고기 '어', 털 난 물고기―영어로는 Hairy Fish! 제가 2022년에 발표할 그 무언가가 있습니다. 그 무언가를 위해서 은평구 역촌동에서 3년간의 삶을 청산하고 경기도 양주시 장흥면 일영리로 이사를 가서 하염없이 버스로 전철로 한 시랑 두 시랑 꾸역꾸역 왔습니다. 이건 정말 비밀이지만요. 제가 2022년에 발표할 그 무엇인가가 있습니다.

2022년에 발표할 그 무엇인가를 위해서 지금 이 구역, 이 사회, 이 나라, 그 아름다운 시간에서 저 남루하고 이 낯선 곳에게로 2022년에 발표할 그 무엇인가를 말하고자 은평구 역촌동에서 살다 경기도 양주시 장흥면 일영리로 이사를 가서 여러분에게로 오게 되었습니다. 오늘은 웬일로 저의 숨겨두었던 비밀을 털어놓을까 합니다. 믿기진 않겠지만 사실 저는 무용을 전공했습니다. 많이 놀라셨죠. 그래도 잘 모르시겠다는 분은 휴대폰 메모장에 적어 지금 당장 이 자리에서 외우시길 바랍니다. 오늘은 특별히 여러분께 여쭙고 싶은 게 있는데요. 제가 대체 언제까지 애쓰며 살아가야 하는 걸까요. 답을 아시는 분은 손을 번쩍 들어주시기 바랍니다. 명쾌한 답을 주시는 분께는 백만 원 상당의 우아미 가구 교환권을 드리겠습니다. 2022년에 발표할 그 무엇인가가 있다는 법!

407

몸이 천근만근인 날에도 면상에 찬물 확 끼얹고 하루를 시작해야만 한다

그런 냉수마찰도 있는 법

408

삼천포로 갔다가 뜬금포로 돌아왔다

그런 몽금포 타령도 있는 법

269

409

이년은 범우주적인 쇼걸이에요

클럽 트랜스 왕언니가 주로 나를 소개할 때 했던 말이라는 법

(아이들아 범우주적 쇼 보기나 했니)

410

책에도 여기도 저기도 나왔는데 나는 언제나 없더이다

네가 언제쯤이면 네 입으로 네가 있다고 말할 계획이더냐

이제 더 이상 나는 없다고 말하기도 민망하다는 법

411

아가리가 심심한 자들은 여전히 클럽하우스에서 떠들고 있네

입 냄새 안 나려면 아가리를 털어야 하는 법

412

저번 텀블벅 후원 안 한 사람 경기도 양주시 장흥면 일영리 공터로 모여라

비 오는 날 먼지 나도록 털려보자는 법 책 낸다고 함께 개고생한 딸래미는 곧 군입대 예정이라는 법

413

모어 님 이번 책이 사정없이 찢어지더라고요!

그런 능지처참도 있는 법

414

옷깃만 스쳐도 인연이라는데

그런 스치는 악연도 있는 법

415

인연도 악연도 1년에 한 번 마주치기도 힘든 세상

살아 있으면 언젠가는 만나게 될지어다 법

416

모모야 넌 어쩜 이다지도 아름다우냐

끼순아 넌 어쩜 이따위로 역겨웁다냐

그런 일상의 평화로운 기갈 싸움도 있는 법

417

목구멍이 포도청 시계는 가고 모모는 성가시게 간식이나
달라며

무심한 남편은 하루 종일 전화 문자 한 통 없고

나는 쓸데없이 장운동 활발하여 시도 때도 없이 똥이 마렵

고 순결한 백색의 휴지를 낭비해

　마지막 가는 날에도 괄약근 풀린 똥구멍으로 똥이 기어 나
온다는 법 하지만 죽은 사람은 모르고 염쟁이가 똥 닦느라
고생이라는 법

418

떡은 냉장고에 옷은 옷장에 사람은 관짝에

그런 보관도 있는 법

419

신이시여 어여 이 가난을 거두어주시옵고

헤아릴 수 없는 제 욕창의 구더기를 박멸하소서

신에게 상냥하게 말해도 들어줄까 말까인 법

420

돈이여 어여 겨 오라

자유여 어여 겨 오라

좋은 말로 할 때 겨 오라는 법

421

뜨거운 여름이 쳐들어오고 있다

피할 수 없다면 울화통 터지는 심장을 벌씨고 폭염 속으로

들어가라는 법

422

이번 달 카드 값은 또 얼마나 나오려나
그런 세상에서 가장 무서운 청구도 있는 법

423

다행히 저는 아직 포켓몬스터 남편한테서
버려지지 못했어요
그런 계륵도 있는 법

424

아끼면 똥 된다
당장 잠자고 있는 물건들 싹 다 꺼내 쓰라는 법

425

똥구멍 힘주고 코로 숨 쉬어야 한다
그래야 그나마 살아가는 법

426

나는 빛 좋은 개살구다
때깔이라도 좋아 다행이라는 법

427

남자들 다 똑같죠 뭐 근데 거기는 커요

거기 큰 게 대수냐는 법

428

잘났어 정말 고두심!

인간들 너도 나도 사랑의 굴레라는 법

429

사이보그쩡: 형, 인생은 심심함의 연속인 거 같아. 진짜 할
게 없어.

나: 너 그거 병이야. 병원 가봐. 나는 하도 음악을 들어서
고막에서 피가 철철 난다.

사이보그쩡: 형, 그거 병이야. 병원 가봐.

그런 병도 있는 법

430

화장실 다녀온 사이 모모가 내 자리에 전세를 냈다

굴러 들어온 냥이가 박힌 돌 뺏으며

나: 야, 이 동물새끼야.

모모: 야, 이 씨발년아.

모모와 나의 일상 마상 따뜻한 대화라는 법

431

여보야 모모야 평생 함께 찢어지자

꺄루루룩! 알겠다는 법

432

한동안은 이상은의 음악을 듣지 않았다

젊은 날엔 심오한 가사들로 심장을 후벼 파더니

11집 〈비밀의 화원〉에서 난데없이

하늘빛 민트향 샴푸를 사러 간다네?

그때 만나는 친구들한테 물었다

대체 샴푸를 왜 사러 가야 하는 거야?

다들 깔깔깔

그때의 그녀 나이가 되어 보니 너무 잘 알겠다

더 이상 대가리 깨지는 의미심장한 말보다

 편하게 툭툭 던지는 말들이 더 쿵하게 가슴팍을 친다는 걸

알아가고 있다는 법

 그녀를 멀리했던 시간들에 사과드린다는 법

433

대뜸 온 우주의 찌꺼기가 폐로 가득 전이되었다

그런 지저분한 전입신고도 있는 법

434

밥만 축내는 영계백숙 너희들은 인간이 아니라 가축이야!

저요? 저한테 왜 이러세요

식량 그만 축내고 이 사회의 미래에 대해 생각해보자는 법

영문도 모르고 타박당하는 영계백숙들 그래서 나한테 영영

오지 않았다는 법

435

Ladies and gentlemen!

I give to you dragon hearts

You give to me warm and beautiful hearts

그런 hearts도 있는 법

436

2004년 역삼동에서 요가 가르칠 때에

수업 시간마다 용심 용심 해댔더니

서울대 국문과생이 선생님 오늘 학교 수업 시간에 용심이

나왔어요

조선 시대 글인데 그 용심이 선생님이 말한 용심이 맞는 거

지요?

맞다마다,라고 말해놓고

조선 시대 用心이 어찌하여 내 입에

오르락내리락하게 됐는지 기묘한 사연이라는 법

437

잡초는 밟아도 무심해도 잘만 자라더라

자근자근 밟혀도 잡초 정신으로 살아보자는 법

438

뭬야?

닥치고 최선을 다하라는 법

439

한여름에도 '따아'만 마시는 나란 년

사약도 따아도 달게 받겠다는 법

440

나: 여보, 애쓰지 말고 그냥 죽어버립시다.

남편: 죽음은 재미없어!

그럼 재미로 죽냐? 염병 말고 어여 죽자라는 법

441

사촌이 땅을 사자 빈곤한 내 집이 용심으로 차오른다

그런 용마랜드도 있는 법

442

네, 오늘의 청취자 퀴즈!

양으로 시작하는 난센스입니다

미국 건달, 한국의 디저트

양으로 시작하는 이 두 글자는 무엇일까요?

단문 50원 긴문 100원

CBS 〈배미향의 저녁스케치〉 잠시 광고 듣고 올게요

네, 오늘 문제가 많이 어려웠나요 오답이 많네요, 쯔쯔쯔!

정답은 양갱이었습니다

팥 양갱이 먹고 싶다는 법

443

하나도 안 슬픈데 슬퍼한 적이 간혹 있다

그런 개구라 슬픔도 있어야 하는 법

444

인간을 만나고 오는 길은 항상

집채만 한 허무가 기다리고 있다

인간을 만나지 않고 정녕 혼자 살 수는 없는 것일까

절간에서 입에 깁스하고 공수래공수거 수행하며 살고 싶
다는 법

445

말해모해 입 찢어져

그런 당연과 과격도 있는 법

나는 입이 걸어서 수행 근처도 못 간다는 법

446

생일에 남편한테 그림 선물을 했다.

남편: 뭔가 빠져 있어.

나: 뭔데?

남편: L!

가족을 Famiy라고 썼던 것이다

그런 못 배운 집안 망신도 있는 법

447

2019년 7월, 뉴욕에서 돌아와 떡실신해 있는 내 옆에 누워 유두를 만지작거리는 남편

나는 눈을 감아버렸고,

남편: 왜 이렇게 몰라? 너 바보냐?

여보, 나는 미련해서 잘 몰라요

가족끼리 무슨 섹스냐는 법

448

침대에서 꼼짝 마라 불성실한 것들은 썩 나가라며 활짝 문을 열어주어야 한다

노력과 반성이 없는 것들은 굶겨 죽여야 한다는 법

(혹시 그게 나를 두고 하는 얘기라면⋯⋯.)

449

논 지고 시집 왔냐

비싼 척 작작하라는 법

450

씨바 스끼 개스끼 뭐야 이 개스끼야?

그런 시베리아 러시아 욕도 있는 법

451

나: 여보, 나 공연하는 거, 지금 온라인 스트리밍 되고 있어. 개소름이야. 빨리 와.

쉐냐: (시큰둥하게) 저번에 했잖아.

나: 아니, 그거 말고 이번엔 뉴욕이야.

쉐냐: 뉴욕은 작년에 갔잖아. 여태 은평구 역촌동에 있어 놓고 무슨 뉴욕이야.

나: 아니, 이번에는 뉴욕 시어터 워크숍이란 데서 한 거야.

코로나 땜에 뉴욕 못 가니까 온라인으로 한다고. 설명 입 아프니까 언능 와서 좀 봐.

쥐냐: (그저 시큰둥하게) 알았어. 이따 볼게.

나: What? 씨바 스끼 개스끼. 뭐야 이 개스끼야? Now or Never! 여편네가 코로나 와중에 미국 것들과 나란히 나온다는데 이러기야? 그거 하나 같이 봐주는 게 이리 힘든 거야? 우리가 남이야?

쥐냐: 너 맨날 하잖아. 나중에 보면 되지. 오늘따라 왜 유난이야.

나: 니씨염뚜!

포켓몬이나 잡으러 나가서 포켓몬이랑 살다 가라는 법

452

뚜벅뚜벅 대체 언제까지 뚜벅이로 살아가야 하는 것이냐

그런 뚜벅이도 사는 일에는 연습이 필요한 법

453

누드모델 하는데 항문에서 하염없이 진물이 질질

그날은 수치로서 샤워를 하고 치부를 부둥켜안고 잠에 들었다

세상에 쉬운 일은 하나도 없고 사는 게 참 너무 그렇다라는 법

454

일주일 만에 집에 온 남편

잠 한숨 못 자고 기다린 나

남편 생일이라고 소고기를 보내준 미옹이

어여 때려 달라며 엉덩이 들이대는 모모

하루 종일 내리는 비

비로소 나온 모어 아카이빙 북!

스승의 날이라고 전화 온 제자

그런 5월 15일도 있는 법

455

항문외과 수술 받은 날

성빈: 택시 잡아줄게, 편하게 택시 타고 가.

나: 자전거 타고 왔어.

성빈: (뭔 소리냐는 눈치)…….

(똥구멍 조심스레 주섬주섬, 퇴원 후 건물 1층.)

성빈: 택시 잡을게.

나: 그럼 이 자전거는 어쩌라고?

성빈: 이게 엄마 자전거야?

나: 기레.

성빈: 항문 수술하는데 자전거 타고 왔다고?

나: 기레. 아침에 빨리 와야 해서 안장에 엉덩이 안 대고 페

달 밝았어.

성빈: 엄마도 엔간~하다.

나: 아니 이게 무슨 대수라고 화들짝이야.

강철 항문을 가진 엄마 엔간한 거 말해 뭐 하냐는 법

456

Am I beautiful

Am I not beautiful

그런 beautiful에 대해 말하자는 법

457

나는 허드레가 아니라 진드레이다

그런 헛헛한 진드기도 사는 일에는 연습이 필요한 법

458

여러분은 오늘 샤워하셨나요?

저는 씻지 않았습니다

왜냐하면 전 씻지 않아도 깨끗하기 때문입니다

그런 어쩌라는 법

459

나도 언젠가는 패티 김처럼 박수칠 때 사라질 것이다

그러기엔 아직 너무 현역이라는 법

460

모든 일은 천지신명의 뜻

이젠 신의 뜻을 겸허하게 받아들여야 할 때라는 법

461

토리 에이머스!

당신의 머릿속에는 얼마나 많고 많은 아름다운 멜로디가
수놓아져 있나요

매일 그녀의 음악으로 적시고 가까스로 해동된 살덩이를
이완시킨다

클래식을 전공하다 레드 제플린에 심취해 Rock천포로 빠
진 그녀도 참 엔간타 싶다

같은 삼천포 다른 뇌와 명예와 부로 살아간다는 법

462

2019년 6월 시청에서 열린 퀴어 퍼레이드 때

밤새 쇼를 하고 나와 골로 가기 전인 내 속도 모르는 남편
이 "You are strong!"

그 무심코 던진 말이 렘수면 정신에 번개를 치고

강한 척 똥구멍 힘주고 씩씩하게 행진했다는 법

5년 전 어느 아침 7시 보광동 민방위 훈련에 갔는데

연설하러 오신 보광동 대표님이 "난데없이 여러분 박수 좀 받고 싶네요. 박수 좀 쳐주시겠습니까?"

그의 뜬금없는 청에 일단 그곳에 모인 총각, 노총각, 유부남, 일제히 성의 없는 박수 짝짝짝

"제가 40년 동안 보광동을 위해 애썼다며 나라에서 포상 휴가를 주었잖습니까. 저는 이 훈련을 마치고 바로 베트남으로 휴가를 떠납니다. 그래서 얇은 옷을 입고 왔는데 그래서 여러분 많이 놀라셨죠?"

다들 안물 안궁

10분간의 지리한 연설을 마치고

"만 40세 이상인 분들은 앞으로 안 나오셔도 됩니다. 그동안 수고 많으셨습니다."

냐하하! 그런 뜬금없는 연설과 불혹의 해방도 찾아오는 법

464

옛 음악처럼 좋은 건 없다

그런 향수에 젖는 시간은 매일같이 필요한 법

465

설까진 연예인의 설멋진 연기에 다 된 밥통 전원이 꺼졌다

그런 정전도 있는 법

466

지루하기도 하여라 쌀 거면 빨리 싸라

그런 지루도 있는 법

467

이 글이 피가 되고 살이 되길 바라요

그런 blood and flesh도 있는 법

468

분노 뒤를 슬그머니 돌아보면 화는 고개를 떨구고 있다

그런 주전자 뚜껑 날아가기 전에 버너를 꺼야 하는 법

469

어느 러시아댁이 나를 찍고 싶다고 장문의 DM을 두 번이
나 보냈는데 읽고만 말았다

나중에는 내 시베리아 남편하고 연락이 돼서 셋이서 한번
보자고 하길래

정말 아무 생각 없이 남편의 손을 잡고 나갔더랬다

로버트 메이플소프 전시를 보고 칼국수와 커피와 디저트
로서 마무리

그리고 얼마 후《생활의 발견, 써던리!?》텀블벅에 가장 많은 금액을 후원한 자가 바로 그 러시아댁이라는걸 알게 되었고

에구구구 빛의 속도로 팔로잉 버튼 철썩 누르며

러시아 여편네 DM에 세상 공손하고 친절한 답변을 늘어 놓았다

그런 돈 앞에 나약한 존재라는 법

470

국립현대미술관에서 공연하는 내 모습을 눈에 꿀 뚝뚝 떨 어뜨리며 찍어대는 남편을 본 현대미술가 옥정호가 "지민 씨, 그거면 됐지, 뭘 더 바라다이까."

네, 알겠습니다, 닥치고 살아가겠나이다.

옆에서 말은 참 쉬운 법! 내 속 누가 아냐는 법!

471

마누라는 남편과 고양이를 잘 양육하여야 한다

그런 포유류 육아도 있는 법

472

97년 목포예고를 졸업하고 23년 만에 모교를 찾았다

정 선생님: 지민아, 이게 얼마만이냐!

나: 찾아뵙지도 못하고 죄송해요.

정: 이렇게 잘 살아 있으면 됐지.

나: 선생님, 건강하시죠?

정: 그라제. 발레 시간에 니가 넘 이뻐서 여자애들이 너 뒤에 안 섰잖냐. 진짜 엊그제 같은디 나도 5년 후면 정년 퇴임이다.

나: 와! 평생을 이 학교에서 진짜 한 우물 제대로 파셨네요.

정: 연설해쌌네.

무용 수업이 끝나고 교무실로 가서 2년간 담임을 맡으셨던 한국무용 선생님께도 인사를 드렸다

한 선생님: 이것이 뭔일이여. 지민아, 너 살아 있었냐.

나: 네, 그럼요. 열심히 공연하고.

한: 네가 공연을 한다고?

나: 네, 10월에는 아르코 예술극장에서도.

한: 네가?

(한, 정 두 분 다 생각도 못 했다는 표정. 네, 제가 실은 발레를 하다 써던리 드래그 퀸이 되어서 어쩌고저쩌고 늘어놓다가는 입 돌아갈까 봐 말을 꺼내보지도 않고.)

나: 공연으로 먹고 산 지도 20년이네요.

한: 지민아, 너가 몇 살이냐?

나: 저 마흔셋이요.

한·정: 워메워메.

한: 나중에 공연하면 꼭 알려주라. 진작 알았으면 예고를

빛낸 사람들에 너도 넣고 했을 텐디.

나름 이 바닥에서 통뼈 굵기로는 둘째가라면 서러운데 내 행적을 듣지도 보지도 못하셨다니 서운한 마음을 등지고 교문을 나섰다

서울 가는 KTX에서는 마음속 은사님을 찾아뵌 것으로 숙제를 마친 것 같아 속이 후련했다

그런 23년 만의 재회도 있는 법

473

〈치열 수술 마치고 며칠 후〉

나: 김 선생님. 저 치열 수술 했어요.

김형관 작가: 아, 그래요? 나중에 함 보여줘요.

나: 보여주는 건 일도 아닌데 진짜 보고 싶어? 진삼이야, 서삼이야.

김: 잘됐는지 함 보자고요.

〈은평 이슈회의 모임 날〉

김: 지민 씨, 치열 수술 잘됐어요? 한번 보여주세요.

나: 네?

김: 왜요?

나: 내 똥구멍이 보고 싶어?

김: (벙찐 표정) 왜 이래?

나: 저 치열 수술 했다고요. 치루, 치열, 치질!

김: 치열 수술이 양악인가, 그 이빨 수술 아니에요?

나: 니씨염뚜! 양악 수술 했으면 저 지금 이 자리에 못 있어요. 그거 목숨 걸어야 해.

항문 수술이 턱 수술로 어떻게 그렇게 바뀔 수 있냐는 법

474

〈은평 이슈회의 단톡방〉

소설가 김주욱: 여러분 당장 회비 10만 원씩 내야 합니다. 안 내면 강퇴입니다.

나: 그깟 회비 안 낸다고 그간 애쓴 거 알짤없이 강퇴인가요?

김: 네. 회원 조항에 써 있습니다.

나: 듣도 보도 못한 회원 조항이라…… 그 회원 조항은 누가 만들었단 말입니까? 금액도 물어보고 말씀하셔야죠. 당최 그 금액은 누가 상정한것이며 또 누군가는 당장 그 10만 원이 없을 수도 있습니다. plz와 돈을 내놓으시와는 엄연히 다릅니다.

김: plz가 뭐죠?

나: plz는 중학교 과정에 나옵니다.

당장 영어사전 꺼내 찾아보라는 법

475

은평 이슈회의 회원 중에 매번 집에 데려다주는 남편과 사는 아내(김영애 작가)가 있다

언제 어디서든 홍길동처럼 나타나는 남편

모월 모일 김형관 작가 전시회를 가는데 그날도 어김없이 아내를 데려다주던 남편

나: 남편분이 오늘 쉬나 봐요?

김영애 작가: 아뇨, 반차 냈어요.

나: 네? 여기 데려다줄려고요?

김: 그럼요.

모두: 아.

나: 남편분이 회사 대표이신 거죠?

김: 아니요. 직원이에요.

모두: 아.

언제 어디서든 어떤 날이든 매번 아내를 데려다주는 남편과 그 차에 타는 아내

전생에 나라를 구하면 그런 삶을 살까나

나는 부러워서 하염없이 눈물만 난다는 법

476

버스 탄 여편네가 벨트 어떻게 매냐고 물으며

저는 이런 버스 살아 처음이라서요.

왜 여태 죽지 않고 살아서 이런 버스에 행차하셨냐는 법

477

당신의 귀두 때가 밀리는데 왜 내 턱이 아픈 걸까요
그런 귀두 여인의 세신도 있는 법

478

이젠 자지를 자지라 말하고 보지를 보지라 말하자
그런 표준어는 써줘야 하는 법

479

말을 하면서 자꾸만 가슴과 목에 손을 대는 남자는 분명코
이쪽이다
너무 쉬운 병아리 감별법

480

학창 시절
엄마, 이 옷 못 입겠어 창피해 나도 비싼 브랜드 옷 입고 싶어
도둑질했냐? 창피하게
그때 굶겨 죽이지 않은 것만으로 감사해야 하는 법

481

엄마 고모 아흔셋인데 너무 정정하셔 백 세까지는 사실 것
같은데?

장기가 절단 나야 죽어야

명언 제조기 이영금 말씀이라는 법

482

흡연이 깨끗해 폐가 깨끗해

암이 깨끗해 사망이 깨끗해

요단강이 깨끗해 지옥이 깨끗해

삶도 죽음도 깨끗하다는 법

483

나는 수시로 스스로 여기저기 서식하는 곰팡이처럼 느껴
진다

나는 수시로 스스로 살아가야 해서 치욕스럽다는 법

484

옥자는 참 이상하다

옥자: 모어 님, 이번《생활의 발견, 써던리!?》〈아가야〉글
중에 그라모폰 부분을 일본어로 어떻게 번역해야 할지 모르
겠어요.

나: 엥?

옥자: 어머머머, 모어 님! 그라목손이 여태 도이치 그라모폰인줄로 알았어요.

나: 미쳐부러. 디질래!

그라목손─도이치 그라모폰

옥자의 오해로 한국의 농약이 세계적인 클래식 레이블로 둔갑했다는 법(옥자는 이상해도 너무 이상한 아이라는 법)

485

엄마 아빠는 단 한 번도 내게 넌 왜 그러냐고 묻지 않았다

왜 다른 모시마들처럼 굴지 않느냐고

부모 잘 만나 그 모진 시간 버텨와 여기까지 왔다는 법

너무 감사하고 너무 사랑한다라는 법

486

충무로 갤러리 브레송 모지웅 전시회에 간 날

전시장 마지막에 걸린 내 긴 머리가 바람에 흩날리는 사진을 본 이들

객 A: 머리 왜 잘랐어요?

객 B: 왜죠?

객 C: 왜 머리를 잘랐죠?

당장 그 자리에서 그 사진의 머리카락을 잘라다가 머리에

없고 싶은 심정이었다

사진에 대한 감상평은 하나도 없이 머리 얘기만 입에서 오
르락내리락

그런 걸 보면 다들 너무 한국 사람이라는 법 남이사 머리
를 자르든 뭐 하든 대체 뭔 상관이냐는 법

487

사람들은 내게 유명해지라고 한다

삼척동자도 알아보는 유명한 사람이 되라고

텔레비전이나 온갖 상업 매체에 나가서 끼 떨고 그래서 지
금보다 윤택한 삶을 산다면

행복할까?

그런 유명이란 무엇일까라는 법

488

그런데, 모모야 너와 내가 남편과 한날한시에 갈 수 없다는
걸 생각하면 너무 아려오누나

끼순아 죽음은 그런 것이야라는 법

489

나는 페시미스트 당신은 옵티미스트

나는 억울 너는 다행

490

어느 개 같은 새벽

쇼 장에 들어서자마자 서삼 무리들이

"언니!" 하고 나를 껴안고 밀치고 난리치자

친구가 생일에 만들어 선물한 은싸라기 귀걸이가 우두둑
떨어졌다

당황한 나는 속히 귀걸이를 찾아 무대에 올라가야 한다는
생각으로

눈에 불을 켜고 그 어두컴컴한 클럽 바닥에서 그것들의 발
사이사이를 훑었다

결국 한 서삼이 내 귀걸이를 밟았고

나는 "안 돼!"를 외치며 절규 쇼! 술에 취한 그 서삼 무리들
은 어쩔 줄 몰라 하는 나를

뭐가 그리 재밌는지 손가락으로 가리키며 푸하핫! 웃느라
바빴다

그 짧은 순간은 분명코 지옥이었다

어떤 무대는 서기도 전에 찰나의 지옥을 맛보고 출발해야
한다는 법 하지만 그 뒷간에서 벌어지는 일은 아무도 모른다
는 법

491

CL의 〈+HWA+〉 뮤직비디오가 공개된 날

죽은 친구한테서까지 연락이 왔다

월드 스타의 파워는 죽은 친구도 살린다는 법

492

예술가니까 괜찮다

예술가는 좀 그래야 한다

예술가라서 술 담배 달고 산다

예술가는 성격이 예민하고 지랄맞다

예술가가 무슨 벼슬이냐는 법

그래서 너도 나도 예술가가 되고 싶어 하는 법?

493

예술에는 1도 관심이 없고 모르는 것을 당당시하는 대체
노력과 반성이 없는 뻔뻔한 것들

그런 숭구리 당당들은 당 떨어뜨려 죽여야 하는 법

494

문자만 하면 ㅋㅋ거리는 사이보그쩡, 하루는

나: 어디야?

사이보그쩡: 집이야 ㅋㅋㅋ

대뜸 전화해서, 넌 네가 집에 있는 게 웃겨?

그런 정색과 버럭도 있는 법

495

2017년 5월 24일, 역사적인 모어 결혼식에서

비외르크의 'Black Lake'로 자축 퍼포먼스를 펼쳤다

그 곡은 비외르크가 이혼 후 오장육부 갈리는 고통을 토해

낸 곡인데

가장 축복받아야 할 날에 파경으로 치닫는 파국의 선곡은

둘째치고

내 결혼식에서 자축 쇼라니

영문도 모르는 하객들은 그런갑다 애쓴다 했고

어쨌거나 저쨌거나 그들은 이혼했고 나는 아직 산다는 법

비범한 그녀도 사랑 앞에선 어쩔 수 없나 보다는 법

496

털 난 물고기 아이들(이하 털물): 줴냐는 잘 지내요?

모어: 씩씩해! 여적 포켓몬 잡으러 댕기고 시시하다고 담

배도 끊었어.

털물: 여적 포켓몬에, 금연까지요?

모어: 어. 뒈져야 끝나.

세봉: 한 갑 피웠나요.

모어: 한 보루에서 3분의 1로 줄었어.

(털물 전원 폐 썩어가는 표정.)

도현: 줴냐는 포켓몬 쪽에서는 최강자겠네요.

모어: 참 특이해. 볼 때마다 새롭고 즐겁다 못해 염병이야.

다애: 요즘 줴냐랑은 어떠신지요.

모어: 우린 튼튼해. 흔들리지 않는 나무야. 아프리카, 대지,
평야, 영원, 불멸!

털물: 아름답네요.

모어 : 22년 썩어 문드러진 사랑이야. 숙성된 고려은단, 청
자, 도라지, 솔담배.

그런 거두절미 미쳐 돼진다는 법

497

여보, 왜 오줌 싸고 변기통 안 닫았어?

복 달아나는 거 몰라?

이럴 거면 다소곳하게 앉아서 싸!라는 법

498

27세에 요절한 재니스 조플린의 실화를 바탕으로 한 영화
〈더 로즈〉에서 로즈 역의 베트 미들러가 가수로 대성하여 고
향으로 투어를 갔다. 설레는 마음으로 어렸을 때 즐겨 다니
던 레코드 숍에 찾아가 "아저씨 저 로즈예요!" 하고 말하자

주인 아저씨: 누구……?

로즈: 염병! 내가 이만큼 성공해서 전용 비행기까지 타고 투어를 왔는데 나를 몰라봐?

숍에 진열된 로즈 자신의 LP 표지에 사정없이 이름을 휘갈기며 'I am the Rose!'

장미는 장미이고 그 장미를 알아봐주지 못한다면 그게 다 무슨 소용이냐라는 법

499

식당에서 가능하면 나의 목소리로 주문하는 것을 피한다.

저어어어어어…… 이모님~ 반찬 좀 더 주세요!?

내 튀는 목소리가 울려 퍼지는 순간

식당 모든 손님들 초집중

튀김처럼 튀겨져 나가는 나의 목소리에 놀라지 말고

입에 그만 밥이나 쑤셔 넣으라는 법

500

엄마 신으라고 크록스 신발 사 갔는데

엄마: 굽이 높아서 나는 못 신겠다야. 며늘아, 니가 신어라.

제수: 네, 어머니.

엄마 신으라고 준 신발 제수가 신는 꼴 볼 수 없어 서울 올라올 때 그 신발 도로 챙겨 왔다는 법

501

길을 가다 휘황찬란한 옷을 본 남편

남편: 이거 예쁘다. 너한테 딱이야.

나: Too much.

남편: Look at yourself, you're too much already.

자기 자신을 잘 알아야 한다는 법

502

그나저나 당신 내게 언제까지 영어로 씨부릴 예정?

황천길에서도 외국어로 씨부리면 쌩깔 예정이라는 법

503

만 원 2만 원 모아 어느 세월 청담동 58평이야

나는 만 원에 목숨 걸고 누군가는 수십억 집에서 명품 보디 워시로 샤워하는 법

504

지나가는 영계백숙 어여쁘기도 하여라

나: 너는 몇 살이더냐.

백숙: 스무 살이요. 근데 왜요?

나: 예뻐서.

백숙: 진짜 이유를 말해봐요.

나: 아니. 그냥 가라.

예쁘면 다냐 영계백숙 코가 하늘을 찌른다는 법

505

집 욕실에 바퀴벌레 등장 쇼에

황급히 모모를 잡아다가 욕실에 넣었다

영문도 모르는 모모 曰,

야, 디질래?

소름 끼칠 땐 무작정 동물에게 뒤집어씌우는 무책임한 끼순이도 있는 법

506

가끔 남편은 나를 이겨 먹으려고 한다

어디 무안 세발낙지 먹고 자란 여편네를 이겨 먹을라고

딱딱 알아서 낙지처럼 기라는 법

507

믿기진 않겠지만 저는 제가 참 부끄럽습니다

간혹 SNS의 모습을 보고 제가 별 고민 없이 행복하게 사는 사람 같다고 말을 하는 사람들에게 묻습니다

아니, 어떻게 인생이 마냥 행복할 수 있나요?

하루에 행복한 시간이 몇 시간이나 될까요

남의 인생을 함부로 판단하지 말라는 법

508

날 촬영하러 온 감독이 물었다

감독: 당신에게 드래그는 무엇이요?

나: 생계 수단이요.

감독은 내가 뭔가 다른 말을 더 하길 바랐지만

난 생계 수단!이요 하고 그저 돈벌이 수단이란 걸 강조했다

난 돈이 필요하고 드래그는 내게 화폐를 가져다주는 역할
을 해줄 뿐이다

그놈의 생계 타령하다 이 지경이 됐다는 법

509

쇼를 보러 온 얼라들

언닌 쌩얼이 더 이뻐

그럼 민얼굴로 쇼하리?

민해경의 보고 싶은 쌩얼이라는 법

510

세윤한테서 전화가 왔다

세윤: 지민아, 너 과테말라 갔을 때 무덤 본 적 있어?

나: 응. 그런데 와이?

세윤: 내가 과테말라 여행에서 가장 인상 깊었던 게 무덤이었거든. 노랗고 파랗고 알록달록 파스텔 톤의 무덤들 세상 아름다웠어.

나: 그럼 내가 죽으면 핑크색 무덤에 '모지민 개말라 끼순이 잠들다'라고 써줄래?

세윤: 깔깔깔~

누가 먼저 가든 절대! 슬퍼 말고 잘 가라고 웃으며 성스럽게 보내주자

나: 좋아. 웃어 무덤에, 웃어 죽음에.

순간 공포스럽기만 했던 죽음이 너무 아름답게 느껴졌다

그런 무덤을 꿈꾸는 법

511

2019년 〈13 fruitcakes〉 공연 연습 도중 연출의 부친이 돌아가셨다

장례식에 찾아간 조연출과 나

마침 가방에 그날 쇼할 때 쓸 스타킹 양말이 있었고

몇 천원 아끼겠다고 그걸 신고 영정사진에 절을 하는데

스타킹 올이 나간 걸 본 상주와 연출이 빵 터졌다

조문을 마치고 밥을 먹는데

연출: 아니, 지민 씨. 그 양말 뭐야~ 나 웃겨 디지는 줄 알았어.

나: 미안해요. 제가 좀 심했죠. 다음번에 안 그럴게요.

연출: 그러면 누가 또 죽어야 하나?

다 같이 깔깔깔

장례식장에선 발바닥까지 예의를 지켜야 하는 법

512

〈십수 년 전 할로윈을 맞이하여〉

나: 소간을 먹겠소.

사장: 야, 그거 대박이다. 먹어!

나: 2부 두 번 해야 하니 두 개를 준비해두시오.

〈할로윈 쇼 당일〉

직원: 지민 씨, 소간이 도착했어요. 주방에 가보세요.

아이스박스 뚜껑을 열자마자 출렁이며 튕겨 나온 큰 배게 사이즈만 한 소간 실물에 기절

난 그저 한 입 베어 먹을 간이 필요했을 뿐!

쇼 시간이 다가오고 일단 적당한 사이즈로 잘라 트레이에 싣고 무대로 이동

스테이크 써는 나이프로는 썰리기를 허용하지 않는 질기고 질긴 간 안 되겠다 싶어 손으로 갈기갈기 찢어 한 점을 입에 넣는 즉시 온 입창시로 번져 오는 비릿함

처음 겪는 알 수 없는 비릿함

토할 것 같고 미칠 것 같고 참다 참다 눈깔 뒤집고 간질 환자가 발작하는 모양새로 광기 서린 연기를 펼치며 최대한 역겹게 뱉는 척을 했다

그날 쇼는 세상 어디에도 없던 광란의 도가니 쇼였다 할로윈 때 참기름장도 없이 소간 먹은 년 있음 나와 보라 해

〈그다음 해〉

사장: 지민아, 간 쇼 그거 한 번 더 가자.

그 시발점으로 매년 할로윈 때 간 쇼를 했단 법 음악은 황병기 홍신자에 듣기만 해도 간 떨어지는 '미궁'이었다는 법

513

2009년, 이태원 크라운 호텔 버스 정류장에서 공항버스를 기다리다 남편한테 짐을 맡기고 황급히 화장실에 다녀오는데 막 버스가 출발했다

눈앞에서 사라지는 버스를 보는 게 믿기지 아니하여 어이하여 날 부르지 않았냐고 "비행기 놓치면 당신이 책임질 거야?" 마치 세상이 끝난 것처럼 소리를 질렀다.

웬 조선 끼순이에게 머리 노란 외국인이 당하고 있는 걸 호텔 로비에서 차를 마시던 외국인 객들이 힐끔힐끔 쳐다보았다

내 지랄 염병이 끝나고 남편은 내 여행 가방을 등에 매고

서서 꼬박 30분을 기다렸다

　3월 바람은 세찼고 나는 '그래 한번 해봐라' 하고 정류장 벤
치에 앉아 있었다

　아직도 그 생각하면 철없던 내가 미안하고 남편의 사랑은
그때나 지금이나 하염없었다는 생각에 마음이 저미어 오누나

　그런 그때 나는 왜 그랬을까라는 법

　514

아름다운 사람이 있었다

아름다운 집이 있었다

아름다운 결혼이 있었다

아름다운 인생이 있었다

아름다움이 기다리고 있는데 나만 모르고 있었다

그런 나는 그 안에 있다는 법

　515

골똘하게 저항하는

일용 노동 유목 무희

털 난 물고기 모어는

삶이 지루할 틈도 없이

경기도 양주시 장흥면 일영리에서

이 방방 저 방방

모호한 방식의 원소

요상하고 끼스러운 기호

생경스러운 어법들이 닿을 듯 말 듯

털 난 물고기는 털이 없고 끼는 제법 있다는 법

516

그토록 꿈꾸던 집으로 이사한 날

'지민아, 아빠 쓰러지셨다. 한 번만 더 쓰러지시면 진짜 끝이다. 빨리 누나 집으로 와라. 매형 차 타고 가자.'

나는 심장이 벌렁거리고 발이 안 떨어져서 정리하다 만 짐속에 앉아 울기만 했다

'누나, 도저히 못 가겠어. 일단 먼저 가. 내일 다시 연락할게.'

이렇게 좋은 날 아빠는 왜

그런 인생은 호사다마라는 법

517

얼마 전 만난 처자는 제주도에서 고등학교를 중퇴하고 서울로 상경했다

화가인 그녀의 집, 그녀의 방은 생활고의 고달픔이 덕지덕지 그려져 있었다

우사단에 위치한 옥탑방에서 하루하루 전쟁 같은 삶을 살

아가고 있는 그녀에게 물었다

　나: 행복하세요?

　그녀: (잠시 정적) 지금 당신과 함께하는 이 순간은 축복이
지만 삶은 저주예요.

　다시 물었다

　나: 언젠가 이 지옥 같은 세상을 벗어날 수 있겠지요?

　늘 환한 미소를 짓고 있던 그녀

　그런 부디 어디서든 행복해 주세요라는 법

　518

　20년 동안 이태원 화류계에서의 삶은

　한탄할 지옥이라 했을 때

　사람들은 그건 엄살이라고 했다

　내겐 지옥 네겐 엄살

　나는 이제 그만 찢어져야 하고 졸업하여야 한다는 법 조금
덜 고달픈 길을 걷고 싶다는 법

　519

　Walk on The Wild Side

　그럼에도 삶은 끊임없이 거친 길을 걸어야 한다는 법

520

'Both Side Now' 조니 미첼을 들으면 내 예술적 소양의 부족함에 절로 무릎이 꿇린다

그런 절대적 복종도 있는 법

521

원형탈모증으로 연신내 피부과 들락날락 8개월째

의사: 오늘이 모지민 님 뵙는 마지막 날이에요. 전 청량리에 개인 병원 오픈했는데 코로나 때문에 좆됐어요.

끼순: 네, 정말 좆같네요. 그럼에도 불구하고 번창하시길 빕니다.

의사: 오늘이 마지막이라니 너무 아쉽네요. 다른 의사분이 잘 챙겨주실 거예요.

끼순: 네, 저도 아쉬워요. 그리고 오늘 주사 존나 아팠어요.

그런 마지막 주사도 있는 법

522

낮은 곳에서 돈을 벌고 높은 곳에서 돈을 쓰는 사람

높은 곳에서 빵꾸 나고 낮은 곳에서 메꾸는 사람

그런 비빌 언덕과 쓰는 언덕은 따로 있는 법

523

무등산에서 온 남정네와 유달산에서 온 끼순이와

파타고니아를 입은 남정네와 파타고니아가 하나도 없는
끼순이와

과메기의 보드라운 속살과 입 안에서 터지는 비릿한 향과

육회탕탕이 참기름의 고소함과 노른자의 노르스름함과

벌건 육회의 스르르 녹음과 미끌미끌 미끄러지는 낙지와

부어라 소주와 마셔라 맥주와

주워 담는 너와 말로 다하는 나와

친절한 결제와 처음이자 마지막일 배웅과

그런 전라도 산의 만남도 있는 법

524

Mountain is mountain, Water is water

Fish is fish, Meat is meat

More is more, More is human and Human is……

그런 법

525

어느 깊은 가을밤, 잠에서 깨어난 제자가 울고 있었다.

그 모습을 본 스승이 기이하게 여겨 제자에게 물었다.

"무서운 꿈을 꾸었느냐?"

"아닙니다."

"슬픈 꿈을 꾸었느냐?"

"아닙니다. 달콤한 꿈을 꾸었습니다."

"그런데 왜 그리 슬피 우느냐?"

제자는 흐르는 눈물을 닦아내며 나지막이 말했다.

"그 꿈은 이루어질 수 없기 때문입니다."

― 김지운의 영화 〈달콤한 인생〉 중에서

526

어느세월 가시밭에 어느세월 가시레에

어느세월 가시리에 어느세월 가시노니

어느세월 가시나니 어느세월 어서어서

어느세월 미미하게 어느세월 지리지리

어느세월 바작바작 어느세월 오시옵고

어느세월 임진각에 어느세월 임자만나

어느세월 번갯불에 어느세월 콩깍지가

어느세월 처량탈락 어느세월 노는아집

어느세월 그날따라 어느세월 손을잡고

어느세월 인연인지 어느세월 사랑인지

어느세월 그리하여 어느세월 다행이야

어느세월 나를만나 어느세월 입을열어

어느세월 사랑이야 어느세월 말할테야

어느세월 토정비결 어느세월 천생연분

어느새월 불지피고 어느세월 삼신할매

어느세월 버선발에 어느세월 마실나와

어느세월 전입신고 어느세월 집을짓고

어느세월 가족이야 어느세월 생시인지

어느세월 무어인지 어느세월 터전이고

어느세월 화목이야 어느세월 염병돌아

어느세월 역병나서 어느세월 가시옵고

어느세월 암행어사 어느세월 출동이야

어느세월 한이많고 어느세월 절실하여

어느세월 주저앉아 어느세월 엄살이야

어느세월 무슨수로 어느세월 무슨돈을

어느세월 무슨소용 어느세월 주접떨다

어느세월 그러려니 어느세월 무뎌질꼬

어느세월 월출산에 어느세월 날밝은밤

어느세월 다시당신 어느세월 다시알고

어느세월 그렇다면 어느세월 신세한탄

어느세월 나는말야 어느세월 당최억울

어느세월 이년속을 어느세월 누가알든

어느세월 누가보든 어느세월 부질없어

어느세월 비구하다 어느세월 머리길고

어느세월 보시하다 어느세월 보살이야

어느세월 중도하차 어느세월 삭발이야

어느세월 너는말야 어느세월 애를써서

어느세월 재산탕진 어느세월 너는너라

어느세월 나는포기 어느세월 집도절도

어느세월 하다못해 어느세월 흙수저야

어느세월 불법체류 어느세월 고향떠나

어느세월 난민인가 어느세월 천년만년

어느세월 구천십천 어느세월 이방되어

어느세월 이해타산 어느세월 김부자야

어느세월 빛의석양 어느세월 안식년에

어느세월 노년이야 어느세월 생채기로

어느세월 나을쏘냐 어느세월 너는기부

어느세월 나는과부 어느세월 이억만리

어느세월 삼천포네 어느세월 에미나이

어느세월 염병천병 어느세월 부끄럽고

어느세월 철판이라 어느세월 어쩔쏘냐

어느세월 찢어지다 어느세월 치욕하고

어느세월 욕창이야 어느세월 구더기에

어느세월 문드러져 어느세월 썩지않고

어느세월 운송번호 어느세월 잠이올까

어느세월 백골영면 어느세월 황천이야

어느세월 세월타령 어느세월 팔자타령

어느세월 설마설마 어느세월 하다하다

어느세월 이말저말 어느세월 이래저래

어느세월 이만저만 어느세월 대답없는

어느세월 답을얻고 어느세월 너나나너

어느세월 나너너나 어느세월 우리이고

어느세월 투게더야 어느세월 하염이고

어느세월 숙자말자 어느세월 이자세자

어느세월 노나부자 어느세월 가난팔아

어느세월 이판사판 어느세월 있고없고

어느세월 없고말고 어느세월 됐다고봐

어느세월 울고불고 어느세월 이년저년

어느세월 성실이고 어느세월 상실이야

어느세월 대체대체 어느세월 사랑이라

어느세월 인생이라 어느세월 그런거야

어느세월 이렇다고 어느세월 갈게없고

어느세월 살게없다 어느세월 너는죽고

어느세월 나는없다 니미시발 말이많아

어느세월 말해모해 어느세월 말이라도

어느세월 말말따나 어느세월 말해다오

세월아 네월아 기어서 가거라

세월아 저월아 달려가 가거라

그래서 세월아 알다가 묻다가
그러면 세월아 섰거든 가거든
세월아 하염아 하염아 세월아
싸그리 바그리 보거라 돌거라
세월아 야속아 인색아 인생아
말마라 인간아 붉거라 시간아
오롯이 미련아 어느새 저만치
살피어 놀다가 모르게 토껴라
세월아 팔월아 잊고날 날라라
비웃고 삐치다 추움을 향하다
추어라 태양아 참아나 보다가
깨져라 파도야 차오른 달빛에
물기른 물길을 부어라 욕심에
채우다 비어진 버려진 어귀에
낯익고 낯설은 섣불다 오늘엔
다음에 어제엔 놀려서 눌러진
떼다가 붙다가 살다가 숨다가
네게서 몸부림 내게서 억눌림
웃다가 울다가 밥인지 죽인지
너인지 나인지 누구도 너무도
의무도 아무도 탄생도 지옥도
시작과 끝이라 비친듯 미친듯

속절인 속절로 세속인 속세로

세월아 세월님 네월아 네월님

언세월 먼세월 오지게 비껴라

모질게 버려라 사랑아 그래라

인생아 그래라 세월아 그래라

차라리 차라라 라라라 냐하하

그런 나는 어느 세월에 사냐는 법

527

1. 당신은 누구인가요?

털 난 물고기에서 구더기로 사는 사람.

2. 어떤 죽음이었는지, 당신의 마지막을 묘사해주세요.

하늘의 뜻을 안다는 지천명. 귀신이 머리끄덩이 잡으러 옴.

3. 당신이 누워 있는 관의 모양과 재질을 알려주세요. 그리
고 그 안에 넣어주었으면 하는 물건이 있다면 무엇인가요?

핑크색으로 된 이태리 대리석. 조니 미첼의 〈Blue〉와 〈Hejira〉
바이닐.

4. 장례식을 마치고 당신은 어떤 장례를 치루게 되나요?

남편의 페나 뼈 혹은 낭심에 고이 삽입해주시오.

5. 당신의 장례식에 참석한 사람은 누구인가요? 특히 가장 슬퍼하는 사람은 누구인가요?

'참석자'는 키우는 고양이 모모와 남편.

'슬퍼하는 사람'은 그 무엇에도 큰 의미를 두지 않는 그들이라 그냥 일상으로 받아들일 듯.

6. 예술가로 살며 가장 기억에 남는 순간을 알려주세요.

2017년 5월 24일 장미가 흐드러지게 핀 한강에서 5월의 신부가 됐던 날.

7. 끝내 이루지 못해 후회가 남는 무언가가 있나요?

발레리나가 되지 못한 것.

8. 당신은 죽었지만 사람들에게 어떤 예술가로 기억되기를 바라나요?

변방에서 끼 떠느라 애쓴 사람.

9. 만약 환생이라는 것이 있다면 무엇으로 태어나고 싶은가요?

No 毛魚!

10. 가는 길이 외롭지 않게 길동무를 마련해드리겠습니다.

저승으로 데려가고 싶은 사람은 누구인가요? 실명과 이유를 말해주세요.

인간은 알몸으로 나서 혼자 가야지. 가는 길마저도 비위 맞춰가며 이랬네 저랬네…… 기력도 없어 죽겠는데 말 섞어야 하고 이만저만 피곤할 듯. 대신 루부탱 힐을 신고 엘레강스하게 걸어가리. 그럼에도 불구하고 꼭 한 명을 꼽아야 한다면 바깥양반 예브게니 슈테판! 이유는 내가 간 길을 기억해서 잘 찾아와주었으면. 그리하여 남편이 죽은 후에 저승에서 부부 랑데부.

11. 끝으로 남은 이들을 위해 유언을 말해달라.
〈나는 없었다.〉

그런 나의 사심 없는 유언장이라는 법

528
이제 저는 쓸 만큼 썼으니 힘을 내어 마트에 광천김을 사러 가려고요
아무쪼록 김처럼 바삭하게 살아가자고요
바삭바삭한 저녁을 짓고 바작바작한 삶이 되자는 법

529

"그런데 지민 씨 왜 이렇게 살이 빠졌어요? 어디 아파요?"

아니, 양호해요.

"어디 아픈 것 같은데?"

아니, 괜찮다니까요.

"근데 살이 왜……? 빠졌어?"

저는 모르는 일이고요, 살 안 빠졌고요, 멀쩡해요

입버릇처럼 왜 살 빠졌냐고 묻는 것도 폭력이라는 걸

이제 제발 좀 알아야 한다는 법

530

행복한 사람은 깨끗한 옷을 입고

슬픈 사람은 때 탄 옷을 입고

가난한 사람은 옷이 해지고

부유한 사람은 옷을 버리고

뭣 모르고 태어난 사람은 그 옷을 주워 입고

아름다운 사람은 아름다운 말을 뱉고

평범한 사람은 그저 일상을 살고

못난 사람은 신세 한탄만 하고

다른 사람은 다른 행동을 하고

조금 더 다른 사람은 돌을 맞고

너무 다른 사람은 모퉁이에서 애를 쓰고 심심한 사람은 텔

레비전을 보고

그 텔레비전에서는 별거 없이 날이 새고

거짓부렁이들은 사기 행각을 벌이다 뉴스에 잡히고

그 뉴스에 출연한 자들은 더 위험한 사건을 야기하고

이웃 나라에서는 전쟁을 준비하고

목숨을 걸고 그 전쟁 통 속으로 들어가는 사람이 있고

그 피에 희열된 사람이 있고

그 바다에 둥둥 떠다니는 사람이 있고

그 웃음에 세상 하직한 사람이 있고

총을 겨누고 하루를 피같이 사는 사람이 있고

저만 살겠다고 총을 팔아 치운 사람이 있고

피같이 아끼는 자식을 걱정하는 사람이 있고

사랑한다는 말도 못 하는 인색한 자식새끼들이 있고

세상만사 불 보듯 불구경하는 사람이 있고

만사삼사 귀찮아서 그 하루에 없는 사람이 있고

생각만 하다 늙어버린 사람이 있고

보고만 있다 진 하루가 있고

다시 못 볼 내일이 있고

다시 오지 않을 우리가 있고

살고 싶은 사람, 삶의 무게에 깔려 죽은 사람

심장이 없는 사람, 심장이 달아오른 사람

꿈을 꾸는 사람, 그 꿈을 꾸짖는 사람

등을 떠미는 사람, 그럴 수밖에 없는 사람

비에 젖은 사람, 그 비를 매시랍게 피한 사람

눈에 넣어도 안 아픈 모모, 나보다 짧은 생을 살다 갈 모모

피를 쪽쪽 빨아 먹는 사랑, 거머리만도 못한 사랑

붙어 있으면 속이 타고 떼고 나면 피가 나고

그 개 같은 운명에서 해를 보는 사람

남 탓할 수 없는 선택에 백기를 든 사람

우울한 편지를 쓴 사람, 그 편지를 읽다 잠에 든 사람

집이 없는 사람, 나라 없는 사람

내가 없는 사람, 사람 없는 사람

속이 터진 사람, 속을 여미는 사람

속없이 침 흘리며 자는 사람, 자다 일어나 글을 쓰는 사람

그 글을 뜯어고치다 휴지통에 넣는 사람, 그 미련을 태우지
못하고 쟁여둔 사람

아침 일찍 우물가를 찾은 사람, 물 한 모금 축이고 하루를
시작한 사람

가야 하는 충동을 느낀 사람, 무심코 가버린 사람

남아 있는 사람, 없는 사람의 숨까지 쉬는 사람

밥을 짓는 사람, 밥을 차려 먹고 구덕구덕 사는 사람

그런 사람은 다 사람이라는 법

531

모어 님, 당신은 고난과 역경을 뚫고 온 사람 같아요

그래서 당신을 보자마자 눈물이 왈칵 쏟아졌어요

내 공연을 본 어느 관객이 던진 말이라는 법

살까시에 박힌 이 말로 흠뻑 젖은 털을 곱게 빗질하며

깨끗하게 살아가고 있다는 법

532

어린 시절의 오후를 몇 번이나 기억할까

아빠의 목소리를 몇 번이나 더 들을 수 있을까

엄마가 지은 밥을 몇 번이나 더 먹을 수 있을까

몇 번이나 더 조니 미첼을 들으며 잠에 들고

모모가 부르는 소리에 깰 수 있을까

당신의 얼굴을 얼마나 더 만지고

밤하늘에 수놓아진 별을 얼마나 더 볼 수 있을까

모든 게 무한대일지도 모른다

어떤 일들은 번득 일어나기도 하고,

잠자코 누워 있기도 한다

나는 살아도 구더기이고 죽어도 구더기이다

그런 구더기도 사는 일에는 연습이 필요한 법

533

지민아, 이만하면 쓰겠다.

― 엄마

534

끼순아, 애썼다.

― 모모

535

You make the world more beautiful.

― 남편

해피 뉴욕 타임스

　바야흐로 서기 2019년 6월. 뉴욕에서 열리는 스톤월 항쟁 50주년 기념 공연에 초대되었다. 알파치노, 로버트 드니로 등의 전설이 모조리 다녀간 맨해튼 이스트 빌리지 중심가에 위치한 60년 전통의 유서 깊은 라 마마 실험극장La MaMa Experimental Theater Club! 서울은 퀴어 퍼레이드 20주년을 맞았고 6월 한 달은 전 세계가 월드 프라이드로 빨갛고 노랗고 파랗고, 여섯 개의 레인보우 컬러 깃발이 미처 날뛰는 달. 내친김에 집 커튼도 무지개색으로 바꾸고 동네 시장에 가서 무지개떡을 사 먹었다. 공연 워킹 비자를 받으러 가는 날엔 미국 대사관 빌딩 외벽에 걸린 레인보우 깃발을 보고 '미국 역시 세련이다'란 생각이 들었다. 작년 연말, 스무 해 동안 내가 여기저기서 애쓰는 모습을 본 공연 관계자한테서 러브 콜을 받았다.

"지민 씨, 근데 저희 공연 환경이 좀 열악해서 산 넘고 바다 건너는 험난한 여정일 수 있는데 괜찮으시겠어요? 스톤월 항쟁 50주년 기념으로 초대받아서 가는 아름다운 일이긴 하나 한국도 아닌 뉴욕에서 이만저만한 공연 운행 컨디션을 견디기가 쉽지 않을 수 있는데…… 하다못해 짐도 스스로 날라야 할 수도 있고요."

"아니요, 너무 괜찮고요. 그 고생길에 동행하겠습니다. 우리 함께 찢어져 보시죠."

나의 꿈과 무대는 지하 단칸방에서 초고층 엠파이어 스테이트 빌딩으로 이사하게 되었다. 10년 전에도 뉴욕 공연의 기회가 주어졌지만 회사의 삽질로 무산된 것이 천추의 한이었거늘 이번엔 도가니가 파괴되는 사건이 있더라도 꼭 해야만 하는 공연이었다. 그 영광 누리기 위해 여태 버텨왔거늘 지금이 아니면 또 10년을 기다려야 할 수도 있다. 내 인생 2막의 문이 활짝 웃으며 무지개 깃발이 펄럭였다.

인생 참 알 수 없다. 아무리 애를 써도 틀어지는 일이 부지기수이고 신은 그저 내 갈 길을 고이 인도해주시니 살다 보면 옳고 그른 소식에 덩실덩실 신명 나게 춤을 추는 날이 온다.

스톤월 항쟁 50주년, 월드 프라이드, 뉴욕.
말해모해?

뉴욕으로 출발하기 전, 나의 아이돌 〈헤드윅〉의 존 캐머런 미첼에게 공연 소식을 전했다. 거두절미 자기 집 비어 있으니 막 쓰라며! 난 그냥 공연 소식을 전하고자 했을 뿐. 존은 내가 말하지 않아도 척하면 척, 백인 무당임이 틀림없다. 미국 무당과 한국 무당의 뉴욕 랑데부 소식에 맨해튼의 컬러풀한 사이렌 소리가 '어여 오라' 하고 요동쳤다.

이윽고 라 마마 홈페이지에 〈13 fruitcakes〉 공연 소개가 게시되었고 티켓 예매 사이트에 내 사진이 올라갔으며 〈뉴욕 타임스〉에도 기사가 떴다. 말로만 듣던 〈뉴욕 타임스〉에 나도 실려보았다는 얘기다.

5월

한 달은 살인적인 스케줄을 감행해야 하는 사지 절단의 달이었다. 그 무엇 하나 온전히 집중할 수가 없었고 막바지엔 체력 고갈로 열의를 다하지 못했다. 이 빠진 톱니바퀴인 양 제대로 굴러가지 못한 채 시간은 잘도 갔다.

6월 1일

시청에서 열리는 서울 퀴어문화축제 20주년 퍼레이드에 가서 끼를 떨고 다음 날 새벽까지 이어진 파티에서 공연을 하고 마저 아작 났다. 하염없이 힘에 부치는 나날이었다. 뉴욕으로 입국하는 일도 결코 녹록치 않았다.

6월 7일

비행시간 총 14시간.

서울에서 분명 아침 6시에 집을 나섰는데 도착한 JFK 공항은 또 다른 세상의 아침이었다. 혼미한 정신 상태로 무려 3시간을 걸쳐서야 입국 심사를 마치고 마지막 목적지 라 마마 실험극장에 도착! 문 앞에 걸린 〈13 fruitcakes〉 공연 홍보 포스터가 나와 일행을 맞이했다. 극장 관계자가 내려와 1층에서부터 우리가 묵을 4층 도미토리까지 싹싹하게 안내해주었다. 극장 무대를 보자마자 거룩하게 솟구치는 역사의 흔적에 피로가 사그라들었다. 로비에는 〈13 fruitcakes〉를 알리는 공연 포스터가 곳곳에 걸려 있고 6월 라 마마 스케줄 프로그램북에도 내사진이 메인으로 실린 걸 보고서야 뉴욕의, 라 마마의 환대에 이 모든 현상이 다 현실이란 게 실감 났다. 어렸을 때, 무용 연습실과 공연장에 들어서면 여지없이 맡게 되었던 그 특유의 냄새가 있다. 평생토록 그 냄새는 코끝에서 얼씬거리는데 뉴욕에서 맡는 그것은 어찌 형용할 길이 없고 당장 저곳에 몸을 뻗어 월트 휘트먼의 〈To a Stranger〉를 부르고 싶었다.

〈13 fruitcakes〉는 역사 속의 성 소수자 오스카 와일드, 아르튀르 랭보, 거트루드 스타인, 샬럿 뮤 등의 글에 안병구 연출이 각본을 맡았고 이지혜 작곡가가 곡을 붙였다. 총 13인의 인물이 등장하고 나는 버지니아 울프가 쓴 소설 《올랜도》의

'올랜도' 역할을 맡았다. 차이콥스키 신에서는 발레 토슈즈를 신은 흑조가, 장 칼뱅 신에서는 빨강 하이힐을 신은 예수가 혜공왕 신에서는 드래그 자작나무가 되어! 결국 난 서울에서나 뉴욕에서나 인간이 되지 못한 채로 이 사회 어디에도 속하기 애매한 털 난 물고기 모어! 그저 나인 채로 서게 된 오페라 형식의 뮤지컬 〈13 fruitcakes〉! 총 열세 곡 중 열두 곡은 외국어로 된 위인들의 글에 이지혜 작곡가가 곡을 붙였고 그중 버지니아 울프를 위해 쓴 유일한 한국어 가사를 내 이 고운 두 손으로 직접 쓰게 되었으니 이 또한 역사!

*

하염없이 피가

지독한 불면이 갉아먹은 아침 꽃을 사러 가

밤새 물고 있었던 담배만큼이나 하늘은 잿빛

내가 유배당한 적막을 벗어나 도시로 가고 싶어

네게 닿지 못하는 페이지 위에 번지는 핏빛

언젠가 여기 지옥을 벗어나 고요하리

하염없는 모래바람 소리

환청일까 너일까

강물 위로 피가 하염없이

피가 피가

당신은 날 사랑한다고 말하는데

당신은 날 사랑한다고

하염없이 피가

하염없이 피가

내 손을 잡아주오, 내 소설 속의 연인이여

*

도착하자마자 연습에 투입됐고 정신이 하나도 없는 미친 뉴욕 뉴욕. 공연 전날 12일 존의 집에 들이닥쳤다. 그의 집 문에 들어서 그를 마주한 순간까지 모든 것이 새빨간 거짓말 같았다. 존은 아직 발매도 안 된 〈헤드윅〉 블루레이 한정반을 선물해주었고 나는 라면, 김, 햇반, 아이크림, 연양갱을 선물했다. 우린 아주 짧은 시간의 대화를 주고받고 존은 영화제 가는 길이라 공항으로 부랴부랴 떠났다. 〈섹스 앤 더 시티〉의 캐리가 살던 웨스트 빌리지. 집은 아기자기한 소품들로 가득한 〈헤드윅〉 공연장에 와 있는 기분이 들었다. 뉴욕 라 마마 극장에서의 공연도 엔간한 뉴스이지만 할리우드 스타의 집에 자본 사람 또 누가 있겠냐 싶어 의기가 당당으로 우뚝 솟은 날이었다.

끝이 없을 것만 같은 리허설을 걸쳐 운명의 6월 13일. 〈13 fruitcakes〉은 등장인물 13인, 총 13장의 신, 공연 날마저 13일! 이건 그냥 잘될 수밖에 없는 공연이었다.

공연 전, 라 마마에서 인터뷰를 요청해왔다. 특별히 극장 아카이브에 가볼 수 있었는데 60년 전통이 고스란히 숨을 쉬고 있었다. 그들이 던진 여섯 개의 질문 중 '한국 드래그 신 scene은 어떠냐'는 물음에 요즈음은 내 옆집 사람도 드래그일 정도다, 드래그가 넘쳐난다, 끼를 집에 처박아두기 힘들어 다들 밖으로 기어나왔다고 했다.

"첫공 화이팅!"을 외치고 관객이 입장하는 동안 나는 4백 년을 살다 간 올란도가 되어 무대 안에서 즉흥으로 분장을 하고 옷을 갈아입고 끼를 떨며 관객을 맞이했다. 비로소 오후 8시 공연의 서막이 열렸다.

지나치는 낯선 이여
내가 이토록 간절히 바라보고 있음을
당신은 모른다
당신은 내가 찾던 그
혹은 내가 찾던 그녀로
나에게 다가온다
꿈처럼
— 월트 휘트먼, 〈To a Stranger〉

공연 후 라 마마에서 축하의 의미로 열어준 리셉션에서 마시지도 못하는 와인을 한 잔 삼키고 사람들은 좋았다, 축하한다, 하는데 어쩐지 공허함으로 축제의 분위기에 젖어 들지 못했다. 산모가 열 달 동안 배에 아이를 잉태하다 내놓은 자식에 혼절한 기분과는 비할 바는 아니지만 언제나 그렇듯 내가 그동안 해온 이 모든 무형의 것들에서 행복하거나 자유롭지 않은 것 같았다. 미지의 블랙박스, 무에서 유로 뚝딱, 사람들의 눈과 내 기억 속에만 존재하는 것들. 절대 만지거나 소유할 수 없는 한시적인 것들. 떠나간 옛 연인처럼 그리워해야 하는 사랑. 영원으로 건너간 친구처럼 다시 만날 수 없는 사람. 이 허무한 감정에서 도망치려 존의 집으로 뛰쳐나가려는데 동료 배우 기현이 "형, 피곤하지 않으세요? 오늘은 그냥 여기서 주무시지 그래요" 하고 말을 건넸다. "아니. 나 좀 혼자 있고 싶어서."

때마침 비가 억수로 쏟아지고 온몸으로 뉴욕의 장대비를 맞으며 꼬박 30분을 걸어 존의 집에 당도했다. 그의 오디오에 있는 카세트테이프를 틀고 욕조에 뜨거운 물을 받아 노곤한 몸을 담궜다. 이 역사적인 날의 그 모든 영광과 갈채와 환호는 온데간데없이 '나는 왜 없을까'란 질문만 던지며 별일 없이 잠에 들었다.

다음 날 정오

극장에 가기 전에 스톤월 메모리얼을 찾았다. 아픈 역사를 등지고 피어난 알록달록한 꽃망울. 꽃들은 과거를 캐묻지 않고 온전히 수려한 모습으로 피어 있었다. 나직하게 앉아 있는 사람들 사이로 유유한 정적이 흐르고 시간은 낮은 걸음으로 걸어가고 있다. 철문, 레인보우 깃발, 꽃, 죽은 자와 살아가는 자들. 그때 한 백인 남성이 무지개 색으로 칠해진 피아노 건반을 두들긴다. 지금 여기 살아있는 자신과 세상과 몹쓸 과거와 현재와 미래와 이역만리에서 날아 온 나에게로 연주해주는 것만 같았다. 어떤 일이 벌어지기까지는 고된 여정이지만 끄트머리는 참으로 달다는 생각을 했다. 어쩌면 그 끝의 달콤함을 맛보기 위해 매번 비포장도로를 걷는 일의 무한 반복. 구구절절한 기억은 명징한 피아노 선율에 날개를 달고 날아갔다.

뉴욕에 머무르는 동안 미첼은 하루가 멀다 하고 나를 곳곳에 초대했다. 하루는 프라이드 테이블에 초대해주었는데 타임스 스퀘어에서 찍은 내 발레 사진을 그곳 사람들에게 일일이 보여주며 한국에서 온 끼순이를 치켜세워주었다. 존이 날 진심으로 자랑스러워하는 것에 가슴이 뭉클해졌다. 늦은 저녁, 플러싱 숙소로 돌아가는 전철역까지 동행하며 나를 배웅해주었다. 난 감사한 마음을 담아 "Thank You"라고밖에 할 수 없었다.

"존, 난 지금 뼈가 시려워 죽을 것 같아. 나는 없는데 나 좀 만져줄 수 있어?"

"Oh, come on, darling. 넌 방금 애를 낳았을 뿐이야."

한국으로 돌아오기 일주일 전, 코니아일랜드로 가는 길에 존에게서 문자가 왔다. 타운 홀에서 열리는 〈John Cameron Mitchell&Stephen Trask, The Origin of Love〉 월드 프라이드 투어를 함께하자고 했다. "내가 지금 하고 있는 팟캐스트 ANTHEM의 'The End of Love'라는 곡인데 네가 이 음악에 춤을 추었으면 해." 전철 안으로 들어온 6월의 끝자락 햇볕이 뜨겁게 가슴을 적셨다.

라 마마에서의 공연 후 일부 배우들은 한국으로 돌아갔다. 비자 완료되는 날까지 버티겠다고 한 나의 뜻과 존의 선견지명과 천지신명의 뜻이 다 삼위일체인 것일까. 처음부터 모든 일은 완벽하게 구색을 맞춰 놓았는데 그 시간이 오기 전까지 나만 눈치채지 못했던 것일까. 그 운명에 감사하며 한 달간 이역만리 타지에서 끼 떠느라 방전된 체력을 다시 끌어올렸다. 한인 민박집 부엌에서 땀 뻘뻘 안무를 쥐어짜는데 친절한 미망인 주인장 힘내라며 오징어찌개 끓여주시는데 그 매콤한 밥 한 끼에 노곤한 몸이 풀리고 제법 힘이 났다. 타운 홀은 말로만 듣던 브로드웨이가 아니던가.

나의 뉴욕 투어는 끝이 아니라 시작이었다. 빌리 홀리데이, 니나 시몬, 사라 본, 밥 딜런, 주디 콜린스, 레너드 코헨, 셀린 디옹, 엘비스 코스텔로, 메리앤 페이스풀, 오프라 윈프리, 휘트니 휴스턴 등등 일일이 나열하자니 입이 아픈 타운 홀! 나도 그곳에 존과 함께 발을 담근다니. 인생 어화둥둥 내 사랑 아름답기 그지없어라. 서울의 끼순이, 뉴욕의 브로드웨이 종횡무진하다……

6월 27일

헤드윅 〈The Origin of Love〉 투어!

세계 각국에서 모인 사람들과 텔레비전에서나 보던 할리우드 스타들

그리고

미드나이트 라디오에 나오는 발레리나인 나와

헤드윅에서

한 인간으로 돌아와 이별에 아파하는

존이 부르는 'The End of Love'에 하나 되어 나빌레라~

나의 존재가 무엇인가 도움이 되었으면

나의 존재가 어디엔가 머물러 주었으면

살다 보면

월드 투어를 갈 수 있고
월드 프라이드를 볼 수 있고
우상과 나란히 무대에 설 수 있고
그의 집을 무상으로 쓸 수 있고
갈채를 받을 수 있고
기립을 받을 수 있고
당신을 만날 수 있고
당신의 미소를 볼 수 있고
기억할 수 있고
기억될 수 있고

2019년 6월 1일 / 서울 시청

퀴어 퍼레이드 현장 사진. 동성애를 반대하는 시위대 앞을 행진하고 있다.

2018년 7월 15일 / 서울 시청

네덜란드 작가진이 기획한 〈Amsterdam Rainbow Dress in Seoul〉. 아시아 첫 번째 모델로서
75개국 국기로 만든 드레스를 착용했다.

2020년 4월 5일 / 김세호 스튜디오

스튜디오 화보 촬영 후, 벚꽃이 한창인 곳에서 영화 〈모어〉 촬영을 계속했다.

2020년 7월 11일 / 국립현대미술관

집채만 한 드래그 퀸 복장에서 튀튀로 환복하고 발레 무대에 서기 직전.

2017년 11월 23일 / 도쿄 AiSOTOPE Lounge

Rody Shima 작가로부터 이 사진을 받아 본 영화감독이 나를 찾아왔다.

2021년 4월 25일 / 연남동
수백 장의 마스크로 드레스를 만들어 모어 아카이빙 북과 함께 선보일 영상을 찍은 날.
뒤따르던 꼬맹이가 엉덩이를 유심히 보고 있다.

2019년 6월 14일 / 뉴욕 타임스 스퀘어

스톤월 항쟁 50주년으로 초청받은 〈13 fruitcakes〉 공연 직후. 영화 〈모어〉 촬영 장면을
이탈리아 작가가 담았다.

2020년 10월 22일 / 아르코 예술극장

2020 SPAF 서울국제공연예술제에 참여했다. 차이콥스키 신에서 흑조로 분해 춤추는 순간을 모지웅이 담았다.

2020년 7월 11일 / 국립현대미술관

MMCA에서 드래그 퀸으로는 처음으로 한 시간 솔로 퍼포먼스를 한 날.

같은 날 / 같은 장소

이날 라이브 실황은 유튜브로 생중계되었다.

사진 右

2017년 5월 24일 / 한강

나는 5월의 신부가 되었다.

3부

사랑으로 하염없이

우리 무덤을 이고 사는

2020년 당신에게서 살았고 2021년 당신으로부터 살아가고 우리가 부대낀 세월도 스물 하고도 두 해이고 이제 스물하고 셋이 되었고요. 나는 며칠 후면 죽을 사 자 두 개가 되고 당신은 하늘의 뜻을 안다는 지천명을 넘어서고요. 스물두 해전, 당신의 머리를 처음 둥그렇게 밀어주고는 한없이 아름다운 사람이란 생각을 했어요. 그때 썼던 바리깡의 나이도 의젓한 스무 살 청년이 되었고요.

한결같은 모습으로 늙어가는 변치 않는 성실함이 좋아요. 당신은 수염으로 덥수룩한 몸뚱이에 허투루 사치를 부린 적이 없고 내가 주어 주는 대로 입고, 내가 지어 짓는 대로 먹고, 내가 하는 행동이나 말에 성가신 토를 달지 않고, 가끔은 아니라고 해도 될 터인데, 그저 웃고 있는 게 진심이란 걸 잘 알다마다요.

그런데 그간 부정을 마다한 것들에서 참말로 멀쩡한가요.

당신은 무뎌터졌고 나는 세상의 모든 예민을 다 짊어온 유난스러운 삶이에요. 자고 있는 당신의 둥그런 머리통을 만지며 어렸을 때 뛰놀던 동산에서의 무덤을 생각해요. 짙은 녹색이던 잔디도 계절이 지나면 색이 죽고 봄이 되면 파릇한 새 생명의 색으로 돋아나요. 그 동산에는 절망도 불면도 없이 철모르는 웃음만 가득했어요. 노년에는 다시 그 유년의 흙으로 돌아가 뒹굴며 살아가고 싶어요.

죽는 날까지 우리에게 허락된 꼭 그만큼의 시간이요. 당신의 머리카락도 서리가 내린 지 오래되었네요. 그 변해가는 색에서 우리가 지내온 세월을 느껴요. 막 청춘을 관통해 돼지머리처럼 눌린 세월, 자고 있는 당신의 무덤에 다리를 뻗고 시끄럽게 가동되는 코에 너저분한 발을 올리면, 헐떡이 벌떡이 다시 꿈속으로 도망치는 태평한 당신. 그저 꿈속이기만 한 당신이 한없이 부러웁고 흔해빠진 불면의 내 삶과 조금 바꿔주었으면 좋겠고. 당신의 숨소리를 들으며 음악을 듣기도 책을 읽기도 모모를 안고 겨우 잠에 들고요.

어찌하여 이 넓은 세상에서 만나게 됐고 한구석도 닮지 않은 우리가 여적 잘 버티고 있는 것에 놀랍고 감사하고요. 그래서 사랑은 논리적으로는 설명할 수 없는, 결코 알 수 없는 힘을 가졌다는 확신이 들어요.

이제 그 이유를 발톱의 때만큼은 알 것 같아요.

매일같이 버스 정류장에서 포옹을 하고 당신이 창밖으로 근사하게 지어 보낸 미소를 가지고 하루를 살아요. 집에 돌아오다 우연히 골목에서 마주칠 때, 장을 보고 무거운 짐을 들어줄 때, 고양이를 데리고 산책을 시킬 때, 동네방네 어디서건 포켓몬스터를 잡는 데 꾸준한 당신. 그건 내가 아는 너무 흔한 우리들의 아름다운 일상의 한 쪼가리.

그런데 무슨 까닭으로 우린 남들 다 가진 운전면허증도 없는 부부가 되었을까요. 이건 소명인가요, 선택인가요, 아니면 단지 게으른 탓일까요. 인생은 운전하는 삶, 운전하지 않는 삶 두 가지가 있다는데 난 겁이 많고 의지박약에 당신은 운전은 매우 위험한 짓이라고 그래서 하지 않겠노라 못을 박았으니 어쨌거나 저쨌거나 주체적으로 살아가긴 글렀어요.

꿈에라도 당신이 별안간 부릉부릉 운전해서 동해로 남해로 데려다주는 낭만은 절대 벌어지지 않겠지요. 그건 어쩌면 다음 생에나 일어날 일일까요. 다음 생이 없다면 그건 애석한 한이네요. 그럼 어때요. 우리에겐 씩씩한 두 다리가 있는걸요. 나는 복식호흡하며 누구보다 빠른 걸음으로 잘도 걸어가요. 우린 노인이 되어서도 팔짱 끼고 버스로 전철로 마실 나가요. 그 아름다운 영상이 눈앞에 펼쳐지네요.

당신은 항상 내가 강하다고 했어요. 힘이 들 때면 그 말을 되새겨요. 그 말은 튼실한 나무가 되어 무성하게 자랐어요. 그런데 우리는 언제까지 서로를 바라볼 수 있을까요. 서로의 손을 잡고 입을 맞추고 안부를 묻고 문자로도 느껴지는 마음을 주고받고, 언제까지 당신이 내 이름을 부르는 따스한 소리를 들을 수 있을까요. 언제까지 당신의 짧은 머리카락과 바다처럼 깊고 파란 눈을 간직할 수 있을까요.

어린 나이에 만나서 중년이 된 내 안에 부처를 심고 가르쳐준 세계는 지금 내가 펼치는 세상에 거름이 되었고요. 당신은 내게 그 커다란 걸 주고는 그렇게나 무책임한 허튼을 이고 살아간다고요? 나는 이만큼 애가 타는데 당신이 가지지 못한 절박은 대체 몇 박 며칠인가요. 그 세월을 세다 마다 지쳐 나자빠졌어요. 내 심장에서 애끓는 절실을 어떻게 하면 당신의 가슴에 심어줄 수 있을까요. 그럴 수만 있다면 당장이라도 그 절실을 판다는 전 세계 어느 시장으로든 달려가서 조공해올게요. 아니면 혹여라도 당신이 고향 시베리아에 두고 왔다면 그래서 여태 제 주인을 못 만나 갈팡질팡이라면 제가 가서 가져올게요. 삶은 알 수 없는 방향으로만 달아나네요. 집도 절도 없이 억부로 지은 웃음만 가득하고 절박으로 포박된 채로 포도시 숨만 쉬고 있어요.

하루는 당신의 무덤에 불이 났어요. 그 불탄 무덤에서 애타게 기다리고 있어요. 어여 달려와서 당신의 심장에 불을 옮겨 지피고,

불탄 내 심장을 꺼내주세요.

아니마, 아니무스

여보

어디예요

너의 털 난 심장에 앉아 있어

욕창 같은 삶에
날개를 달아주어 고마워요
송충이는 솔잎을 먹고
끼순이는 끼를 부려 먹어요
우리 처음 장만한 밥솥
여적
밥을 짓고 피가 되고 살이 되고 끼니가 되고요
그 물건도 죽고 싶긴 매한가지일 거예요

여보

악취가 나나요?

아니야

아니나

아니마

아니무슨

아닌소리

넌 아름답게 살다 가야지

힘이 들면

항문을 조이고 코로 숨 쉬어야지

그런데 당최

실종된 기력에 더는 못 가겠는걸요

그럼 날개를 펴봐

당신은 담배를 피우시게요?

응

22만 개비

우린 100년을 살아야 하는데
포도시 22년이 지났네요
우리가 이토록 긴 여정을 함께할 거란 걸 혹여 알고 계셨
나요

아니야
아니마
아니무스
아니무슨
아닌소리

죽어서 장의사나 만질 비루한 몸뚱어리
장례 비용은 내가 낼 터이니
내 염은 호남형 근육맨으로다가 예약해주어요
관은 핑크색 대리석으로 짜주시고요
당신은 하염없이 포르말린으로서
나는 그 안에서도 너절한 춤을 출 거예요
끼스럽게 누워 있는 날 어사무사하게 그려줘요

우리가 부대낀 세월에서 피안의 강물이 흘러요

그 물에 내 시뻘건 부정을 씻겨줘요

없는 나는 나를 여간하게도 더럽혔어요

그런 없는 나는 죽어서도 용서받지 못할 거예요

죽어서도 부패되지 않을 죄

죽어서도 잠들지 않을 죄

죽어서도 풀리지 않을 죄

마지막으로 내게 영원한 안식을 선물해줘요

여보

당신은 그저 철없는 물고기나 많이 잡다 가시게요

우리 미련 없이 건너고

아삼아삼하게 랑데부하시게요

없는

나는

아직

그대

많이

사랑

합니다

아니야

아니마

아니무스

아니무슨

아닌소리

너는 있어

모모가 된 모모와

집에 돌아오면,

끼순아 돈은 많이 벌어 왔느냐
하루 종일 집 지키느라 힘이 들었다
대체 이 집구석은 쥐 한 마리 보이지 않고
여간 심심하구나
간식은 사 왔느냐
맛을 보자꾸나

모모는 추운 겨울, 보광동 언저리에서 만났다. 살면서 고양이를 눈여겨본 적이 없는 내 시선을 단숨에 납치한 모모. 너무 아름다워서 가던 길을 멈추고 한참을 주시했다.

아줌마   당장 데려가요. 아까 오후부터 슈퍼에 들락날락하는데 나는 아주 고양이 질색 팔색이라고.

끼순　왜죠?

우리(고양이와 나)는 하염없이 서로를 바라보았다.

끼순　너 참 아름답구나.

모모　알아.

끼순　반가워.

모모　나도 반가워.

끼순　왜 길에 나와 있어?

모모　난 길을 잃었어. 보광동에 날 찾는 끼순이가 있다고 해서 왔는데 그게 너로구나?

끼순　응, 내가 요즈음 적적해서. 근데 난 고양이를 좋아해본 적이 없는데 우리 괜찮을까?

모모　지금 그게 중요한 게 아니야. 우리의 이 역사적 만남이 중요한 거지. 일단 알겠고, 어여 나를 따스운 집으로 데려가주렴.

소복이 쌓인 눈을 가볍게 지르밟은 하얀 양말 신은 네발. 대퇴부에 채워진 가터벨트. 턱시도를 입은 신사. 〈아내의 유혹〉의 민소희 점을 꼭 빼닮은 코의 점. 천경자 그림에서 본 비얌의 눈. 알이 꽉 찬 붕알.

동행한 캣맘 친구에게 저 아이 내가 데려가겠다고 했다.

친구   진심이야?

끼순   응.

그때 지나가던 보광동 아저씨. 옛다 먹어라, 하고 자갈치 과자를 던져주었는데 모모는 냄새만 맡고 말았다.

친구   저 자식 곤조가 있네. 일단 내 작업실로 데려가 서 밥을 먹입시다.

끼순   귀레, 그러자.

데려가고 말겠다는 용단이 서자마자 왼팔로 스윽 안았다. 그때 벼락같은 번갯불이 쳤다. 내 품에서 안도의 한숨을 쉬는 모모. 냐하하!

나는 서툴렀지만 모모는 너무 익숙해 보였다. 꼭 자식을 품에 안는 기분이었다. 내 어미도 날 안을 때 이런 기분이었으려나. 그날은 겨울비가 보슬보슬 내렸다. 한참을 걸어 우사단로에 있는 친구 작업실에 도착했다. 친구는 길고양이들에게 주기 위해 간식과 사료를 항시 쟁여두고 있었는데 모모는 닭고기 캔을 통째로 조지고 어두컴컴한 차 밑에 들어가 숨었다.

친구   원래 고양이 잘 숨어요.

다시 한참을 기다렸다. 어떻게 해야 하나. 저대로 가버리려나. 녀석과 나와의 인연은 이게 다인 건가. 금방이라도 도망갈 듯하여 이러지도 저러지도 못하고 있는데,

모모   배도 채웠으니 이제 너희 집으로 가볼까나?

끼순   옳아.

집으로 오는 길에 병원에 들렀다. 의사는 신고된 건 없고 발정이 나서 집을 나온 것 같으니 일단 며칠을 두고 보라고 했다. 그때 의사가 추정한 모모의 나이는 세 살이었다. 모모를 꼬옥 안고 동네 한 바퀴 돌아 무사히 집으로 왔다. 라면 박스 안에 모래를 넣자마자 기다렸단 듯이 똥을 누었다.

끼순   악, 고양이 냄새. 근데 넌 참 깨끗하구나.

모모   난 샴푸도 엘라스틴을 써. 난 지조가 있고 격이 있어. 너와는 태생부터가 달라.

끼순   넌 꼬추에 금테를 둘렀나 보구나.

모모   말해모해.

그런데 발정 난 모모는 스프레이를 하고 괴성을 질러댔다.

병원에 데려가 발정을 잠재우고 샤워를 시키고 발톱도 깎아주었다. 이름은 내 성을 따서 '모모'라고 지어주었다. 우주에서 온 피조물, 전라도에서 온 끼순이. 우리는 그로부터 6년을 함께 지내고 있다.

모모   끼순아, 어여 오너라. 나는 너를 천년 동안 기다렸어.

끼순   그동안 어디서 뭐 했어?

모모   나는 없었어.

끼순   그럼 너는 뭐야?

모모   나는 너야.

수천수만 번을 돌고 돌아 나다 지다 환생해서 너에게로 왔어. 나는 물이었다가 바람이었다가 불이었다가 먼지였다가 너의 눈물이었다가 너의 아침이었다가 하루였다가. 나는 너의 탄생부터 지켜봐왔어.

끼순   그런데 왜 우린 알아보지 못했을까.

모모   나는 없었다고 말했잖니.

끼순   천년 동안?

모모   기레. 도무지 못 알아듣는구나. 입이 아프다.

끼순   미안, 내가 좀 의심이 많아서 그래.

모모　'좀'이 아니고 '매우'야. 확실히 해.

끼순　응, 알겠어. 이제라도 만나서 너무 다행이다. 나는 너를 기다렸어. 외로웠고 아팠어.

모모　신은 인간이 감당할 수 있을 만큼의 고통을 준단다.

끼순　그걸 네가 어떻게 알아?

모모　나는 너의 신이야.

끼순　헉! 냥르르르…….

모모　그걸 여태 몰랐다니 나이가 꽉 찼는데도 너 아직 멀었다. 넌 인생을 좆도 몰라.

끼순　그러게 말이야. 그런데 왜 내 기도를 들어주지 않았어? 내가 밤마다 소원했던 그 수많은 바람들.

모모　바빴어. 금성, 토성, 화성까지 가서 너같이 늙고 병든 끼스러운 생명체들을 케어해야 해. 힘쓸려면 밥도 잘 챙겨 먹어야 하고. 안 그럼 골로 가. 털도 다 상하고. 내가 한결같은 미모를 유지하는 건 나의 타고난 성실함 때문이지. 냥하하!

끼순　요레 묘레 기레.

모모　내가 널 지켜줄게. 널 아프게 한 것들을 싸그리 조사줄게. 죽는 날까지 곁에 있을게. 그러니 엄살 그만 부려. 너의 지난 상처는 그 난리 통을 겪었기에 지금 더 험한 꼴 보지 않고 산다고 생각해보는 건 어떠하리. 그리고 네가 그토록 바랐던 사랑은 다 허상이야. 지난 모든 응어리는 KTX 타고 가서 영산강 기슭에 풀어줘. 넌 그런 사사로운 일에 치이려고 세상에 온 게 아니란다.

끼순   아! 그래. 그 사실을 나만 모르고 있었구나.

모모야

LP판처럼 돌아가는 삶

허기가 지누나

공기방울 세탁기

이유 없이 노곤한 일요일 저녁. 이유 없이 텔레비전 채널을 돌리는데 LG 통돌이 세탁기를 시대를 역행한 가격 42만 5천 원에 홈쇼핑에서 판매 중이었다. 무이자 24개월, 한 달에 1만 9천 원꼴. 1999년 구로 애경백화점에서 대우 물방울 세탁기를 45만 원에 샀으니 21년 전보다 한참 저렴숙이. 그 이름만으로도 정다운 애경, 시간 앞에 장사 없다고 애경백화점은 2020년 8월 26년간의 대장정을 뒤로하고 역사 속으로 유유히 사라졌다는데 나와 남편과 세탁기는 여태 살을 비벼가며 살아간다. 당시 바깥사람이 〈서울헤럴드〉 러시아 신문사에서 벌어온 70만 원에서 사치로 장만한 세탁기 여적 잘도 돌아간다. 그땐 휴학하고 수입도 없이 허송세월 바깥사람의 월급봉투를 기다리며 하루하루 돈을 뜯어먹는 식충이었다.

1999년 1월

2층에 있는 두 칸짜리 방, 월세 38만 원. 주소상으로는 경기도 철산동 1호선 구일역에서 10분 정도 걸어서 도착하는 거리였다. KBS 라디오 방송국에서 일하던 러시아 사람이 살던 집이었는데 은퇴하면서 바깥지기에게 직장과 집을 넘기고 고국으로 돌아갔다. 유선전화, 텔레비전, 냉장고 등이 있었다. 돈도 없고 물건이라면 거의 얻어 쓰던 시절. 그때는 살림이 하나도 없었다. 침대도 이불도 러시아 사람이 남긴 낡고 헤진 것들로 지냈다. 고려당 빵 공장에서 한 달간 일한 돈이 조금 있었는데 바깥지기에겐 땡전 한 푼 없는 척했다. 그 집은 몸이 겨우 들어갈 다락이 있었는데 아무도 찾지 않는 나를 때때로 그 안에 가두고 실종된 젊음을 보냈다. 바깥지기는 아침마다 내 머리맡에 3천 원을 두고 가면서 자고 있는 내 얼굴에 수차례 뽀뽀를 해주었다. 그것으로 우리의 연은 지금까지 이어져왔다. 사는 데는 문제가 없었지만 월세가 비싸다고 생각돼서 이사하기로 했다. 부엌에 기어다니던 바퀴벌레들에게서도 해방되었다.

1999년 여름

반지하 원룸, 월세 24만 원. 14만 원이 저렴한 반지하로 이사하는 조건은 나는 이사할 맘이 추호도 없으니 시작부터 마무리까지 네가 다 알아서 하라는 것이었다. 2층 집에서 새로 가는 반지하까지는 50미터 정도의 거리였다. 가방을 바닥에 질질 끄는 동안 몸부림이 이사를 도왔다. 그때만 가능했던 젊은 날의 객기였다. 지나가던 동네 남정네가 세탁기를 같이 들어주는 아름다운 일도 있었다, 지금에 비하면 짐이 20분의 1 정도 수준이었으나 혈기왕성한 어린 끼순이가 감당하기엔 극한 노가다. 대체 그건 무슨 끼였을까. 이사를 마친 밤, 바깥지기에게 전화해서 어디서부터 어디로 오라고 하염없이 설명을 했는데 그 멀고 복잡한 길을 설명한 것도 신기하고 개떡같이 던진 영어를 찰떡같이 알아듣고 찾아온 그. "지민아," 하고 문을 여는데 피로에 절은 나는 반가워서 눈물이 날 뻔했던 밤. 여보, 난 월세 아낄려고 그랬던 것뿐인데 너무 힘이 드네? 멀쩡한 2층집 놔두고 반지하라니. 내가 왜 그랬을까? 내가 미친년이야. 날 용서해.

철산동에는 우성호프집을 하는 헤테로 언니랑 날 보러 놀러 왔다가 옆집에 둥지를 튼 체리 언니가 있었는데 24만 원 반지하는 우성호프 언니가 살던 건물 옆집이었다. 장난기 많은 언니는 계약할 당시에 주인 할머니더러 내가 여자라고 했다. 할머니는 그 언니 말만 듣고는, 또 내 목소리가 그럴싸해서 속아 넘어갔다. 목소리와 달리 삭발에 주로 민소매 옷을 입고 다녔는데 우성호프 언니는 내가 무용을 해서 근육이 많고 가슴이 없다고, 하도 특이한 애라서 머리가 짧다고 둘러댔다. 동네 아줌마들은 내가 어딜 봐서 여자냐고 의심을 품었다. 주인 할머니만은 항상 날 새댁이라고 부르신 걸 보면 믿었던 것 같다. 우성호프 언니를 이상한 사람으로 만들지 않으려고 1년간 새댁처럼 조신하게 살았어야 했다. 밤이면 밤마다 언니 집에 가서 체리 언니랑 고스톱 치고 언니가 해주는 치킨을 뜯어 먹으며 시간을 보냈다. 한번은 체리 언니랑 치맥을 하는데 맞은편에서 술을 마시던 남자아이들과 싸움이 났다. 발단은 우리 보고 호모새끼들이라고, 그 애들 입에서 말이 나오면서이다. 싸움이 쉽게 끝날 것 같지 않자 우성호프 언니가 소리를 지르면서 테이블을 엎었다. 언니의 선빵에 싸움은 끝났고 남자아이들과 화해했다. 우성 호프 언니는 지금 너희가 내 마음을 안다면 재떨이랑 콜라 한 병을 갖다 달라며 닭똥같은 눈물을 흘렸다. 우릴 핑계로 자신의 설움을 표출하고 싶었던 걸까. 언니는 가정 폭력에 시달리며 살았다. 싸움 이후, 남자아이들과 그 아이들의 여자 친구들과도 친해져서 자주 만나 끼를 떨었다. 아이들은 우리와 함께 노는 걸 즐거워했다. 주인집 할머니는 월세 내는 날만 되면 "새댁, 돈 언제 줄 거야"라고 귀신처럼 물어봤고 그 집에서 딱 1년을 채우고 바로 이사했다. 지금 생각해보면 정말 꺄루루룩! 웃음만 나오는 이야기이다.

철산동에서 청량리까지 발레 학원에서 아이들을 가르치

는 아르바이트를 했는데 여학생들은 내가 남자 선생님이라고 무서워하고 간혹 우는 학생도 있었다. 교통이 하염없었지만 배운 게 도둑질이라 해야 하는 벌이었다. 하루는 집에서 구일역까지 걸어가는데 마침 신호가 왔다. 결국 전철역 화장실에서 바지를 내림과 동시에 건더기들이 빤스를 타고 변기통으로 흘러들어갔다. 그날 그 지경이라 둘러대고 학원을 못 갔고 불성실하다는 이유로 잘렸다. 다니기 싫었으니 아쉽지 않았다. 홍대에 있는 '고흐'라는 커피숍에서 아르바이트를 했는데 바깥지기랑 끼순이 친구가 놀러와 별다를 게 없는 끼를 떨었는데 사장이 그만두라고 했다. 나는 이유 없이 해고를 당했다. 해고는 항상 아프다. 하지만 그때 그 해고는 살면서 보니 애교였다. 대체 내가 이렇게 생겨 먹어서 싫다는데 뭘 어쩔 것이야. 커피숍 이름이 Gogh. 고흐는 또 웬 말이야.

그해 겨울, 바깥지기와 나를 연결해준 형의 남자친구가 알고 보니 나이트클럽 느자구 무희였다. 어느 날, 형과 느자구 무희 남친이 종로 커피숍으로 부르더니 백수인 내게 일을 같이 해보지 않겠냐는 제안이 들어왔다. 나는 뭐라도 해서 살림에 보탬이 되고자 별생각 없이 한다고 했다. 그 느자구 놈은 동대문에 데려가 쇼에 필요한 화장품과 옷, 신발을 사주고 버스를 타고 지방으로 데려갔다. 내 머릿속에 지우개가 있는지 그때의 나이트클럽, 모텔, 버스 터미널 그 외의 것들은 새빨간 거짓말처럼 지워졌다. 나는 유난히 기억력이 좋은 편인데 그 사건에 연루된 것들은 기억에 없다. 화장도 할 줄 모르는 내게 화장을 시키고, 한 시간에 한 번씩 무대에서 춤을 추라고 했다. 나는 시키는 대로 해야만 했다. 그것이 내 첫 드래그 아닌 드래그였다. 영락없이 꼴은 흑산도 시골 다방 레지 오봉. 나이트클럽은 망조가 들었는지 일생 파리만 날렸다. 어디에 와 있는지조차 모르는 나는 모텔에서는 잠만 잤다. 요즈음 흔한 말로 여긴 어디 나는 누구, 였다. 그 느자구 놈은 넌 무슨 잠이 그리 많냐고 여기 자러 왔냐고 타박했다. 수면제를 먹은 듯 잠이 쏟아지던 그곳에서의 생활. 인생에서 가장 긴 수면의 나날이었다. 마치 씨받이를 데려갈 때 눈을 가리고 죽을 때까지 발설하면 안 된다는 그런 하늘의 뜻이라도 있었던 걸까. 불면으로 살아가는 지금은 그때의 그 달콤한 잠이 너무 그립다. 내가 그때 그곳에서 했던 것은 식물인간처럼 잠을 자고 일 나가기 전, 식당에서 밥을 먹고 아무도 없는 나이트클럽에서 되도 않게 몸을 흔드는 게 전부였다. 전화기도 없던 시절, 매일 공중전화로 남편에게 전화해 돌아가고 싶다고 했다. 내 인생 제일의 흑역사일 것이다. 그 시절이 어디엔가 기록되어 있다면 당장 목숨을 끊어야 할 판. 멍청하고 해괴망측한 일을 도저히 더는 할 수 없어서 느자구가 자는 사이 도망쳤다. 버스 터미널에서 첫차가 오기만을 간절히 기다리는데 어디선가 들려오는 소리. "야!"

그 느자구 놈한테 붙잡혔다. 나는 도망친 이유를 피력하며 울었던 것 같다. 그 느자구 놈은 정 못 하겠거든 일주일만 더 버티면 보내주겠다고 했다. 나는 그 말을 철썩같이 믿었다. 하루는 요상한 트랜스젠더가 와서 그놈이랑 춤을 추는데 그놈이 트랜스젠더를 들고 돌리고 난리 블루스였다. 그 둘은 자신들이 대단한 춤꾼이라고 생각하는 것 같았지만. 발레를 배운 내 눈에는 '저것들 애쓴다'였다. 나는 정확히 일주일 뒤에 다시 도주를 시도했다. 그날은 신의 도움으로 무사히 첫차에 몸을 실었다.

며칠 후 남편과 해가 중천에 뜨도록 잠을 자는데 집 문이 떨어져 나가도록 누군가 거칠게 문짝을 두드렸다. 그 느자구 놈이었다. 바깥지기는 나를 지옥으로 데려가려고 온 그놈의 멱살을 잡고 제지했다. 그때 처음 남편의 남자다움에 반했다. 그놈은 온 동네 사람들 다 들으라며 이년이 사기를 쳤다고 고래고래 소리를 지르는데 우성호프 언니랑 체리 언니랑 나를 돕겠다고 나와서 그놈과 패싸움이 났다. 주인집 할머니와 동네 아줌마들은 구경을 했다. 영화 〈개 같은 날의 오후〉였다. 바깥지기가 에라 가져라, 하고 지니고 있던 현금 얼마를 주었고 그 돈을 받고서야 생쇼를 멈추고 갔다. 똥을 밟았다나 어쨌다나. 나 때문에 자기가 얼마를 손해 본 줄 아냐 운운. 얼굴은 꼭 장군 보살 신령처럼 생겼고 목소리는 땍땍거리는 데다 끼스러움은 아주 말도 못 했다. 어딜 가도 굶어 죽을 기갈은 아니었다. 생각해보니 그게 내 첫 유랑 극단 삶의 시작이었다. 남편을 소개해준 형의 남친을 믿고 갔다가 당한 매우 웃픈 사연. 그것이 남긴 교훈은 없고 지우고만 싶은 철없던 시절 한심한 페이지.

1999년

군대는 장기전으로 치룬 전쟁이었다. 입대하기 전 대천 해수욕장에 가서 며칠 아름다운 시간을 보냈다. 그게 남편과의 첫 여행이었다. 대천 아이들은 남편의 등장에 "외국인이다, 외국인이다" 소리를 질렀다. 당시만 해도 허연 외국인이 시골에 나타나는 건 드문 일이었다. 신검을 받기 위해 광주 병무청 문이 닳도록 왔다 갔다 했다. 지금 생각해보면 똥개 훈련이었다. 신검은 아침 9시였던 것으로 기억하는데 그 시간에 맞춰 가려면 서울에서 막차를 타고 광주 버스 터미널에 동트기도 전에 도착해 병무청 앞에서 문이 열릴 때까지 기다려야 했다. 그렇게까지 해서 만난 군의관에게 들은 말은 '재검'이란 답변이었다. 그 짓을 하다 하다 지쳐서 한번은 오기로 병무청에 안 갔는데 바로 영장이 날아왔다. 얼마 후, 102보충대에서 바깥지기와 헤어지는데 눈물로 세수를 했다. 몇 년간 나를 혐오하는 사람들 속에 갇혀 살아야 한다는 공포심으로 등짝이 서늘했다. 식 마무리에는 병이 있는 사람들을 불러냈다. 무슨 병 무슨 병. 병도 가지각색. 마지막에 "자신이 호모라고 생각하는 사람? 나와!"소리를 듣고 나는 부끄러워할 것도 없이 뛰쳐나갔다. 여기서 풀려나지 않으면 나는 끝장이었다. 그때부터 격리되었고 화장실을 갈 때도 조교가 지키고 있었다. 방도 따로 썼고 칠판에는 '모지민 정신 질환'이라고 쓰여 있었다. 자대 배치 받는 날, 나처럼 문제가 있는 친구들은 3일 후에 7급 판정을 받고 치료 기간 3개월이라고 써진 종이 한 장을 가지고 풀려났다. 거기에는 '모지민 성 주체성 장애'라고 쓰여 있었다. 그 며칠 안에 친해졌던 아이들과는 후에 편지와 전화를 주고받았다. 102보충대에서의 기억은 꼭 나쁘지만은 않았다. 몸이 호리호리하고 잘생긴 조교도 많았고 따뜻하게 대해주는 아이들도 더러 있었다. 나는 나오자마자 아빠와 바깥지기한테 전화를 걸었다. 바깥지기한테는 당장 보고 싶다고 했고 아빠한테는 지옥에서 뛰쳐나왔다고 했다. 3개월 후에 재검을 받았고 이번에는 설상가상으로 군 병무청에서 지정한 정신병원에서 한 달간 입원한 기록을 가져와 증명하라는 것이었다. 그래서 찾아갔던 곳이 은평구의 정신병원이었다. 그곳에서 했던 일은 동요 부르기, 자기소개하기, 풍선에 자기 얼굴 그리기 등이었다. 군 병무청에는 여러 개의 조항이 있었고 갈 때마다 없던 항목이 추가되었다. 나는 그들이 시키는 대로 해야 했고 최후의 방법으로 데포페민 여성호르몬 주사를 맞고 몸의 변화가 생겼다. 우성 아파트에 사는 동네 여고생 아이들이 약국에서 약을 사다주면 체리 언니가 엉덩이에 주사를 놔주었다. 머리도 기르고 가슴이 커지고 바깥지기와 찍은 사진도 제출했다. 상체를 탈의시켜 변화된 신체를 눈으로 확인하고 사진으로 기록하고 나서야 5급 판정을 받을 수 있었다.

내가 트랜스젠더라는 걸 증명하기 위해 오랜 시간이 걸렸다. 하지만 끝까지 성전환은 하지 않았다. 성전환을 하지 않기로 결심하기까지 많은 일을 겪었다. 성전환에 대해 자문을 구하고자 동성애자인권연대 찾아갔다가 그곳 관계자가 그랜저에 나를 태우고 강남의 한 트랜스젠더 바에 데려갔다. 예선은 생략하고 본선으로 바로 들어가 일을 해야 하는 상황에 놓여졌다. 오까마 언니들의 화장품으로 화장을 하고 옷을 입고 끼를 떨었다. 그날 팁은 과분한 2만 원. 언니들이 묵는 숙소는 이태원이었는데 그 클럽의 '마마'라는 사람이 오늘부터 자기 옆에서 자라고 했는데 아무 일도 없이 잠만 잤다. 다음 날, 한 명씩 잠에서 깬 언니들은 농담을 던지고 기갈을 부렸다. 언니들이 다시 자러 간 틈을 타서 도망 나왔다. 트랜스젠더가 되려면 밤이면 밤마다 술을 마시고 아무개 취객들을 접대하고 햇빛이 없는 음지에서 살아가야 하는 것, 그것만이 살 길인가. 불완전한 미래가 찬물을 끼얹어 죽고만 싶었다.

2000년 여름

근처에 있는 방 두 칸짜리 반지하 월세 36만 원인 집으로 이사했다. 이번 이사도 동네 언니들의 도움으로 혼자서 해냈다. 바깥지기는 항상 중요한 일에는 비켜서 있었다. 그때 처음으로 시어머니 슈테판 여사님이 우리 사는 꼴을 보겠다며 시베리아에서 방문하셨다. 시어머니의 인상은 얼음장 같은 스산한 시베리아 기갈이었다. 언어의 장벽으로 우리의 대화는 이루어지지 않았다. 시어머니가 머무르시는 동안 남편은 밤마다 꼴려 디지겠다며 내 허벅지 사이에 거시기를 넣고 비볐다. 그때는 어려서 성욕이 많았을 것이다. 시어머니는 돼지 비계를 유리병에 담아 와서 요리를 해주었다. 러시아는 오일 대신 돼지비계를 쓴다고 했다. 하루는 마트에서 고등어를 사 와 생으로 찢어 먹는데 나는 뜨악한 표정을 감추지 못했고 시어머니는 내 솔직한 표정에 인상을 찌푸렸다. 나는 시어머니에게 싹싹하지 않은 며느리였다. 2002년 보광동으로 이사했을 때 한 번 더 오셨고 몇 년 후에 암으로 돌아가셨다.

임권택 감독의 영화 〈창〉의 실존인물과 동성애자인권연대에서 만나 친하게 지냈다. 전라도에서 온 민숙 엄마는 걸걸한 목소리로 찰진 사투리를 허벌나게 쓰셨다. 수유동에 사셨는데 하루가 멀다 하고 집에 들러 먹고 자고 했다. 민숙 엄마가 해준 음식 중엔 닭발이 최고였다. 술, 담배를 좋아하셨는데 마일드세븐 담배는 노상 몇 보루씩 냉동고에 저장되어 있었다. 비빌 언덕이 없던 시절에 딸처럼 예뻐해주셨다. 동두천으로 이사를 가시면서 한번 찾아뵌 게 마지막이었다. 다들 떠들어젖히는 밤, 혼자 방에 누워 한숨을 쉬던 게 눈에 선하다. 삶이 너덜너덜해져 쫓기다시피 마지막 종착지로 선택한 동두천. 그때 그 한숨을 물색없이 유산으로 물려받았다. 얼마 후에 에이즈 합병으로 돌아가셨는데 가보진 못했다. 아직까지 후회가 막심하다.

노는 계집 백수가 할 수 있는 일은 주말마다 홍대 클럽에 가서 끼 떠는 것이었다. 오픈 시간에 가서 클로징 타임에 나오는 진상 중에 개진상. 가끔은 미안하다 싶어 청소를 돕기도 했다.

그 안에서의 커뮤니티 의식이 매우 두터웠다. '오늘은 철산동 끼순이가 오셨네요, 문래동 끼순이는 왜 안 왔을까요.' '다음 주는 뉴페가 뜹니다, 함께하시지요.' 클럽 조커레드 홈페이지 게시판은 늘 시끌벅적했다. 직장 다니는 언니들은 술도 사 줬고 영업 종료 후 밥을 같이 먹고 헤어졌다. 한 주도 빠지지 않고 매주 금토를 달렸다. 그러던 어느 날, 내 춤이 너무 지랄맞다며 클럽 사장이 제발 저녁 좀 못 오게 하라고 했다. 나는 그때 나와 판박이인 친구랑 붙어다녔는데 하나도 아닌 둘이 설쳤으니 세상 느닷없는 영업 방해였다. 지금이라도 사죄드린다. 그 일이 있고 며칠 후 사장이 말을 바꾸고 죄송하다고 사과를 했다. 왜냐하면 나와 내 판박이는 그곳의 트레이드마크였기에 클럽 관계자와 단골들이 두 끼순이의 탈퇴에 여간 서운해하지 않았다. 하지만 우린 이미 정이 다했고 나와 판박이는 이태원으로 아지트를 옮겼다.

2000년 늦여름

이태원 게이 바 꼼데가르송에서 알바를 시작하면서 철산동에 새로 계약한 집은 몇 달 못 채우고 나와야 했다. 꼼데가르송 주인이 살던 이태원 시장에 있는 38만 원 원룸으로 이사를 했는데 그 주인이란 놈은 40만 원이 넘는 가스비와 전기세를 하나도 내지 않고 나갔다.

애초에 내게 뒤집어씌우려는 모략이었다. 몇 달간 일을 하다 꼼데가르송 아래층에 있는 클럽 '트랜스' 직원 승굴레나가 'oh lala'라는 쇼 클럽이 새로 오픈하는데 나 같은 요괴가 필요하다고 해서 승굴레나를 따라간 것이 내 본격적인 드래그의 시작이었다. 쇼 단장은 레이황이라는 게이 쇼맨. 가끔 게이클럽에서 그의 성기 터는 쇼를 보고 '우아, 자지 참 잘 턴다'라고 생각했는데 내가 그의 밑에 가서 쇼를 하게 될 줄이야. 그곳은 일본인 관광객을 상대로 하는, 규모나 컨디션이 이태원에서는 최고였다. 나의 레퍼토리는 셜리 배시의 'I Who Have Nothing'와 김부자의 '달타령'이었다. 그러다 트랜스 사장 언니의 부름으로 2000년 겨울, 클럽 트랜스에서 데뷔했다.

꼼데가르송에서 아르바이트를 하던 때에 앙리는 서울에 왔다가 나를 보았다. 일이 끝나고 그가 머무는 친구 집에 따라갔다. 성북동에 수영장까지 딸린 저택은 난생처음 보는 별천지였다. 촌구석에서 생성된 나는 그 으리으리한 광경에 입이 벌어졌다. 그다음 해 여름, 앙리는 루프트한자 파리행 비행기 표를 보냈다. 몽마르트르 아래에 위치한 앙리의 집은 평범했다. 에펠타워 근처의 아시안 엔티크 숍은 규모가 크고 동양 곳곳에서 수집한 엔티크로 지하와 1층이 가득 채워져 있었다. 첫날밤에 앙리는 내 얼굴을 만지며 눈물을 흘렸다. 나는 당신이 돈이 많아서 나를 초대한 줄 알았다고 했다. 앙리는 나는 네가 생각하는 부자가 아니라고 했다. 그건 고독이었다. 상대적으로 근사하게만 보였던 그의 삶엔 죽음으로도 파장 낼 수 없는 지독한 고독이 있었다. 보광동의 고독, 파리의 고독. 세상 모든 인간은 결국 다 외롭구나,란 생각을 했다. 앙리는 네가 집에 돌아왔을 때 누군가 반겨주는 사람이 꼭 있어야 한다고 당부했다. 절대로 혼자여서는 안 된다고 그때는 그 말의 뜻을 정확히 파악하지 못했다. 가끔 집 문을 열 때 '당신의 말처럼 난 혼자가 아니에요, 다행이지요'라는 생각을 한다. 그는 아시아에 사는 동양 젊은이에게 평생잊을 수 없는 선물을 했고 나는 운 좋게 그 호사를 누린 선택받은 물건이다. 상상 속에 존재하던 베르사유의 궁전도 가보고 꿈같은 시간이 쏜살같이 흘렀다. 처음 본 파리는 아름다움 그 자체였다. 보름 후, 공항에서 앙리는 다시 울었다.

2001년

브라이언을 만났다. 여기저기서 전전긍긍할 때 또 한 명의
귀인이 찾아왔다. 'Oh la la show' 재정비로 잠시 쉬던 나는 이
태원 먹자골목 'Q바'에서 아르바이트를 했다. 칵테일 한잔하
러 들린 브라이언은 다음 날 다시 날 보러 왔다. 쿼냐만큼 훤
칠한 키에 운동으로 다져진 잘생긴 미군 장교 이상형이었다.
그는 매일 새벽 4시에 기상해서 운동을 하고 일을 갔다. 길거
리 음식은 사 먹는 일이 없고 퇴근 후엔 집에 돌아와 밥을 짓
고 청소를 했다. 빈틈없이 완벽한 사람이었다. 하지만 그는
1년 계약으로 한국에 머물러야 했고 그걸 알기에 내게 할 수
있는 건 다 해주려고 노력했다. 나는 쿼냐를 둔 욕심 많은 불
륜녀였다. 선물하기를 좋아했고 홍콩과 방콕에 데려가주었
다. 브라이언과 처음 해외여행을 갔을 때 방콕 호텔에서 쿼
냐한테 전화해 "여보, 나 목포야"라고 뻔뻔하게 뻥을 쳤다.
집으로 돌아와 사실을 털어 놓자 다 알고 있었는데 왜 이제
와서 뒷북이냐고 했다. 그는 직감적으로 나의 외도를 알아차
리고 방콕을 가기 위해 싸놓은 짐 가방을 열어본 것이다. 그
럴 사람이 아닌데 내가 바람피우는 꼴이 어지간히 꼴사나웠
나 보다. 그 사건에 대해선 여적 함구하고 있다. 브라이언과
나는 초상집 분위기로 안녕의 시간을 맞이했다. 그를 먼저

떠나보내는 것이 싫어 내가 먼저 가기로 결심하고 앙리에게
가는 표를 샀다. 2002년 공항에서 드라마에서처럼 눈물을 짜
내고 파리로 떠났다. 정말 슬펐다. 앙리의 집에 짐을 풀고 석
달 동안 이탈리아, 독일, 영국, 벨기에 등을 돌아보았다. 앙
리는 결혼하자고 했고 나는 쉐냐한테 돌아가야 한다고 했다.
그곳에서 그의 도움으로 무용도 다시 시작하고 프랑스 국적
을 따는 것 등을 잠시 생각했지만 나의 선택은 쉐냐가 기다
리는 집이었다.

2015년

브라이언을 보기 위해 마이애미에 갔다. 13년 만이었다. 세
월은 그리움을 무디게 하고 대단한 설렘은 없었다. 마이애미
비치가 훤히 바라다보이는 펜트하우스에서 남친과 뚜드러지
게 잘살고 있었다. 나는 용산구, 너는 플로리다. 내가 미국에
태어나 브라이언을 만났다면 그 집 안방에서 우아하게 살았
으려나. 그는 여전히 오후 9시면 잠자리에 눕고 새벽에 일어
나 운동을 했다. 여전하다 못해 어지간하다는 생각이 들었다.
플로리다로 이민 간 고등학교 무용과 선배 형은 끝내 만나지
못했다. 2년 후 심장마비로 떠났다. 언젠가 짐을 정리하다 브
라이언이 처음 만났을 때 쓴 편지를 보았다. 너의 러시아 남
자 친구와 헤어지지 말고 오래오래 사랑하라고 했다. 'Cause
life is too short'! 턴테이블에서는 조니 미첼의 'Circle Game'

이 흘렀다. 나보다 인생을 아는 사람이 줄 수 있는 조언이었다. 그때는 왜 그 단순한 말을 알아듣지 못했을까!

2018년

16년 만에 찾은 앙리의 집은 거짓말처럼 그대로였다. 나의 사진부터 16년 전에 보았던 모든 물건들이 온전히 제자리에 그대로 앉아 있었다. 파리에 머무는 동안 앙리는 매일 아침 두 곳의 빵집에서 예쁘고 맛있는 빵을 사서 아침을 준비하고 혹여 잠자리가 불편할까 자신은 1층 소파에서 자고 나는 지하 침대 방에서 편하게 한 달을 지극정성으로 모셨다. 우린 니스와 보르도, 모나코를 여행했다. 16년간의 시간은 뫼비우스의띠처럼 연결된 느낌이었다. 서울로 돌아가야 하는 마지막 밤, 센강에서 눈물이 쏟아졌다. 날 위해 다 해줄 수 있는 사람이 옆에 있는데 다시 서울로 돌아가 은평구에서 이태원을 들락날락, 쇼를 하며 살아가야 하는 게 비극처럼 느껴졌다. 평화로운 그 꿈에서 깨기 싫다고 우는 내게 앙리는 지금 너에겐 영혼의 물결이 흐른다고 했다. 서울로 돌아와 그 말을 계속 곱씹어보았다.

2020년

나는 마흔 하고도 셋을 건너 은평구 역촌동에서 바깥지기와 모모와 평범하고 어지간히 살아가고 있다.

여보, 세탁기 새로 마련할까요? "돈 많다?" 홈쇼핑에서 드럼 최신형 24개월 무이자 할부로 팔아서요. 저 철두철미 전라도 철수세미 세탁기는 그만 봐달라고 나 좀 쉬게 하라고 하네요.

Let me go

Let me go

그만 나의 영면을 빌어달라고

I go

I go

2001년 방콕에서 미군 정부랑 놀아놓고 구라친 거 미안해요. 2002년 구라파에서 3개월간 우아 떨고 당신은 개처럼 일하게 한 거 미안해요. 십수 년의 만행 일일이 나열하다 쓰러질 판이네요. 가끔은 나는 내가 통돌이에 낀 박테리아만큼이나 더럽고 악취가 나요. 여보, 공기방울 세탁기에 돌려 내 젊은 날의 찌든 때를 씻기고 탈수해줘요. 평생 빨래나 하다 가야 할까요.

이래저래 죄뿐인 과거를 세탁해줘요. 새하얗게 되려면 여간 품을 팔아야 해요. 당신이 날 용서해준다면 나도 당신을 용서할게요. 당신 말마따나 우린 잠시 이곳에 들렀을 뿐 남루하고 무단씨 척하는 일에 넌덜머리가 나요. 당신은 원없이 포켓몬이나 잡다 가셔요. 그건 당신이 이생에 누릴 수 있는 가장 큰 혜택이에요. 바람은 부는지 마는지 애꿎은 시간만 잡아먹네요. 당신과 나의 상조 보험은 애진작 들어놨지요. 염은 각자의 식성에 맞게 예약해둘게요. 나는 호남형 근육맨이 "좋아!", 당신은 끼스럽지 않은 끼순이가 "좋아!"

더 늙고 병들고 전에 이 비루한 숨통을 끊어주어요. "모든 일에는 끝이 있기 마련, 죽으면 다 끝이란다."

    이 인연

    이 고통

    이 무엇

"그런데 죽음은 재미없어. 3년 전의 저기 저 나무와 저 나무에 핀 꽃을 기억하느냐. 지천에 널린 게 아름다움이거늘 너는 왜 없다고만 하느냐." 나는 왜 당신을 닮지 않았을까요. "나는 너의 나무." 그럼 나는 당신의 꽃인가요. "너는 너무 강해." 나는 너무 미련이에요. "저 나무가 되어서 기다릴게. 너는 꽃으로 피어 오렴." 아, 그거 너무 아름답네요.

당신이 뻗친 뿌리로 스멀스멀 기어올라 사월에는 꽃으로 날게요.

다음 생은 포도시 찰나만 알다 가고 싶어요.

"다음은 없어!"

구舊 세탁기를 보내면 우리의 지난 시간도 덩달아 떠나보내야 하는데.

　구질구질한 나는 쉽사리 용단을 내릴 수가 없네요.

　"좀 버려."

　"버려야 채워지는 걸 여태 모르더냐."

　버리고 바라고 또 버리고.

　옳아요.

*

　무엇으로 나든 아름답게만 랑데부하자꾸나.

　그래요, 무엇으로든 아름답게만 나타나주시게요.

상상

상상

상상은 떠났다. 30대 초반 제2의 삶을 찾겠다고 캐나다로 떠났다.

내가 잠시 뮤지컬을 쉬는 동안 상상은 종종 티켓을 사서 대극장에 데려가주었다. 한번은 뮤지컬 〈빌리 엘리엇〉을 보러 갔는데 나는 공연을 보는 내내 울었다. 그렇게까지 슬픈 내용은 아닌 것 같은데, 상상이는 그런 내가 이해가 되지 않는 표정이었다. 꼭 내 얘기 같아서 짠한 마음을 감출 길이 없어 울기만 했다. 광부의 아들, 농부의 아들. 난 발레리노가 되지 못하고 엄한 쇼걸이 된 것에 그 운명이 개탄스러워 집에 가는 길은 침묵으로 메웠다.

"자기 쇼 그만하고 이런 무대 서면 안 돼?" 상상이 말했다. 나는 그 당시 그러고 있지 못한 내 자신이 부끄러웠다. 어떤 무대가 좋다, 그렇지 않다고 말할 수 없었다. 내가 극장에서 하는 공연 때마다 꽃을 사들고 와 축하해주었는데 그 아이 마음엔 그곳에 서는 내가 더 아름답거나 근사해 보였던 것일까. 주말마다 내가 쇼를 하는 곳에서 술에 취한 상상은 늘 무언의 질문을 던졌다.

상상   정말 지긋지긋하게 쇼 하며 살고 있네, 친구.

나   그래. 빌어먹으려니 별수 있나, 친구. 대극장 공연에 서는 것도 이태원 밤무대에 서는 것도 다 나이거늘 어찌 그걸 모르는가, 친구.

상상   나는 단지 그대 재능이 아까워서 그렇다네.

나   알겠네. 그 재능 보란 듯이 펼쳐보겠네.

주말에 이태원 마실 나올 때면 한사코 쇼 중간에 난입해 가슴팍에 팁을 꽂아주고 출석 체크를 했다.

상상   자긴 너무 이뻐!

어디선가 익숙한 손길인데, 하고 보면 어김없이 상상이. 때로는 만취한 그 아이의 느닷없는 몸짓이 쇼 하는 나보다 도리어 튀기도 했다.

상상이 떠난 지 1년쯤 되었을까.

꿈을 찾아 떠난 캐나다의 삶은 생각과는 많이 달랐고 허드렛일을 하며 지내다 불쑥 우울증이 깊어졌고 그 우울과 절망을 포장해서 한국으로 다시 돌아왔다. 나는 때가 되면 연락이 오겠거니 안일한 생각으로 만남을 게을리했다. 컴퓨터 대화창에는 한국으로 오기 전 '여보,'라는 말만 싸늘하게 남아 있었다. 그것이 나에게 마지막으로 건넨 말이었다.

그리고 며칠 후 아무 말도 하지 않고 떠났다. 장례식장은 산악회 친구들과 이쪽 친구들로 붐볐다. 캐나다로 떠나기 전 산악 동호회장을 할 정도로 사교성이 좋은 사회적인 인간이었다. 상상은 항상 사람이 재산이라고 했다. 친구가 없는 나는 '내가 죽으면 누가 찾아올까' 하는 생각도 들었다. 늙은 노모를 걱정해서 가족들은 끝내 비밀로 하고 장을 치뤘다. 관을 들어 화장터로 운반하는 시간은 짧았다. 화장하는 시간. 웃기도 하고 울기도 했다.

진정 이별이구나. 이젠 영영 볼 수 없구나.

재로 된 상상은 작은 유골함에 담겨 나왔다. 우리는 버스를 타고 상상이 좋아하는 산에 가서 뿌려주었다. 한 줌 흙으로 된 상상은 멀리 날아갔다.

그로부터 2년 후, 2012년 LG 아트센터에서 뮤지컬 〈라카지〉 공연 때 상상이를 보았다. 그토록 보고 싶었던 친구가 꼭 한 번 찾아와주었다. 객석에서 붉은 체크 남방을 입고 흐뭇

한 미소로 지켜봐주었다. 첫공을 올리고 한참을 우두커니 앉아 있었다. 네가 원하던 무대에 섰는데 너는 없고 나는 남아 있고 너를 다시 만나려면 나는……

눈물이 멈추지 않았다.

상상의 동생이 정신병원에 입원했을 때 나보고도 우울증 조심해야 한다고 걱정했다. 종종 자신이 과거에 벌였던 자살 시도를 얘기해주며 언젠가 꼭 떠날 거라는 말을 했었다. 늘 미친년처럼 웃다가도 간혹 삶을 내려놓은 표정을 하고 있기도 했는데 죽음 후에 그 이유를 알 수 있었다. 상상은 결국 실행했고 성공했다. 나는 상상이 버리고 간 우울을 모시고 긁적긁적 살아가고 있다.

상을 치루고 상상이가 자주 가던 바에 갔었는데 그곳 사장한테 자신은 죽기 위해 돌아왔다는 말을 남겼다고 한다. 그리고 스스로 운명을 달리한 날. 오랫동안 근무했던 병원 원장이 상상이가 필요하다고 연락을 취했다고 한다. 그 사실을 캐나다에 있을 때 알았더라면, 먼 타국에서 우울과 무기력이 몸부림칠 때 알았더라면, 어디에선가 쓸모 있는 사람이란 걸 알았더라면, 나와 친구들이 애타게 보고파 한다는 걸 알았더라면, 그 아이의 죽음을 늦출 수 있었을까. 다시 볼 수 없는 망막함은 내 목에 걸린 끈질긴 올가미였다.

Y

가수 유니가 죽자 Y의 싸이월드 한 줄 글이 바뀌었다. Y는 15년 전, 어두컴컴한 클럽에서 "내가 당신의 팬이에요"라며 말을 걸어왔다. 낭창한 목소리, 뚜렷한 이목구비, 세련된 옷차림에 누가 봐도 강남에서 마실 나온 잘 노는 언니였다. 우린 만나자마자 통했고 죽고 못 사는 사이가 되었고 한 살 차이인 Y는 날 언니라고 불렀다.

Y는 남자를 만날 때마다 최선을 다해 집착했고 매번 스스로 가둔 정신병원에서 호된 대가를 치러야만 했다. 그럼에도 한결같이 사랑이 전부라며 목을 맸다. 병적인 시간, 자신을 파괴하는 시간은 그리 오래가지 못했다. 만신창이가 되는 건 순식간이었다. 나는 그런 Y의 증세를 모른 척하다 딱 한 번 병원에서 약을 처방받아 준 적이 있는데 Y는 다음 날 다시 집으로 달려왔다.

"언니, 다 먹었어. 약 좀 더 줘." 얼굴은 시체처럼 창백했다. 어쩌면 그때 난 Y의 죽음을 미리 본 것 같다. 그 상태가 너무 중해서 내가 손쓸 수 없는 지경이었다. 너무 망가져서 회복이 불가능해 보였다. 한두 차례 더 약을 얻어가는 대가로 Y는 향수와 샤워젤을 선물했다.

한번은 대학 병원에 예약을 해둔 당일 아침, Y에게서 전화가 왔다. 혹시나 했지만 역시나. "언니, 나 병원에 가기엔 너무 정상이야. 정말 미안해. 예약 취소해줘."

그렇게 매번 병원 문턱에서 좌절되었다. Y는 늘 자신의 상태를 부정했다.

그러다 반년이 넘도록 소식이 없는 Y를 떠올리며 친구와 나는 엄마가 강제로 정신병원에 집어넣어 갇혀 있을 거라고 추측했다. Y와 연락이 두절된 1년이 채 안 된 봄날 아침. 친구의 전화. "지민아, Y가 하늘나라로 갔다." 심장이 지하 10층으로 꺼져 내렸다.

정신을 부여잡고 집 앞 꽃 가게에서 분홍 카네이션을 사들고 용인 납골당에 갔다. 납골함은 아무도 알아차리지 못하게 조화로 뒤집어씌워져 있었고 꽃을 들추니 Y의 생년 사망일이 또박히 적혀 있었다. 우린 "거짓말이 아니라고?" 아름다운 봄날 모두 그 자리에서 통곡했다. 그때 마침 느와르 영화처럼 Y의 전 남친이 천장을 열어젖힌 스포츠카를 몰고 나타났다. 알코올중독인 그가 고약한 술 냄새를 풍기며 "내 얘기 좀 들어보시오" 하고 곡을 해대는데 세상에 없는 생쇼였다. 도무지 믿기지 않는 상황이었다.

Y의 엄마는 Y의 죽음과 납골당은 끝까지 모르는 얘기라고 했다. 나중에 알게 된 사실은 Y의 부모는 딸의 죽음을 절대 알리고 싶지 않아 했고 장례는 Y가 죽기 전까지 같이 살던 전 남친과 언니와 부모님끼리만 치우고 말았다고 했다. 그리고

제발 부탁인데 아무도 모르게 해달라고 신신당부를 하셨다. 내 금지옥엽 딸이 사람들 구설수에 오르내리는 걸 죽어도 볼 수 없다고 했다.

해를 무심히 넘기고 Y 기일에 찾아갔는데 이번에는 Y의 알코올중독 전남친마저 떠났다는 소식에 다시 한번 모두가 경악을 금치 못했다. 누군가는 왜 나는 데려가지 않느냐고 한탄했다. 나는 '나도 나도!' 속으로 말했다.

봄. 따사로운 볕 앞에서 우리네 젊음은 너무 아팠다. 속도 모르는 날씨는 한없이 푸르렀다.

Y는 생일 때마다 밴드를 불러 성대한 축제를 벌였지만 그런 Y를 죽어서는 아무도 알지도 보지도 찾아오지도 않았다. 죽음은 그렇게 허망한 것이다.

나와 Y는 죽음을 이야기하는 걸 좋아했다. 어쩌면 그것을 털어놓을 수 있는 유일한 사람이었다. 하루에 수십 알의 약을 털어 넣으면서도 "언니, 우린 벗어날 수 있어. 그러니까 힘내!"하고 내 손을 붙잡고 살 수 있다고, 힘내서 살아보자고 했다. 죽음이 가까워지면서 Y는 매일 밤마다 베란다에 서 있으면 누군가 뒤에서 어여 뛰어내리라고 말한다고 그게 현실이 될 것만 같다는 예감이 너무 무섭다고 서럽게 울었다. Y는 유독 눈물이 많았다. 결국 아파트 10층에서 뛰어내렸고 나와 친구 몇몇은 1년 후에나 그 죽음을 알게 되었다.

죽은 자는 말이 없고 운다고 영원으로 건너간 친구는 꿈에라도 돌아오는 일이 없다.

상상이와 Y는 이태원 호모힐에서 만났다. 우린 배정된 시간만큼 함께했고 둘은 예정된 시간으로 홀연히 가버렸다. 그런데 너희는 왜 죽은 거니.

목동이 구름을 부르면
순한 양들은 잠에 들어

"여보, 일어나세요."

허위 경보에 집이 들썩거렸다. 내게 알람 소리는 비상사태에나 존재하는 것이었다. 밤새 무슨 일이 벌어진 것일까.

몸이 천근만근 말을 듣지 않았다. 어제 털어 넣고 잔 약 때문이었으리니. 정신은 깨어 있고 육신은 납작하게 침대 속으로 파고들어 갔다. 나태만 한 공기가 방 안 가득 미련하게 미끄러진다. 세 겹으로 쳐진 형형색색 벨벳 커튼 철옹성 사이로 아침을 울리는 라디오 소리가……. 초점 없는 동공. 힘없이 널브러진 다리를 힘겹게 끄집어냈다. 약물로 흥건한 몸이 하루를 살 양심의 가책을 질책하며 살아야겠다는 내가 나를 깨우고 커피를 대야째로 들이붓고서야 겨우 눈을 떴다. 미역을 씻고 나와 새로 소개받은 병원에 찾아갔다.

나는 의사와의 대화 톤을 맞추려고 안간힘을 썼고 적어도 약물중독 환자의 증세를 보이고 싶지 않았다. 사람으로 보이는 그의 눈을 응시하며 살려달라고 애원했다. 집으로 돌아와 분당 병원에서 처방받은 약봉지를 뜯기도 전에 숨이 막혀왔다. 벌렁거리는 심장 소리에 한 알은 수챗구멍으로 흘러들어가고 다른 한 알은 키우는 고양이 모모가 물고 도망갔다. 나는 이 약을 언제까지 먹어야 노인이 되는 걸까. 아파트 10층에서 뛰어내린 친구는 얼마나 한없이 자고 싶었을까.

저 녁 자 정 새 벽
한 알 두 알 세 알
네 시 오 시 육 시

약 기운에 수면제를 통째로 믹서기에 갈아 마셨다. 방이 빙빙 돌고 구역질이 나 욕실에서 게워내고 위가 열리고 위액까지 토하다 결국 응급실로 실려 갔다. 의사는 나의 이런 잦은 증상에도 불구하고 검사 결과에는 아무런 이상이 없다며 정신과 상담을 권유했다.

정신과 A 왜 못 자죠?
정신과 B 그러니까 대체 왜 못 자냐고요.
정신과 C 알겠어요, 약 처방해드리죠.

찾아간 병원 의사들의 매우 무성의하고 사무적으로만 묻

는 말들이, 수년간 불면으로 고통받는 나에겐 그저 폭력으로 다가왔다. 그러다 예술인복지재단에서 무상으로 제공하는 심리상담센터에 반신반의하는 마음으로 가게 되었는데 그날은 마치 아무 일도 없었던 것처럼 짙은 선홍색 코트를 입고 갔다.

상담가 모래판 위에 원하는 피규어를 올려보세요.

1. 다리 잘린 병사   2. 울고 있는 여인

상담가 저 병사는 누구지요?

끼순이 남편이요.

상담가 남편분에게 무슨 장애가 있나요? 대부분은 저 병사의 다리가 없어서 집어 들지 않는데 드문 경우네요.

끼순이 신체장애는 아니에요. 뉴스에서는 게임 중독으로 사람이 죽어나가는데 그 꼴을 옆에서 지켜보려니 울화가 치밀어 오르고 속이 썩어나가요. 남편은 허구의 세계에서 사는 것 같아요. 명석한 두뇌를 허송세월로 낭비해요. 대책도 없이 대체 살 궁리는 안 하고 저축도 싫고 미래도 싫다네요. 노력과 반성이 없어요. 절 사랑하기나 하는 걸까요?

상담가 저 여자는 왜 울고 있을까요?

끼순이　　눈을 뜨면 사라지고 싶고 눈을 감으면 불안이 스멀스멀 기어 나와요. 하루를 시작하기도 전에 잠 못 이루는 밤을 미리 걱정하며 먹다 남은 약을 마저 다 목구멍에 집어넣고 자고 일어나면 악몽을 꾸고 난 것처럼 진이 빠져요. 하루에 써야 할 에너지를 도둑맞은 아침이 억울해서 종일 심신이 사나워요. 일을 하면서도 친구를 만나서도 온통 자야 한다는 생각뿐이에요. 그 강박감이 절 미치게 만들어요. 꼭꼭 숨어 아무도 아닌 없는 나로 살고 싶은데 제가 하는 일은 끊임없이 보여줘야 하고 괜찮은 척 즐거운 척, 척!해야 하는 삶이 너무 징해요. 희망도 사랑도 절망의 구석탱이에서 옴짝달싹 못 하고 있어요. 정신과에서 준 약은 삶을 마비시키고 1년 366일을 낭비하게 해요. 그 누구도 괜찮다고 여기까지 오느라 애썼다고 말해주지 않아요. 나는 내가 너무 위험한데 사람들은 '이건 그냥 일상이야!'라고 하네요. 나는 내가 너무 심약한데 남편은 제가 강하다고 하네요. 절망의 꼬리가 꼬리를 물고 놔주질 않아요. 절망의 구렁텅이에서 허우적거리다 절망한 절망이 절망을 탓하고 절망한 죽음이 죽어서도 잠들지 못할까. 절망은 삐뚤어진 척추에 끼인 병든 골수예요. 선생님, 저는 그만하고 싶어요. 언젠가 이 시궁창 속에서 헤어날 수 있겠지요?

상담가　　모지민 씨가 왜 항상 죽고 싶다고 하는지 이제 조금 이해가 되네요. 그전엔 그냥 습관처럼 내뱉는다고 생각했는데…… 늘 예쁘게 치장하고 나타나 '아름답다'는 말을 유독 많이 쓰셔서 오해가 없지 않았어요. 그리고 지민 씨, 이제 그만 용서하세요.

끼순이　무엇을요?

상담가　그동안 지민 씨에게 상처 줬던 사람들을 말이에요.

끼순이　(애써 참아온 눈물이 기어이 주인을 만나 주르륵주르륵) 휴…….

집으로 돌아가는 길. 포켓몬을 잡으러 온 남편을 만났다. 참으로 성실한 사람. 게임 세상에서만큼은 둘도 없는 금수저. 나는 가방에 챙겨둔 연양갱을 꺼내 팥 연양갱은 내 입으로, 호박 연양갱은 남편 입으로 사이 좋게 나눠 먹고 버스 정류장에서 보광동 언덕 너머로 사라지는 그의 휴대폰을 쥔 손에 손을 흔들었다. 내 홀로된 손엔 그가 속절없이 태운 담배의 잔향이 애잔하게 코끝으로 올라왔다. 언제든 마지막이 올 수 있다는 생각이 들어 마음이 미어졌다. 집 앞 벽 담장에 넝쿨째 피어난 붉은 장미들은 나의 불면을 모른다 했다. 계절은 가고 불안은 절망의 터널에서 정체 중이다. 한 치 앞도 모르는 앞길에 도리어 찬란한 미래가 발만 동동 구르고 있다. 밤하늘엔 금방이라도 잡힐 것 같은 커다란 달덩이가 눈이 부셨

다. 저 달에 발을 담그면 그만 흔적이 되려나. 목동이 구름을
부르면…… 순한 양들처럼 하얀 수면을 취하고 싶은 밤이었
다. 유리컵 한 잔에 약을 삼키며 언젠가 찾아올 약물과의 이
별을 상상해보았다.

꾸부정히 기는 하늘

꾸역꾸역 가는 하루

꾸미꾸미 기는 하늘

꾸덕꾸덕 가는 하루

기인듯한 기진맥진

기미하게 기진기진

기이하게 기인기인

기력 없는 나무

잎이 없는 나무

어미한테 엉금엉금

아비한테 성큼성큼

그 사이를 흐르는 구름

그 구름을 구르는 구렁이

그 구름을 걷다 걸린 다리

그 구름에서 굴렁굴렁 그 다리에서 울렁울렁

달리는 달구지

날아온 날구지

살피는 살구지

물기른 물구지

때마침 떼지은 똥파리

때때로 때아닌 떼죽음

때문에 때이른 때인지

그 죽음을 덮는 땅거미

그 땅거미를 달리는 거미

그 거미가 사는 마을

그 마을에서 씨 뿌리는 아낙

그 마을에서 씨 주워 담는 소년

그는 그득그득 그 누구는 가닥가닥

아이는 도리도리 그 아무개는 달리달리

속없이 노는 아가야

살갑게 여는 꿈이야

실없이 우는 생시야

태양이 어스레

얼굴이 방그레

사람이 아니래

당신이 아니래

그런게 아니래

때는

초원에서

설원에서

사막에서

은막에서

영원에서

그때는

부서지듯

쏟아질듯

흩날리듯

당신일듯

하여하여

맞이하여

그리하여

부디

그리고

제발

블로그 이웃님들, 주말은 어땠나요?

저는 요즘 열심히 일하고 있지만 이번에는 그것에 대해
이야기하고 싶지 않아요. 대신, 저는 '물치'라는 속초 근
처에 있는 작은 항구로의 계획되지 않은 여행에 대해 이
야기하고 싶어요. 30대 남자인 우리 친구가 그곳에서 간
암 투병 중이라고 하길래 제가 친구들하고 그를 방문하
기로 결정했어요. 요즘엔 동해안으로 바로 가는 고속도
로가 있어서 우리는 차를 타고 3시간 정도 갔어요. 우리
의 친구가 살았던 물치항 근처는 매우 좋더라고요. 솔직
히 저도 그런 곳에서 죽고 싶어요. 아름다운 산들과 깨끗
한 개울, 바다, 해변, 깨끗한 공기, 좋은 아파트도 있어요.
우리는 모든 것이 평소와 같은 척했고 즐거운 시간을 보
냈어요. 함께 해변에 가서 바다에서 놀고 연을 날렸어요.
거기에는 두 개의 그림 같은 등대와 많은 작은 어선이 있

어서 우리는 사진을 잘 찍었어요. 항구에는 수산 시장이 있더라고요. 신선한 생선을 사서 친구의 아파트에서 요리하고 다 같이 맛있게 먹었어요. 다음 날에는 속초중앙시장에 가서 재미있게 구경하고 맛있는 간식을 사 먹었어요. 우리는 특히 시장 앞에서 파는 호떡을 좋아했어요. 매우 맛있더라고요. 저는 항구에서 여러 개의 비디오를 만든 후에 고기를 잡기 위해 집중하고 있는 어부들이 있는 개울에서 더 많은 비디오를 만들었어요. 또한, 귀여운 포켓몬을 많이 잡았어요.

저는 동해안 여행을 좋아해서 다시 가고 싶었지만 이번 주말에 슬픈 소식이 왔어요. 불행히도 제 친구는 죽었어요. 그래서 저는 당분간은 그곳으로 가는 여행을 못할 것 같지만, 그곳에서의 여행을 잊지 않을 거예요. 여러분들도 꼭 물치항과 속초에 가보세요. 잊을 수 없는 추억을 만들 수 있을 거예요.

작성자: Evgeny Shtefan

7월 12일

도진이가 다리를 놔준 국현 공연 다음 날 아침. 방바닥에 눌어붙은 몸을 겨우 뜯어내 분당으로 달려갔다. 하얀 국화 사이에 놓인 도진의 영정이 날 반겼다. 나는 눈을 감고 짧은 기도를 했다. 그 자리는 항상 어렵고 두렵다. 도진이가 떠난

날은 하염없이 비가 내렸다. 영안실에서 수의를 입은 도진이의 얼굴은 차가웠고 살결은 보드라웠다. 부모보다 앞서 간 자식의 입관식 절차는 너무 짧았고 나와 친구들은 관을 들어 운구차에 실었다. 맨 뒤에 있던 나는 도진이가 잘 갈 수 있게 힘껏 관을 밀어 넣었다. 화장하는 데 꼬박 두 시간이 걸렸다. 다시 볼 수 없다는 막막함이 심장을 두들겨 팼다. 와중에도 배가 고프면 밥을 밀어 넣고 남아 있는 자들끼리 황망한 사진도 찍었다. 순간순간 발아래 너저분하게 깔린 슬픔이 목구멍까지 기어올라왔다. 화장이 끝났다. 유골함을 들고 장지로 출발하는 가족들과 마지막 인사를 했다. 도진이 부모님은 끝까지 함께해주어 고맙다고 인사를 건넸다. 비는 끝내 그치지 않고 철희는 씩씩하게 운전대를 잡았다. 진정 끝이구나. 잘 가.

도진아, 너를 만나서 행복했어. 네가 내게 "아름답다"란 말을 자주 해주는 것이, 그것이 나는 항상 아름다웠어. 너처럼 진심을 다해 그리 말해주는 사람도 잘 없을 거야. 있다 해도 너의 온도와 다르겠지. 너는 갔고 나는 있고. 어쩐지 그냥 멍청하게 앉아 울고만 싶다. 애써 뭐 해. 다 부질없다 싶고. 너덜거리는 삶을 억지로라도 이고 살아가야 하는 걸까. 내가 징징대면 작작하라고 해줘. 네가 사무치게 그리운 날엔 보광동 언저리를 걸으며 너를 생각할게. 고개 들어 하늘을 보고 꽃을 만지고 향기를 맡을게. 스멀스멀 옷깃에 관통하는 바람을 느낄게. 삶이 지긋지긋할 때엔 네가 한 말을 되새길게. 네가 내 정수리 위를 비상한다고 상상할게. 똥구멍에 힘주고 코로 숨 쉬어볼게. 척추 꼿꼿이 세우고 아름답게 늙어갈게. 하얀 쌀밥 지어 전라도 어미가 보낸 김치에 참기름 뿌려 끼적끼적 비벼 먹을게. 네가 병중에 선물해준 이모티콘은 요긴하게 잘 쓰고 있어. 보고 싶어 했던 〈모어〉 다큐 영화 제작은 막바지에 들어갔는데 너무 급한 너는 그저 황급히 떠나버렸구나. 이제 천 개의 바람이 되어 자유로운지. 우리가 다시 만나는 날은 눈이 소복이 쌓인 겨울이었으면 좋겠다. 하얀 눈 사뿐사뿐 끼스럽게 밟아 너에게로 갈게. 눈이 나리는 그날은 눈이 멀도록 희고 따사로운 태양이 가득 비춰주었으면, 가지런한 치아 보이며 가장 환한 미소로 마중 나와줘.

얼지 마,

죽지 마,

부활할 거야.

어여여 만나고 싶다. 사랑해.

8월 29일은 도진의 사십구재이지만 악화된 코로나19 여파로 결국 도진에게 가지 않기로 했다.

흔해빠진 해의 날

그 흔한 날에 삐친 웃음

살금살금 열리는 하늘

구절구절 해명한 오늘

소리 없이 꿈틀꿈틀

반가워서 방긋방긋

쑤시고 결리는 빛

그 빛에 앉아 있는 모모

수척하게 드리워진 해

그 해에 말리는 누더기

누더기가 아닌 구더기

구더기가 아닌 모더기

숨고 싶은 구덕

살고 싶은 구덕

달 드리운 달달달

낮 두꺼운 낱낱낱

사랑이라는 사기

그래서 깨져버린 사랑

그릇된 그릇의 그를

그늘로 그을린 그를

가을로 가버린 그를

그러다 그만한 그를

나무 말고 먼 길

너무 멀고 먼 집

땡볕에 깨를 터는 엄마

그 기름을 털어먹는 나

어화둥둥 얼린 얼음

시척한 수박 한 통

시뻘겋게 쪼개진 여름

시시비비 으름장 놓는 낮

시시콜콜 애타게 애는 밤

소주 한 잔에 입가심하는 아빠

그 한 잔에 새벽이 소화되는 나

바람 타고 온 바램

냄새 태고 온 댐배

해를 먹은 기억

그 회상에 담근 발

당신 없이 보낸 하루

없는 나를 보낸 편지

이만치 저만치 멀어져간 꿈

넌시레 그만치 떨어져간 잎

춤속에서 놀다 쥐난 발

꿈속에서 뛰다 잘린 발

구름 한 점 없는 하늘

그 하늘에서 퍼붓는 비

그 빗속에 번지는 피

뿌옇게 멍든 산자락

그 산에서 굴러온 돌멩이

그 돌멩이로 쳐 죽인 구더기

개 같은 운명

그 팔자에 썩힌 세월

타 죽여도 모자랄 죄

그 죄에 죽은 잠

그 잠에 우는 달달달

한입 베어 먹은 사과

그 사과에서 나온 구더기

역 비린내 나는 생채기

그 상처에서 헤엄치는 물고기

죽어도 버리지 못한 짓

그 짓에 들어가는 구더기

죽어야 끝나는 짐

그 짐을 푸는 집

그 집에 서식하는 곰팡이

그 자리에서 자라난 이파리

그 이파리에 물 붓는 당신

그 당신을 기다리는 구더기

기다리다 집을 나간 모모

그러다 저러다 져버린 시간

그 시간에 쌀을 씻는 구더기

그 쌀 한 톨 바드득 씹어 먹는

구더기

나는

웃는 구더기에

우는 구더기요

사는 구더기에

죽는 구더기요

사람 없는 내랑

꿈이 없는 네랑

밥이 없는 묘랑

이지 못할 사랑

편치 않은 사랑

병신 같은 사랑

속없이 사랑한 사랑

그렇게 사랑한 사랑

사랑만 사랑한 사랑

엔간한 사랑

　오랜 공을 들여 샤워를 마친 그. 욕실만 들어가면 세월아 네월아. 그 안에서 대체 무슨 일이 벌어지는 걸까.

　3분이면 똥을 싸는 나와 욕실에서 집을 짓는 그. 무엇을 그리 씻더란 말이냐. 그가 평생 흘려 내다 버린 물은 다 어디로 흘러가는 걸까.

　하얀 보디 타월로 촉촉히 젖은 몸을 닦는 그. "여보, 보일러 꺼." 고양이 모모도 알아들을 그 말을 못 알아듣고 작은 방으로 가버린다. 결국 소파에 앉아 책을 보던 내 손을 거쳐서야 보일러 목욕 버튼의 빨강 불이 꺼졌다. 남편이 지나간 자리는 365일 그의 발자취가 고스란히 남겨져 있다. 뱀이 허물을 벗듯 옷가지는 껍딱인 채로 족적을 남기고 양말은 사시사철 뒤집어져 있거나 말려 있다. 설거지, 청소는 꿈도 못 꾸는 일. 그것들은 영화나 드라마에서나 벌어지는 일. 어쩌면 죽어서 다시 태어나는 일보다 힘든 일. 나의 이번 생은 이생강 동생 이생망. 빨래를 널 때 비운 재떨이. 고양이 똥을 치우러 베란다에 가보면 비워둔 재떨이는 금새 담뱃재로 소복하다. 비워도 비워도 채워진 밥보다 먼저인 담배. 내 폐가 먼저 썩어 들어가는 건 무얼까. 어찌하여 이 집에서 벌어지는 이 현상들은 다 나의 책임이란 말인가. 화를 누르고 살기에는 하루이틀도 아니고 불투명한 미래가 내게 용심을 부렸다. 그때 문제의 택배가 왔다.

모   여보, 택배 왔어.

그의 무성의한 말 한마디.

줴냐   바빠.

나는 잠시 호흡을 가다듬고 척추를 꼿꼿이 세우고 작은 방으로 우아하게 걸어갔다.

모   줴냐, 책 필요 없어?

쳐다보지도 않는 그. 그 책은 그날 수업에 꼭 필요한 교재였음에도 확인하려고도 않는 시베리아에서 온 오만방자. 살다 살다 이런 설욕을 내 집에서 내 남편에게까지 당해야 한다니 울화가 정수리를 뚫고 치밀었다. 내가 이러려고 태어난 것일까. 나는 전생에 무슨 죄를 지었을까. 순간 책을 버리기로 결심했다. 저 악행을 끊어야 한다고 생각했다. 손수 끊어주고 말리라. 거실 창문을 힘겹게 열어젖히고 세상 고운 목소리로 "여보, 이 책 진짜 필요 없어?" 용암이 핏물 되어 흘러내리는 시간 속에 간신히 나타난 그. 대체 이게 무슨 일인데 호들갑이냐고 인상을 찌푸렸다. 때가 왔다. 참을 인 석 자가 실종된 순간 창밖으로 힘껏 책을 던졌다. 학교 다닐 때 체육 시간 이후 처음으로 그 무엇인가를 힘껏 던져보았다. 쇼크 먹은 그. 침착하려고 애쓰다 방으로 돌아가 문을 쾅 닫았다. 나는 소파에 앉아 '그래, 이건 그냥 우리네 삶이야' 하고 차라리 잘된 일이라고 생각했다. 후회하지 않았다. 기립근을 세우고 시뮬레이션으로 그가 느낄 고통을 지켜보았다. 짜릿했다. 그러니 왜 건드렸어? 내가 물어봤을 때 순순히 답변을 했었어야지. 한 치 앞도 모르고 어따 대고? 내가 누군지 알기나 해? 분홍빛깔 삭힌 홍어 먹고 자란 무안 갯벌 목포 세발낙지! 10여 분간 고통 속에서 몸부림치다 나온 그.

줴냐 너 보험 있지?

모 있어.

줴냐 병원 가봐.

모	무슨 병원?
쥐냐	정신병원.
모	갈게.
쥐냐	맡긴 돈 내놔, 이 집 나갈 거야.
모	그 돈 없어.
쥐냐	죽고 싶어?

모 이 집에 들어온 건 너의 선택이지만 나가려면 죽어서 나가!

쥐냐 나한테 왜 이래?

모 그러니까 왜 모른 척했어? 내가 물어봤을 때 순순히 대답했었어야 했어. 왜 매번 얌전한 사람 성을 돋우고 지랄이야. 그렇게 모르겠어? 내가 진짜로 원하는 게 뭔지. 정말 이러기야? 당신 사람 아니야.

쥐냐 그렇다고 책을 버려? 미쳤어?

모 난 인간을 원해, 인간! 인간을 원하는 게 미친 거야? 인간을 원하는 게 이다지도 어려운 일인거야? 당신한테 대단한 걸 바란 적 결코 없었어.

조급한 마음에 가속도가 붙은 그, 호흡을 고르고 창밖을 두리번 세리번. 1층 현관 밖으로 뛰쳐나가 버려진 책 찾아 삼만리. 마침 벨이 울렸다.

모   지네 집 들어오면서 왜 벨을 울리고 난리야.

그런데 헉! 아까 봤던 택배 기사다. 손에는 문제의 그것을 들고.

택배 기사   아니, 아까 전해드렸는데, 왜.

모   아, 네. 그게 말이에요, 저는 모르는 일입니다.

책을 받아들고 살짝 입꼬리 찢으며 순간 택배 기사님께 죄송한 마음에 남긴 말은,

모   그럼 안녕히 가세요.

아무리 애가 닳도록 찾아도 나오지 않는 책. 다시 집으로 돌아온 그.

줴냐   (애써 침착하게) 어딨어, 말해!

침묵, 시간, 공존.

줴냐   당장.

호흡, 인내, 공존.

줴냐　　　제발.

모　　　네 책상 위에 있어.

가방에 책을 밀어 넣고 짐승처럼 뛰어서 빛의 속도로 나를 떠난다…….

그날 밤, 아닌 밤중에 홍두깨. 자고 있는데 부스럭부스럭 엉덩이를 이불 속으로 밀어 넣는 그. 아니, 이 인간이 진심이야? 일단 모른 척. 삐쳤는지 바쁜지 포켓몬을 잡으러 간 건지 돌아오지 않는 그. 꿈속에서 어쩌다 마주친 그.

여보. 가만히 앉아 있다고 그냥 굴러가는 가정은 없어요. 이제는 애써주셔야 합니다. 그런데 왜 샤워하고 보일러 불 안 껐어? 왜 양말 죄다 뒤집어서 빨래 통에 넣었어? 왜 똥 싸고 변기통 안 닫았어? 복 달아나는 거 몰라? 왜 밥 먹고 설거지통에 물 안 부어놨어? 마르면 설거지하기 힘들다고 말했잖아. 왜 밥 하고 밥 안 비벼 놨어? 그대로 두면 밥 딱딱하게 굳는 거 몰라? 왜 치약 남았는데 아깝게 버렸어? 그 정도 양이면 일주일은 더 써. 왜 내 컵으로 커피믹스 타 마셨어? 컵은 각자 1인 1컵 쓰자 좀. 왜 몽쉘통통 처먹고 책상에 둔 거야? 나보고 치우라는 거야? 수많은 질문이 꿈결 속에 세례 되어 쏟아진다. 나는 꿈속에서 바깥사람과 말다툼 끝에 낭심을 세차게 때렸다. 고통을 호소하는 그. 미안하다 말하려다 잠이 달아날까 두려워 입을 잠그고 꿈속으로 돌아가 마저 투쟁했다.

아침. 전보다 짧게 샤워를 마친 그.

쮀냐   나, 갈게.

모   잘 가.

쮀냐   I hate you so much!

우린 기다렸던 뽀뽀를 하고 우린 너무 쉽게 풀어졌어요…….

그날 저녁 마트에서 정력에 좋다는 부추를 사와 부추 지짐이를 지글지글 지졌다. 나와는 생활 패턴이 360도 정반대인 그. 나는 자러 들어가면서 부추전이나 먹어보라며 그에게 인심을 썼다.

다시 아침이었다. 흔적 없이 사라진 부추전. 발 없는 부추전이 스스로 집을 나간 건가. 모모가 먹었을 리도 없고.

모   설마 당신이 다 먹은 거야?

쮀냐   응.

모   내가 아침에 먹을 건 남겨뒀어야 했어. 어쩜 그래? 내가 원하는 게 진짜로 뭔지 대체 모르는 거야?

쮀냐   나는 그냥 너무 맛있어서. 아니, 다 먹을 수밖에 없었어.

모   부추전 먹고 오늘 하루 당신과 함께 힘내어 살아보려고 했는데. 내가 먹을 건 남겨뒀어야 했어. 사라진 부추전 허무해. 나는 세상이 끝났다고. 믿을 사람 하나 없다고. 여보, 이건 너무하잖아요!

남편은 저게 저리 유난 떨 일이냐며. 그래도 미안한 양심에 이미 가버린 부추전을 어찌 해줄 방도를 모르는 그.

줴냐   내가 미안해.

이제와 후회한들 배 속 저세상으로 간 것들이 살아 돌아오나.

줴냐   라면 먹을래?
모   얼른 씻고 일이나 가!
줴냐   저 전라도 철두철미 철수세미 같은 년.

부리나케 샤워를 마친 그. 문을 열고 나에게서 나가.

그날 저녁, 엄마가 보내준 파김치, 열무김치에 계란 반숙 두 개 넣고 참기름 두 바퀴 돌려 혼자 양푼에 비벼 꾸역꾸역 먹다 걸린 나. 줴냐의 표정은 완전 니씨염뚜(니미 씨발 염병 뚜드럼병). 황당하다는 듯 그는 두 눈을 휘둥그레 뜬다.

모	왜 그래?

양 볼에 비빈 밥 가득 물고 입 모양 동그랗게 벌리며 김희애 톤으로.

모	왜죠?
줴냐	진심이야?
모	진심. 둘이 먹을 땐 잘 몰랐는데 혼자 먹으니 맛이 난다.
줴냐	염병하네.
모	염병 뚜드럼병? 내가 역겹다고 왜 말을 못 해!

삐친 그는 방으로 쓸쓸히 퇴장하고 나는 프라이팬에 벗겨진 코팅까지 긁어 먹었다.

날이 갈수록 코골이가 심해진 그. 나는 집 천장 날아갈 것에 대비해 남편 몰래 싱글 매트리스를 주문했다. 문제의 매트 배달. 그런데 이건 내가 알던 매트의 규격이 아니었다. 역시나 작은 방에는 너무 큰 매트. 매트를 놓으면 베란다로 가는 길이 막히고 이쪽으로 저쪽으로 밀어 넣어 봐도 거기서 거기였다. 남편 도착.

쉐냐   이 매트는 뭐야?

모   아니, 실은 자기 코 고는 게 너무 심해서. 나 불면증에 모예민이잖아.

충혈된 눈을 보여주며 미안하고 슬픔에 잠긴 척했다. 울먹이는 톤으로,

모   여보, 정말 미안해. 내가 다시 같이 살자고 했는데 코골이가 우리를 갈라놓을지는 상상도 못했구려. 나는 당신을 사랑하고 내가⋯⋯ 너무 미안해.

남편은 피식 웃으며,

쉐냐   당연히 각방 쓰는 걸로 알고 이 집에 들어온 건데?

그렇다면 왜 진작에 그러지 않고 날 괴롭힌 게야? 하고 차마 입은 열지 못하고,

모   "일단 오늘 밤은 추우니까 같이 자자"라고 말한 것이 주구장창 갈지는 몰랐겠지.

준비 태세를 철저히 갖추지 못한 내 발등 내가 찍어 누굴 탓해. 다음 날 울면서 반품시키고 이 사건은 원점으로 돌아갔다. 코골이 그 뻔숙이 귀신이 붙었는지 방을 나갈 생각을 아니한다. 나는 밤마다 전쟁과도 같은 폭격 소리를 들으며 나는 지금 대체 누구와 어디에 있는 것일까. 나는 매일 잠에 드는 밤이 너무 무섭다.

2019년 해를 넘기고 2020년 새해가 밝자마자 담배는 더 이상 시시하다며 세상 누구보다 골초인 그, 그토록 사랑했던 담배를 내려놓게 되는 사건이 벌어졌다. 그 후로 아침마다 사사건건 히스테리를 부렸다. 이게 다 너 때문이라고. 나는 진정 담배를 사랑했는데 네가 날 이렇게 만들었다며. 당분간은 내 히스테리 견딜 각오하라고. 나는 담배만 끊을 수 있다면 이보다 더한 일도 하겠다고 당신 애쓰고 있다며 욕실로 들어가 내 고운 손으로 이발을 해주었다.

쉐냐　　나는 신경질적인 사람이야.

모　　쉐냐, 그런 말도 알아?

쉐냐　　응, 검색했어.

모　　쉐냐, 당신 성격은 진짜 좆같애!

쉐냐　　My 성격 is perfect!

까탈의 만행이 미안하긴 했는지 헌재 자신을 표현할 문장을 찾아 자진 신고. 본인의 상태를 알긴 아는구나, 허허. 신경질적인 사람. 근데 뭔가 '시적이다'라는 생각을 했다. 그나저나 대체 이게 무슨 일. 나는 끽해야 한 달이나 갈까 싶었는데 무려 넉 달 동안 한 개비도 피우지 않는 경이로운 인내심을 보여주었다. 주위 사람들은 어떻게 그게 가능하냐고 놀라움을 금치 못했다. "얘들아, 이게 뭐냐면 그분은 지독히 독특한 사람이야. 일반 사람들은 불가능하지." 나는 어깨가 태평양처럼 드넓어졌다. "말해모해? 내가 봐온 인간들 중 역대급으로 특이한 사람이야. 우리 좀 배우자, 그 특이함. 근데 진짜 신기한 건 이게 다가 아니야. 코골이가 심한 그. 이제 양들의 침묵이야. 담배 끊고 코 안 골고 모든 것이 내 시나리오대로 가고 있어. 이제 돈만 많이 벌어다 주면 돼. 냐하하."

뉴욕에서 한국으로 오는 비행기를 탔을 시간. 바깥사람은 집 전자키가 들어 있는 전화기를 방에 두고 그만 문을 닫아버린 것이다. 나는 비행기를 탔고, 적어도 14시간은 타야 하고, 내게서 비밀번호를 알아내려면 오매불망 세월아 네월아. PC방이나 사우나 갈 돈도 없이 노숙자처럼 거리를 서성거리게 된 꼴. 가장 큰 문제는 포켓몬을 잠시 손에서 놓아야 하는 것이었을 테다. 실의에 빠진 그. 그 현실에 자빠진 그. 어찌 그런 아이디어가 떠올랐는지. 동네 경찰서에 가서 도움을 청했다. 이만저만고만 사실을 알리고 신분 조회 다 마친 뒤 의로운 경찰님들 2층 베란다까지 사다리를 놓고 들어와 사건 해결. 다짜고짜 외국인의 문 좀 열어달라는 SOS에. 조금 황당했을 것 같기도 한 동네 경찰님들. 못난 여편네가 대신해서 참으로 고맙습니다. 그 거사를 치르고 난 뒤 똑같은 일이 한 번 더 반복되고 나서야 정신을 차리고 집 비밀번호를 외웠다. 그 사건이 잊힐 즈음 집에 남아도는 전자키 왜 안 쓰냐고 엄장 질렀더니 더는 문제를 만들 수 없다고 했다.

먼 타국에서 은평구 역촌동 집으로 돌아온 나. 대낮에 떡실신해 있는 내 옆으로 슬그머니 다가와 내 가슴을 비비디 바비디 부. '여보, 나 자야 해. 이 인간 왜 이래.' 차라리 질끈 감은 눈.

줴냐	Why are you so stupid?
모	응?

그건 섹스하자는 신호였다. 에구구구, 난 그것도 모르고. 멍충이. 문 닫은 부부관계. 이렇게 해서 재오픈하는 건가. 그런데 그 말이 나온 이상 이미 게임 오버. 어느 누가 5, 6, 7, 8 하고 관계에 들어간단 말인가. 그냥 자연스럽게 이불에 누워야 하는 일. 그 일이 있고 몇 번 더 남편은 야릇한 사인을 보내왔지만 때마다 나는 먼 산을 바라보았다. 나는 설마 아닐 거야,

애정의 표현일 거야, 하고 넘기고. 한편으론 에라, 모르겠다 하고 한 번 할걸 그랬나 싶기도 했다. 죽으면 썩어 문드러질 몸. 후회스럽지만 이게 억지로 할 일도 아니고 굳이? 이제 와서? 사는 일 너무 하염없구나. 너무 빨리 찾아온 폐경기. 자위도 안 할지니. 내가 만약 외로울 때면 누가 날 사정시켜주나. 하루는 잃어버린 성욕을 찾아 자위를 시도하는데 컴퓨터 D 드라이브에 저장된 포르노그래피가 그날따라 열리지 않는 거라. 포켓몬을 잡으러 간 그 금방이라도 들이닥칠 것만 같고 다급해진 나는 포르노 잡지를 찾아 사정으로 가는 입구에서 예열이 시작됐다. 애는 써보는데 억지로 세워서 단단해질 일도 아니고 뭔가 확실한 동기가 있어야 할 텐데 포르노 DVD 찾아서 텔레비전으로 보려면 언제 어느 세월. 대책 없이 흐르는 시간. 내 집에서 이리 눈치 보며 이 짓을 해야 하는 건가. 씨부랄. 그때 마침 문 열리는 소리.

허걱
이건
너무
일상

목욕 가운이 뒤집어졌는지 마는지 반만 걸치고 거실로 나와 황급히 거친 호흡으로,

모   여보, 왔어?

췌냐   응.

태연한 척 애쓰는 나. 육감적으로 그의 시선이 내 살짝 발기된 그곳을 향한다.

췌냐   뭐 했어?

모   그냥 있었어. (알면서 뭘 물어, 시발!)

결국 내 바닥까지 보여주면서 사는 게 사는 건가? 아, 치욕스러워. 아, 죽고 싶어라. 부부의 세계의 이면. 소파에 앉아 모모 궁뎅이 팡팡 해주는 그. 나는 이유 없이 그 자리에 주저앉아 어색한 미소를 보였다. 그런데 나체인 아랫도리의 갓 죽은 거시기가 보일락 말락. 어색한 시간이 흘렀다. 남편은 암말도 안 하는데 왜 이리 도둑이 제 발 저리는지 원. 작은 방으로 돌아간 그. 나는 스스로 위로하려 했던 몹쓸 몸뚱이를 치우고 다시 창밖으로 보이는 북한산을 바라보았다. 세상일이 내 뜻대로 되는 게 없다 싶어 서글펐다.

몇 달째 수입이 끊기고 살길이 막막해서 마음 단단히 먹고 생애 처음 넷플릭스에 가입했다. 그거라도 의지하고자 지리한 숨통 연명하고자 바깥지기도 같이 보자며 폰에 앱 설치를 시도하는데 희한하게 넷플릭스 앱이 보이지 않고 이 짓 저

짓 다해도 남편 폰에서는 기어 나오지 않는 앱. 내 폰에서 넷플릭스 앱 다운로드 받은 걸 보여줬더니 대뜸,

줴냐　　너 안드로이드지?

모　　왓? (폰 뒷면에 쪼개진 사과를 보여주며) 이게 뭐야?

　내 앙칼진 말투에 "아, 이 폰……" 말을 주저하며 빠르게 차가워진 눈빛에서 이상한 기운을 알아차린 그. 또 내가 무슨 지랄을 할까 몰라 숨죽이며 듣는다.

모　　디스 이즈 아이폰! 디스 이즈 아이폰! 대체 몇 번을 말해야 알아듣는 거야? 그동안 에어드롭으로 사진이랑 영상 교환한 거 잊었어? 전에도 너 나한테 안드로이드 폰이라고 했지? 그때도 나 아이폰이라고 말했는데. 기억 안 나? 왜 했던 말을 또 하게 하는 거야? 보광동에서 안드로이드 쓰는 당신 폰 아이폰으로 갈아타게 해준 것도 나잖아. 그것도 기억 안 나? 우리가 지금 몇 년째 살고 몇 년째 같은 전화기를 쓰는데 내가 아이폰인지 안드로이드인지 모르는 거야? 꼭 그렇게까지 몰라야 하는 이유가 있는 거야? 설마 내 이름은 알아? 난 정말 당신의 그런 모르쇠 일관에 넌덜머리가 난다고.

나는 참을 수 없는 존재의 모르쇠에 그만 주저앉았다. 미친 개한테 물린 그는 작은 방으로 넋을 잃고 사라졌다. 나는 숨을 고르고 넷플릭스 미드 〈포즈Pose〉 시즌 1을 한숨에 다 보았다.

20년간 붙박이장처럼 벽을 지키던 피아노. 얼마 전 22년간 외롭게 서 있던 기타는 스스로 운명을 달리했고 피아노도 그 꼴이 되기 전에 단 돈 몇 푼이라도 챙겨나 보자 싶어 당근마켓에 내놓자마자 불티나게 문의가 빗발쳐 여기저기서 저요 저요! 했다.

모　여보, 저놈의 피아노 오늘 7만 원에 누가 사기로 했어.

줴냐　What? (버럭 역정을 내며) It was 70만 원!

모　이거 너무 오랫동안 안 써서 상태 안 좋아진 지 오래고 당근마켓에선 적절한 가격이야.

줴냐　FUCK ! 너가 그런다고 부자 되지 않아. Please stop! 당장 취소해. Please please please.

모　안 돼, 이미 고객님 오고 계셔. 곧 들이닥친다고!

줴냐　It was my dream! (쉼 없이 버럭 역정) You stole my dream!

모　You stole my dream? 염병, 아름다운 대사다.

영화 너무 많이 본 거 아니냐. You never played piano though. 대체 마지막으로 친 게 언제야? 입이 있으면 말 좀 해봐.

줴냐   Yeah, that's true.

망연자실 땅이 꺼져라 한숨을 쉬고는 입을 다문 그. 그만 피아노의 운명을 받아들이기로 했는지 힘없이 나가버렸다. 뒤이어 도착한 고객님.

나   (남편한테도 보여주지 않는 미소로 친절 모드) 정성으로 모십니다, 고객님.

고객   상태 좋네요.

나   그럼요, 이거 비싸게 주고 산 건데 엄청 싸게 넘기는 겁니다. 호호호.

고객   저희 딸 생일이라서요. 딸이 피아노를 너무 갖고 싶어 했는데 딸이 너무 좋아할 것 같아서. 딸을 낳은 게 참 잘한 일인 것 같아요.

나   네네, (일단 알겠고요) 돈은 어떤 식으로······.

고객   네, 지금 현금이 없어서요. 바로 이체해드릴게요.

카카오뱅크로 현금 칠숙이 입금.

나   사랑으로 모십니다, 고객님. 감사합니다. 따님과 행복하세요.

영화 카메라만 들이대면 지랄 염병 뚜드럼병 나는 그. 명절에 목포에서 KTX 타고 올라오는 날 용산역에 마중 나온 친절한 줴냐 씨. 그 랑데부를 포착하기 위해 준비하고 있던 감독 카메라에 빨간 불이 켜지자 나는 수더분스레 그의 팔짱을 끼고 한 걸음 두 걸음 세 걸음. 그러자 내 가녀린 팔을 뿌리치며,

줴냐   이거 뭐야?

당황한 나 자신 씹 같은 표정 아닌 척 가장하는데,

줴냐   카메라 있다고 액팅 하지 마. I hate this camera already.

나를 버리고 매몰차게 걸어가는 그. 무심코 철로에 버려진 나. 야속한 그의 엉덩이를 보며 쫓아가 분을 터뜨렸다.

나   나는 너를 매일 사랑한다고 말했어. 나는 당신이 매일 보고 싶다고 했어. 그것도 다 영화 때문이야? 나의 사랑이 영화 때문인 것이야? '사랑 맛이 나서 사랑이

야'라는데 왜 오바 싸냐고 하면은 사랑이 마려워서 사랑 맛인지 아닌지 소변검사 해보았다고, 내 사랑은 픽션이 아니라고 허술이 아닌 진술이라고 하늘을 우러러 한 점 거짓이 없다고 당신이 믿지 않는다면 죽음으로 내 사랑 증명할게. 달리는 열차에 뛰어내려? 제발 내 사랑을 의심하지 말지어다! 왜 카메라만 들이대면 염병 뚜드럼병이야? 날 봐서 좀 참아주면 안 돼? 몇 분 몇 초면 되는데 왜 그걸 못 참고 똥 마려운 개처럼 냅다 싸질러? 이 모든 게 다 설정이고 거짓이라면 당장 내 세숫대야에 침을 뱉어. 진실이 아니라면 죽음을 달라.

줴냐   에이, 시발. 알았어.

모   내 짐이나 들어.

줴냐   알았어.

모   우린 영원히 함께라고. 알겠어?

줴냐   알았어.

모   이 손 영원히 놓지 마, 알았어?

줴냐   알았어.

화해의 어깨동무 사이로 슬금슬금 다가오는 705번 버스. 그러고는 역촌동 종점이다. 하루는 짧고도 길구나. 하염이 멀고도 없어라.

어느 날은 컵을 사러 가자는 그. 대체 무슨 소리인가 싶어
익스큐즈 미?

쥐냐　대체 이놈의 집구석은 컵이 없어, 대체 대체.

모　대체, 익스큐즈 미?

쥐냐　컵 사러 가자? 컵 사러 가는 게 대수야?

모　니미 씨발 염병 뚜드럼병!

내 가녀린 팔로 무거운 찬장 문을 들어올려,

모　자, 봐라! 이 안에 놓인 것들이 죄다 무엇이더
냐. 성한 눈이 있으면 서슴지 말고 어디 말을 해보거라.

쥐냐　오.

모　이 집에는 컵이 한두 개가 아니라는 걸 이제 알
겠느냐?

쥐냐　오.

컵이 없으면 찾아봤었어야지. 코앞에 놓인 이 수많은 컵
들이 진정 없었다고? 갑자기 하늘에서 뚝 떨어졌다고? 그렇
게 인생을 공으로 산다고? 입이 아파 열린 찬장 문을 굳게
닫고 승모근을 내리고 척추를 세우고 호흡을 고르고 차분히
말했다.

모　　　어보, 세상을 좀 넓게 보셔야 합니다. 나보다 더 큰 그 두 눈으로 찾아보셔야 합니다. 당장 눈앞에 보이는 게 다가 아닙니다. 더 멀리 보셔야 합니다. 앞으로 다가올 미래, 준비하셔야 합니다. 예고 없이 들이닥칠 불행도 마주하셔야 합니다. 허나 우린 함께이기에 그깟 일들 문제없습니다. 거뜬합니다. 저와 함께 당장 작은 일부터 애써보시지요. 일단 네가 쓴 컵 네가 닦아! 어따 대고 커피 처마시고 싱크대에 놔두는 거야? 성실이 아니면 죽음을 달라.

쮀냐　　복잡해.

모　　　뭬야?

쮀냐　　알았어.

모　　　니씨염뚜!

쮀냐　　NCYT!

　코로나 덕분에 남편과 24시간 한집에서 두어 달 이상을 함께 보냈다. 넷플릭스를 보다 보다 지친 날엔 따릉이를 빌려 불광천을 지나 한강으로 나가 숨을 쉬었다. 매번 반납 시간 지켜야 하는 따릉이에 염증을 느낀 나머지 없는 살림에 끼로서 한 대 장만했다. 그리하여 하루는 부부 동반 자전거를 타기로 한다. 자전거를 타러 가는 것만도 한 달을 기다려야 했다. 가려고 하면 자고 있고, 가려고 하면 게임하고 있고, 가려고 하면 집에 없고, 하다 하다 운명의 날, 새로 산 자전거를 몰고 따릉이가 있는 주민센터 앞으로 갔다. 남편에게 전날 일일권 선물하기를 보냈고 자기 손으로 따릉이를 타보겠다고 했다. 나는 그러라며 너도 알 건 알아야 한다며 기다렸다. 쉽사리 로그인이 되지 않자 슬슬 신경질적인 사람으로 변신.

모　　　내가 도와줄게. 봐봐.

　그런데 웬걸. 이건 따릉이 앱이 아니었다. 전화기에 두 개의 앱을 깔아놓고 엄한 앱에서 발길질. 따릉이 앱으로 들어가 로그인을 시도했지만 대체 왜 안 되는지. 로그인 시도만 이래저래 30여 분째. 안 되겠다 싶어 내 폰으로 일일권을 구매하고 대여 시도. 그 수많은 따릉이 죄다 비번이 다르다 어떻다 대여를 거부하고. 신경질적인 사람이 포기한 얼굴로 나와 따릉이를 바라만 보는데, 순간 배치되어 있는 모든 따릉이 다 부숴버리고 싶은 충동이 일었다. 포기하려는 순간, 한 따릉이에서 잠긴 열쇠가 풀리며 "대여가 완료되었습니다". 나의 힘겨운 여정의 서막이 열리는 멘트가 들려왔다. 가는 길목마다 힘들다, 천천히 좀 가라, 쉬었다 가자, 더는 못 가겠다, 어디까지 갈 거냐 하는 그에게 나는 조금만 가면 한강이 보인다고 힘을 내보라고 가네 마네 오네 마네 차라리 알아서 집으로 돌아가길 바랐다. 어르고 달랜 끝에 한강에 당도하여편의점에서 각자 씨부릴 것들을 사서 강을 바라보며 벤치에 앉았다. 나는 이미 여정을 후회하는 고개 숙인 끼순이. 속도 모르는 그.

줴냐	I fell better.
모	그래? 다행이다 먹으니 좀 낫냐. 니씨염뚜.
줴냐	근데 나 집에 갈 때는 그냥 갈래.
모	왓? 그럼 자전거 버려?

대답 없는 너.

모	미친 거 아니야? 대체 나한테 왜 이래?

말이 없는 너.

모	당신은 위선자야.
줴냐	넌 역겨워.
모	니미 씨발 염병 뚜드럼병 나셨네. 없던 걸로 해.

개썹이나 덩더쿵.

나와 그는 차례로 화장실로 가 소변을 보고 손을 씻고 코로 숨을 쉬었다. 화장실 들어갈 때랑 나올 때 맘이 다른 그.

줴냐	그냥 같이 가자.

그래, 이성적으로 판단하자. 나 혼자 감당하기엔 너무 큰 숙제. 일단 가장 가까운 곳으로 가서 반납하기로 하고 찢어지자. 그런데 자꾸 낯선 길로만 가는 그. 싫었지만 별수 있나. 안 그러면 그가 내팽개칠 따릉이 나 홀로 뒤집어써야 하는 곤란한 사건. 언덕길을 오르고 꼬부랑길을 지나 오아시스처럼 나타난 대여소. 하지만 그가 탄 자전거 반납 또한 나의 몫. 끝까지 임해야 하는 서비스 정신으로 반납 완료. 따릉이와 나, 그에게서 드디어 해방 소리 찰칵.

줴냐	나는 버스 타고 갈게.
모	그래, 제발 가라. 제발 나를 떠나!

대중교통 검색을 해보더니 또다시 마음의 변덕 쿵.

줴냐	다시 대여해서 같이 가자.
모	갈 수 있겠어?
줴냐	Why not?

자전거 재대여도 역시나 나의 몫. 자신은 대여 방법을 모른다며 모르쇠로 일관. 웬일로 한 방 두 방 세 방에 '대여가

완료되었습니다' 소리 쉽게 울려 퍼지고. 안도의 한숨이 휴우……. 신이 가여운 날 돕는구나 싶었다. 심신이 지친 나는 길치이니 그대가 좀 네비게이션 보고 안내해달라고 했다.

쉐냐　　알았어.

졸래졸래 그를 따라가보았는데 도착한 곳은 아까 우리가 삼각김밥 조지던 그 편의점. 함께 웃었다. 허허허. 코로 숨을 쉬고 이젠 돌이킬 수 없다! 쉬지 말고 달리자! 그리고 다시는 함께하지 말지어다. 다음 생이고 나발이고 없다. 사랑? 니미 씨발 염병 뚜드럼병. 페달을 미친 듯이 밟아가며 천신만고 끝에 목적지에 다 와가는데 마지막 마지노선 오르막길에서 신경질적인 사람, 그 긴 오른쪽 다리로 설상가상 백라이트를 부수면서 하차. 망연자실. 처음 겪는 일이라 머리가 복잡해졌다. 이거 꽤 물어주어야 하는 거 아니야? 응암역에서 반납하고 뻔뻔하게 신고 접수까지 해달라는 개양아치 그. 나는 눈물을 머금고 말도 잘 듣지. 서비스 센터에 신고해서 바른 시민 정신으로 이실직고하고,

모　　　스스로 집 찾아올 수 있지?
쉐냐　　귀레.

황당한 질문에 실없이 피식, 쪼개는 그.

집에 돌아오자마자 꺼진 보일러를 켜고 온몸에 물을 끼얹었다. 남편과 무언가를 한다는 건 다시 태어나거나 아홉 번 윤회하는 일보다 더 어려운 일이구나 절감했다. 자전거 두 번 탔다가는 영혼결혼식 올려야 할 판. 너는 너, 나는 나, 죽어 물이 되어서도 함께하지 말지어다. 노잣돈은 각자 준비해서 요단강은 따로 건넙시다 잉. 당신과 이승에서 함께한 시간 백골난망 하염은 가깝고도 먼 나라의 이야기. 남들은 하나같이 내가 극성이라 하는데 사실은 그것이 아니고요. 남편의 냅다까라 정신을 여적 버티고 살아 있는 것만 해도 인간 승리이지요. 나약한 안사람은 척추 기립근 세우고 숨이나 크게 쉬어봅니다. 하~

그런데 그럼에도 불구하고 당신을 사랑함은요, 당신은 단 한 번도 날 떠난 적이 없잖아요.

그래서예요. 그 이유에서라고요. 물고 빨아주진 못해도 없는 나는 있는 당신 너무 사랑하고요. 앞으로도 계속 함께해주실 거죠? 저와 함께 안방극장 〈전원일기〉 〈대추나무 사랑 걸렸네〉 찍으셔야죠. 백년해로 바로 가보시지요. 부부 싸움은 칼로 물을 수천 번 어슷 써는 것! 사랑합니다.

Q. 두 분이 어떻게 만났는지 궁금합니다.

1998년 12월 28일. 마침 제 생일에 장한평에 '예우'라는, 트랜스젠더가 운영하던 이반 까페에서 조우했지요. 근방에 사무실이 있었던 남편이 알바남과 아는 사이라 까페에 놀러 왔었고 나는 주인장과 알바남과 둘 다 아는 사이라 겸사겸사 끼 떨러 갔다가 눈 맞고 난리. 그때부터 지금까지 함께하리라는 걸 누가 상상이나 했을까요.

Q. 서로 운명의 반려자라고 느끼고 확신한 계기나 지점이 있다면 무엇일까요?

너무 오래전 일이에요. 그땐 어렸고 요리조리 방황하는 저에게 그는 항상 아름답다고 말해주었어요. 남편은 페시미스

---

* 모지민&예브게니 슈테판 인터뷰. 잡지 〈페이퍼〉 2020년 봄호(vol.256)에 게재.

트인 저와는 정반대인 완전한 옵티미스트! 그래서 이 사람이라면 몸져누워도 될 것 같았어요. 제 예술적 영감의 원천이자 사심 없는 사람. 그때나 지금이나 참 순수해요. 남편은 제가 지루하지 않고 유니크해서 좋았대요. 그를 볼 때 그건 저도 마찬가지고요. 매일 변화무쌍한 캐릭터로 탄생하는 수수께끼 같은 사람이에요. 전 그때 지극히 평범했다고 생각했는데 아니었나 봐요. (웃음) 지독한 운명이에요. 함께 보낸 시간이 스무 해 넘겼으면 말 다했죠, 뭐.

Q. 한국 사회에서 아직 보편화되지 않은 가족의 형태입니다. 사회의 고정적인 시선을 바꾸기 위해 노력하는 부분이 있다면?

일반적으로 결혼식장에서 식을 치르고 혼인신고 과정을 거치지 않았기에 부부라고, 가족이라고 인정하지 않는 사람이 많아요. 직접적으론 제게 "그게 무슨 결혼이야"라고 말 못해도 대화하다 보면 생각과 본심이 드러나요. 사람들은 그들이 정해둔 울타리의 편견이 분명 있어요. 2년 전 예술인복지재단에서 심리 상담을 받았는데 그 교수님은 은연중에 상담 시작부터 끝나는 날까지 "모지민 씨 같은 독신으로 사는 사람들은!"이라고 말씀하시는 걸 듣고 그 인식이 매우 어려운 일이라는 걸 알았어요. 나는 여실히 나의 삶을 설명했다고 생각했는데 말이죠. 상담을 받으러 갔다가 나—보통의 사람들이 다르다고 보는—의 일반적인 보통 사람들과 다른 삶을 사는 상황을 설명하는 데 곤욕을 치렀어요. 작년 연말엔 고등학교 일반 친구랑 부부 모임을 가졌는데 친구가 제게 사람 사는 건 너나 나나 똑같구나 하면서 행복해하더라고요. 친구의 남편과 아이들은 저와 제 남편을 참 좋아했어요. 어떤 사람들은 너무 쉽게 받아들이고, 또 다른 어떤 사람들에겐 그저 구설수의 요인이 되기도 해요. 작년에 처음으로 남편을 시골집에 데려가 부모님께 인사를 시켰는데요. 저희 엄마가 남편은 제게 '가족'이라는 정답을 주셨어요. 그 보편적인 2음절의 단어가 그토록 거창하게 척추 사이사이 뼈저리게 울려 퍼진 감동의 순간을 저는 잊을 수 없어요. 분명 부모와는 다른 가족의 형태를 꾸려나가지만 결국 우린 가족을 필요로 하는 인간이고 그저 지금처럼 아름답게 살아가는 모습을 보여준다면 사람들의 고정관념이 긍정적으로 바뀌지 않을까 싶어요. 저는 일반인과 같은 삶을 하루하루 영위할 뿐이고요.

Q. '이 사람은, 혹은 우리는 가족이구나' 느껴질 때가 언제인가요?

"여보,"라고 말할 때. 외국인이 말하는 한국말의 '여보' 억양의 어감은 들어도 들어도 질리지 않는 단어예요. 그 말 한마디가 모든 걸 설명해줘요. 그리고 자고 있는 모습, 살겠다고 꾸역꾸역 밥을 먹는 모습, 키우는 고양이 모모와 각자의 언어로 씨부릴 때. 함께라서 좋고 함께라서 지긋지긋할 때,

지극히 일상적인 것들이 조건 없는 가장 큰 행복의 상태가
돼요. 그건 누구나 마찬가지겠죠. 우리는 서로의 존재만으로
도 의심할 여지가 없는 가족이랍니다.

**Q. 두 분이 가족으로서 행하는 가장 일반적이고도 지속적인
루틴이 뭘까 궁금합니다.**

아침엔 버스 정류장에서 "잘 가"라고 하면서 시야에서 사
라질 때까지 하염없이 손을 흔들 때.

저녁엔 버스 정류장에서 오늘 하루도 애썼다고 반갑게 랑
데부할 때.

제가 살아가면서 이 사람과 함께여서 가장 아름답다고 생
각하는 장면이에요. 우린 매일 헤어짐과 사랑을 반복해요. 손
잡고 포옹하고 입 맞추고…… 매번 이게 마지막이 아니길 바
라요. 요즘은 150세 인생이니 백 년은 더 지속되겠네요.

Q. 법률적으로나 제도적으로 바뀌었으면 하는 것이 있다면?

혼인평권婚姻平權 '모든 혼인은 평등하다'.

Marriage Equality와 같은 의미로 LGBT의 평등한 혼인을
위한 구호로 대만에서 사용해왔고 2017년 5월 대만 헌법재
판소는 동성 결혼 금지가 위헌이라고 결론 내렸다. 얼마 전
대만 영화감독 차이밍량의 기사를 보고 너무 감동받았어요.

'나는 더럽지 않고 역겹지 않다. 나는 한 명의 동성애자일

뿐이다. 이강생은 동성애자가 아니다. 우리는 함께 생활하고 창작하며 서로를 보살피고 있다. 이렇게 그와 가까이 지낸 지 30년이 되었다. 나는 이게 아름답다고 느낀다. 또한 이 세계가 점점 더 아름다워지기를 바란다.'

꼭 제가 하고 싶은 말을 차이밍량 감독이 대신해주었네요. (웃음) 동성 혼인 합법. 아시아에선 유일하게 대만이 그 첫 스타트를 끊었고 한국이 그 뒤를 잇는다면 나와 누군가의 애씀에 대한 큰 보답이 될 것 같아요. 하지만 결코 쉬운 일이 아니란 걸 잘 알고 있고요.

Q. 사람들에게 하고 싶은 말이 있다면?

나의 결혼이 아름답다는 걸 말하고 싶어요. 나의 사랑은 거짓이나 흉내가 아닌 진실이며, 여기 분명히 '존재한다'고 기록하기 위함이었다고요. 당신이 믿지 않는다면 그것 또한 당신의 선택이다,라고요. 무엇이 아름다운가. 무엇이 추악한가. 무엇이 너이고 나이고 옳고 그른가. 우린 있고 '그 짓'을 했고 내가 알고 그가 알고 5월의 햇살과 바람과 공기와 흐드러지게 핀 장미들 그리고 그 자리에 함께한 소중한 친구들이 알고 그것으로 충분하다. 나는 그의 손을 잡고 오늘도 내일도 사박사박 밟아가겠어요.

Q. 사랑하는 반려자와 함께 가까운 미래, 혹은 먼 미래에 계획하고 있는 것들이 있다면요?

남편의 고향에 가볼 생각이에요. 그 이름만으로도 광활한 시베리아!

결혼 2주년 이브

　내 사진이 걸린 전시회를 찾아 자축 퍼포먼스를 벌였다. 행사를 마치고 여느 때와 다름없이 부대찌개를 시켜 먹고 너무도 당연하게 대중교통을 이용해 집으로 돌아오는데 개구지게 걷는 남편의 뒷모습이 십수 년 전과 똑같아서 눈물이 핑돌았다. 샤워를 마치고 거울을 보니 내 흰머리가 부쩍 늘어 있고 남편의 황갈색 머리칼도 서리가 내린 지 오래되어 보인다. 임플란트 사이엔 음식물이 끼어서 곡식 삼키기가 여간 성가신 게 아니다. 흰머리 한 올 떼려다 담이 걸렸고 나는 참을 수 없는 존재의 쓸쓸함을 표현할 길이 없어 간신히 붙어 있는 속살을 비추며 "여보, 난 지금 뼛속이 시려서 못 살겠어요. 나는 없는데 나 좀 만져줄 수 있겠어요?" 하고 말을 건넸다. 시큰둥한 남편은 그래도 결혼 2주년이라고 알겠다고 내 노곤한 팔다리를 만지작거리다 일단 침대로 가서 좀 눕자더니 짙은 수면의 세계로 빠졌고 나도 그 뒤를 바로 쫓아갔다.

꿈속에선 마이애미에 사는 미군 정부, 파리 7구역에 사는 파리지엔느 할배를 보았다. 얼마 전 플로리다에서 심장마비로 허망하게 죽은 고등학교 무용과 선배도 보았다. 망자는 내게 오라고 오라고 손짓하는데 바깥양반이 머리채를 잡고 놓아주지 않아 아직 못 간다고 둘러댔다. 나를 떠난, 내가 떠난, 친구들이 사악한 눈빛으로 내가 역겨웠다며 그리하여 나를 떠났다며 이제 알겠느냐고 일깨워주었다. 애당초 내 편은 하나도 없었다. 일턱한 게숙이들은 끼순이 사절이라며 나를 문전박대하고 암 수술 받은 아버지는 말을 잃고 문지방을 넘지 못하신다. 외간 남자랑 박을 타는데 바람도 어지간히 피우라며 어서 도깨비 분장하고 동산에서 사진이나 찍자고 바깥사람이 소리치는데 하도 엉뚱하고 희한해서 한참을 웃었다. 이다지도 외로운 인생길이란 걸 일찍이 알았더라면 나지도 않았을 것을. 입을 쩍 벌린 남편 얼굴에 발을 올려놓고 탄복했다. 나는 꿈속에서 날이 밝도록 춤을 추었다. 그토록 바랐던 곳을 가지 못한 부은 발에 피로가 역류했다. 추레하게 숨을 몰아쉬며 '여보, 난 지금 살이 찢기고 뼈가 갈리는데요. 나는 없어요. 나는 뭐예요?' 묻는데 10리나 들어간 퀭한 눈. 살코기가 없는 뼈다귀해장국 같은 몸뚱어리, 참외 배꼽, 처진 엉덩이.

"여보, 그런데 나 아직 예뻐?"

"응, 너무 예뻐."

남편의 머리를 밀어주다 축 늘어진 성기를 보았다. 부부관계 폐업한 지 십수 년. 더 늙기 전에 우린 사랑을 나눌 수 있을까. 낭심 한 숨통이 있었다. 낭심 두 숨통이 가셨다. 낭심 세 숨통이 오신다. 인간은 해야 할 게 많은 피곤한 동물이다. "여보, 오늘은 몸이 안 좋으니 꼭 옆에 있어줘요.""여보, 내일은 몸이 쾌차할 테니 혼자 있게 해줘요."

내 농에 너털웃음을 짓는 남편은 왜 더 이상 그림을 그리지 않느냐고 물었다. 난 그 무엇에도 재능이 없다고 삶이 무기력하고 재미없어 뒈질 지경이라고 했다. 이것의 역사를 거슬러 올라가면 내가 아주 불완전한 20대 초반 그를 만났을 때부터였으니. 그도 그럴 것이 나의 이런 부정적 태도에 넌덜머리가 났을 법한데도 넌 재능이 많고, 지루한 회사원의 삶보다 훨씬 낫지 않느냐고 페시미스트인 나를 긍정의 힘으로 북돋아주었다. 그가 그러는 꼴을 보아야 성이 찼다. 파리 여행에서 돌아와 아름다워지기 위해선 강해져야 한다고 스스로 마음을 다잡아보았지만 불투명한 미래에 실낱같은 의지의 소망마저도 사그라들었다. 10년 후의 내 모습은 불안하고 어지럽고 춥고 꼴사납게 그지없을 것이 농후한데 대체 무엇들로 그 난시 같은 앞날을 씌워나가야 하나 아무리 애를 써도 그 성과를 만질 수 없는 결과물. 백 번, 천 번, 만 번을 반복해도 사람들의 눈과 내 기억 속에 그 시간에만 머물다간 무형의 한시적인 것들. 아무것도 안 남는 탕진, 공허. 하다못해 영화에서처럼 공연 다음 날 끼스러운 천사가 문 앞에 꽃을 배달해주거나 하는 일은 벌어지지 않고 나는 하염없이 반복하다 아스라이 건너갈 테지만 무언가 그 노력에 상응하는 대가를 준다면 버선발로 달려가 그 아래 서슴없이 무릎을 꿇을 것이다.

'찌그러진 심장에 박힌 190센티미터의 엉성한 깃털. 당신은 진정 나를 해치렵니까. 아니, 귀찮게 굴다 점잖게 갈 테요. 허투루 살다 간 삶도 나름 남는 장사예요. 적어도 우린 사랑했잖아요. 당신이 짜준 명주 날개는 구겨질까 제대로 펴지도 못했네요. 나는 한없이 인색했어요. 여보, 공기 같은 사람아. 나 죽으면 〈모지민 애썼다〉라고 묘비명을 남겨주어요. 그런데 죽어버리면 알 수가 없고 미세 먼지가 되어 당신의 폐 속으로 들어가면 그러면 우리 서로 알아볼 수 있겠어요?'

가족
남편
존엄

얼마만큼의 시간
얼마만큼의 말들

얼마만큼의 사랑

당신은 당신이
나는 내가
우린 우리로

아빠, 오늘은 눈이 내렸어요.

내가 사는 장흥에는 하얀 눈이 하염없이 내렸어요. 장흥은 서울에서 의정부 가기 전에 있는 곳인데 하늘에는 헬리콥터가 날아댕기고 가끔 집 앞으로 탱크가 나댕기기도 해요. 마침 소복이 쌓인 눈을 보려고 신나게 옥상으로 올라왔어요. 모모한테 같이 나가자고 했는데 귀찮다고 하네요. 고양이는 순순히 말을 듣는 때가 없어요. 눈으로 눈사람을 만들고 아빠가 생각나서 그래서 문득 너무 보고 싶어서 눈사람 얼굴을 보고 아빠라고 말했어요. 어린 날, 시골에서 비료 포대 자루에 눈을 집어넣고 썰매를 타던 때가 생각나요. 그땐 추운 줄도 모르고 옷소매로 콧물 닦아내고 온 동네를 뛰쳐 댕기며 하루를 보냈는데 지금은 바람만 조금 불어도 창문을 닫아버리고 나가기는커녕 매일매일 이런저런 이유로 세상과 담을 쌓아요.

작년 추석에 내 이름을 "지!"까지만 부르고 "민!"을 말하지 못하는 아빠를 보고 너무 슬펐는데 어렸을 때 빼곤 부모님 앞에서 운 적이 없는 것 같아 뭔가 어색해서 눈물을 꾹 참았어요. DMZ국제다큐멘터리영화제를 마치고 영화 얘기 하고 싶었는데 꺼내보지도 못했네요. 영화에 엄마 아빠 나온다고 영화 너무 좋다고 자랑하고 싶었는데⋯⋯. 영화제 며칠 앞두고 누드모델 일을 하는데 감독님이 카톡으로 짧은 영상을 보내왔어요. 하필이면 그게 엄마 나오는 부분이라 수도꼭지 튼 것처럼 눈물이 와르르. 화장실로 달려가 대충 울고 수업 내내 남은 잔여를 쏟지 못하고 참느라 애를 먹었어요. 시간이 영영 지나지 않을 것처럼 더디게 가더라고요. 그날은 집에 와서 수치를 닦고 치욕을 얼싸안고 겨우 잠에 들었어요.

아빠, 나는 사는 게 말도 못 하게 치욕스러워요. 며칠 후 DMZ국제다큐멘터리영화제에서 세상에 처음으로 공개되는 영화 〈모어〉를 보고 마저 꺼이꺼이 울었답니다. 사람들은 뭐가 그리 슬프냐고 물어보는데 엄마 아빠 남편 모모가 나오는 모든 장면 장면이 다 눈물바다예요.

나는 전라도 끄트머리 작은 시골 마을에서 태어나 이만큼 성장해왔는데, 해서 어느 때보다 충만하고 행복한데 죽음으로 향해가는 아빠를 보니 '인생은 결코 행복할 수가 없는 것이니라!'를 깨우쳐주더라고요.

1999년 춘천 102보충대에서 가까스로 군대를 탈출하자마자 전화해서 울먹이며 "아빠, 나 너무 힘들어!" 하고 말하자 아빠는 "뭐가 힘들어야" 하면서 호통을 치고 끊으셨죠. 지금 생각해보면 참 어렸네요. 그땐 세상이 왜 그렇게 무서웠을까요. 그래도 힘들다고 응석 부리던 어린 날이 참 좋았어요. 슬슬 군대 갈 나이가 됐을 무렵, "지민아, 넌 아무래도 군대 가기 힘들겠지?" 하고 아들도 딸도 아닌 나를 군대에 보내지 않으려고 어떻게 하면 군대를 안 보낼 수 있는지 사방팔방 알아보러 다니시며 드문드문 전화해서 "지민아, 너는 아빠가 보고 싶지도 않냐" 하고 물으시던 그 음성이 사무치게 그립네요. 앞으로 그런 전화를 받는 일이 몇 번이나 벌어지겠어요. 이젠 거꾸로 내가 전화해서 "밥 먹었냐" 하면 포도시 "먹었다" 정도만 대답하시고는 "엄마 바꿔줄게", 그러면 나는 "어". 딱히 할 말도 없고 무뚝뚝한 정적이 싫어서 전화하기도 망설여지네요. 그러고 보니 살면서 보고 싶다 사랑한다 말도 제대로 못 해본 것 같네요. 오래전 유럽 여행 때 손 편지로 '엄마 아빠 사랑합니다'라고 쓴 것 외에는 자식새끼들 아무짝에도 쓸모없고 사랑을 공으로 받을 줄만 알지, 대체 인색한 물건이에요. 이사한 장흥 집에 꼭 오겠다고 했는데 성치 않은 몸 땜에 여적 못 와보시고. 언젠가 오시면 집 앞에 있는 두리랜드에서 엄마랑 같이 회전목마 타고 놀아요.

몇 년 전 뉴욕 공연 연습하는데 안무가 선생님이 "지민 씨의 삶은 매우 특별하다" 말했어요. 지금도 서울에서 누가 무용한다고 하면 뜯어말리는 판국에 그 옛날, 시골에서, 그것도 남자애를, 저는 그런 줄도 모르고 온전히 제 삶을 살아왔을 뿐인데 생각해보니 맞는 말이더라고요. 발레는커녕 에어로빅 학원도 없는 그 시골 촌구석에서 발레한다고 했을 때 그래, 네가 그거라도 안 하면 무엇으로 빌어먹고 살겠냐고. 엄마의 태몽, 스님의 말씀. 내 운명은 태어나기도 전에 사주에 고스란히 쓰여 있었나 봐요. 아름다운 집이 있고 아름다운 사랑이 있고 아름다운 영화가 있는데 뭐가 그리 아프다고 엄살을 부렸을까요.

한동안은 세상 모든 무기력을 짊어지고 종일 우두커니 앉아 있는데 친구가 "모어의 삶은 찬란한 순간이 많아 그 강렬함이 더욱 외롭게 할 것 같다"라고 하더라고요. 저는 무대에서 아주 잠시 번쩍거리기 위해 버티는 것 같아요. '쟁이'로 사는 건 웃기고 슬프고 고단해요. 또 어떤 순간은 숨 막히게 아름다워서 구름 위를 걷는 것 같기도 하고요. 어쩌겠어요. 이번 생이 이 팔자라면 그 개 같은 운명에 백기를 들고 순리로서 살아가야지요. 아름답다고 생각하면 아름답고 처량하다 생각이 들면 당장이라도 떠나고 싶어요. 평범한 삶은 무엇일까요. 내 삶은 너무 자극적이고 엉성한 뼛골 사이로 시도 때도 없이 들이닥치는 요란한 바람이 매서워요.

빨리 구정에 내려가서 엄마 아빠 만나고 싶어요. 많이 사랑하고 많이 보고 싶어요. 꼭 10년만 더 살아주세요. 저도 곧 따라갈게요.

달
려
가
는

빛

낮은 곳에서 힐을 신고
높은 곳에서 토슈즈를 신고

나는 낮은 곳에서 힐을 신고
나는 높은 곳에서 토슈즈를 신고

어제 나는 낮은 곳에서 힐을 신고
어제 나는 높은 곳에서 토슈즈를 신고

나는 오늘 밖에 나가서 꾸물거리고
나는 오늘 밖에 나가서 되풀이하고

오늘 나는 무대 위에서 뜀박질하고
오늘 나는 무대 위에서 도망질치고

내일은 낮은 곳에서 당신을 만나고
내일은 높은 곳에서 모모를 만나고

다음은 컴컴한 곳에서 웃고 있고
다음은 환한 곳에서 울고 있고

다른 낮은 곳에서 앉아 있고
다른 높은 곳에서 숨을 쉬고

그 다른 낯선 곳에서 입을 찢었고
그 다른 낯선 곳에서 춤을 벌렸고

움찔움찔 얼굴이 있었고
절룩절룩 다리가 있었고

얇디얇은 곳에서 힐을 신었고
엷디엷은 곳에서 토슈즈를 신었고

다시 낮은 곳에서 당신을 만나고
다시 높은 곳에서 엄마를 만나고

더 낮은 곳에서 나는 있었고

더 높은 곳에서 나는 없었고

그만큼 낮은 곳에서 우리의 예쁜 집이 있었고
그만큼 높은 곳에서 우리의 사진들이 있었고

멀리 깊은 곳에서 당신을 사랑하고
멀리 얕은 곳에서 당신을 기다리고

그렇게 높고 낮은 곳에서
그렇게 있고 없고……

버티다 벗고 바랜 빛
비치다 빗고 보는 빛
피하다 피고 피는 빛
끼이고 꺾고 깎은 빛
씻기고 썰고 썩는 빛
탓하고 타고 타는 빛
뜻하고 땋고 떠는 빛

헛헛하게 허비해진 시간
악물고 버틴 이의 시간
걸려오지 않는 전화 다시

가도 오도 못 해 걸린 얼굴

바득바득 피다 긁힌 이름

피득피득 웃다 걸린 당신

아무데도 없는 내가 사진

아무것도 아니 남는 탕진

무언가

그 시간에 상응하는 대가를 준다면

그 아래 서슴없이 무릎을 꿇을 것이다

Grow more

Swim more

More, more Zmin

＋Love, CL＋

　내가 본 것 가운데 가장 파격적이고 아름다운 글쓰기로 나는 모어의 글을 꼽고 싶다. 시이면서 시가 아니고, 일기면서 일기가 아니며, 말이면서 말이 아닌 것이 바로 모어의 글쓰기다. 이렇게나 쓸쓸하고 집요한 글을, 이토록 악랄하고 처연한 글을 나는 일찍이 본 적이 없다.

　죽음과 사랑과 삶과 증오가 드글대는 이 책을 읽다 보면 때로는 숨 막히는 기분이 들기도 하고, 때로는 그 투명한 언어에 마음이 흔들리기도 한다. 짧고 단순한 말로 설명하는 것은 불가능한데, 이 책이 바로 그 한 사람의 설명 불가능한 인생을 어떻게든 해명하기 위해 쓰인 것이기 때문이리라. 그러므로 눈으로 읽지 말고 몸으로 경험해야만 한다.

이 책은 한 권의 책이라기보다는 하나의 무대에 가깝다. 한 명의 배우가 혹은 한 명의 발레리나가 무대 위에 올라서서 그저 자신의 존재를 드러낸다. 일찍이 본 적 없는 아름다움이 이 무대 위에 올라와 있다. 이 책을 읽는 당신은 이 두려우리만치 아름다운 한 존재의 몸짓을 목격하며 사로잡히고, 압도당하고, 결국 사랑에 빠지고야 말 것이다. 내가 그랬던 것과 마찬가지로. — 시인 **황인찬**

같은 24시간, 365일을 살고 있지만 사람에 따라 주어진 시간에 포착할 수 있는 사건의 수는 일정하지 않다. 모어의 글을 읽고 있으면 그는 1초당 1건의 사건이 아니라 1천 건의 사건을 지각하고, 기억하고 있는 것처럼 보인다. 마치 임사 체험을 한 사람처럼 생의 모든 사건을 슬로모션처럼 보고 기억하는 것 같다. 고도의 집중력으로 훈련된 운동선수의 능력과 다름없는 이 능력을 모어는 어떻게 갖게 된 것일까. 어쩌면 모어는 특정한 능력이 고도로 발달된 초인류일지도 모른다. 아슬아슬한 칼날 위에 사는 것처럼 극도로 예민하고 섬세한 초인류.

차별과 혐오의 사회 속에서 그저 사랑과 아름다움을 좇으며 그가 살아낸 시간의 무거움은 어떤 것일까. 그 수많은 일을 기억하는 존재의 무거움은 어떤 것일. 온갖 상상력을 동원해도 대체 가늠할 수가 없다. 다만 모어의 글은 지금까지 내가 한국에서 읽어본 그 어떤 글보다 끼스럽고 아름답고 역겹고 무엇보다 생생하다. 내 몸처럼 사랑하는 모지민이 기적처럼 평안해지기를 바랄 뿐이다. — 아티스트 **이랑**

이미지 저작권

털 난 물고기 모어

1판 1쇄 발행 2022년 4월 8일
1판 2쇄 발행 2023년 2월 8일

지은이 · 모지민
펴낸이 · 주연선

(주)은행나무
04035 서울특별시 마포구 양화로11길 54
전화 · 02)3143-0651~3 ㅣ 팩스 · 02)3143-0654
신고번호 · 제 1997—000168호.(1997. 12. 12)
www.ehbook.co.kr
ehbook@ehbook.co.kr

ISBN 979-11-6737-140-9 (03810)